研究&方法 ［第五版］

EndNote 圓 RefWorks
論文與文獻 寫作管理

童國倫／張楷焄／周哲宇 著

References

Tung, K.L. and K.T. Lu, "Effect of Tacticity of PMMA on Gas Transport through Membranes: MD & MC Simulation Studies," J. Membrane Science, 272(1-2), 37-49 (2006).

Tung, K.L., Y.L. Li, K.T. Lu and W.M. Lu, "Effect of Calendering of Filter Cloth on Transient Characteristics of Cake Filtration," Separa. Purf. Technol., 48, 1-15 (2006).

Tung, K.L., K.T. Lu, R.C. Ruaan and J.Y. Lai, "Molecular Dynamics Study of the Effect of Solvent Types on the Dynamic Properties of Polymer Chains in Solution," Desalination, 192, 380-390 (2006).

Tung, K.L., Y.L. Chang, J.Y. Lai, C.H. Chang and C.J. Chuang, "A CFD Study on the Mechanism of Deep Bed Filtration for Submicron/Nano-particles Suspension," Water Sci. & Technol., 50(12), 255-264 (2004).

Tung, K.L., Y.L. Lin, T.C. Shih and W.M. Lu, "Fluid Flow through Compressible Gel Particles Bed: a Steady-State Conditions," J. Chin. Inst. Chem. Eng., 35(1), 101-110 (2004).

Lu, W.M., K.L. Tung, and K.J. Hwang, "Effect of Woven Structure on Transient Characteristics of Cake Filtration," Chem. Eng. Sci., 52(11), 1743-1756 (1997).

Lu, W.M., K.L. Tung, and K.J. Hwang, "Fluid Flow through Basic Weaves of Monofilament Filter Cloth," Textile Res. J., 66(5), 311-323 (1996).

Tung, K. L., C. C. Hu, S. Y. Wang and C. J. Chuang, "Ion Exchange Adsorption and Membrane Filtration Hybrid System for Protein Mixture Separation," Proc. of International Membrane Conference in Taiwan, Chungli, Taiwan, 18~19 Aug., p.26 (2005).

Tung, K. L., "CFD Simulation and Experimental Verification for 3D Spiral-wound Membrane Module Design," Proc. of The 18th Annual Meeting of the American Filtration & Separation Society, Atlanta, USA, 10~13 April, #M-11 (2005).

Tung, K. L., Y. L. Lin, T. C. Shih and W. M. Lu, "Fluid Flow through Compressible Gel Particles Bed: a Steady-State Conditions," Proc. of The 9th World Filtration Congress, New Orleans, USA, 18-24 April (2004).

五南圖書出版公司 印行

再版序

　　由於資訊爆炸的衝擊，研究人員面對的不是資訊的不足，而是如何管理浩瀚的資訊，並善用這些資訊建立起個人的知識庫，將時間和空間從繁瑣的檔案管理和文書處理中釋放出來，專注於研究領域的課題。而「書目管理軟體」也是呼應這種需求而產生的一種工具，其中最受國內研究人員普遍使用的就是Thomson Reuters公司出版的EndNote與ProQuest公司出版的RefWorks。

　　本書一共分為九章，一到三章是EndNote的操作，包括帶領讀者建立個人EndNote Library蒐集大量資料、利用進階管理技巧將資料進行整理和分享，以及利用範本精靈建立起段落、格式符合投稿規定的文件，並自動形成正確的參考書目(Reference)。第四章介紹的是網路版的EndNote Web，也就是將EndNote雲端化，在任何地方只要有網路就能管理資料庫，讓資料的管理變得更加無遠弗屆。

　　本書第五到七章是RefWorks的操作，包括帶領讀者於雲端建立個人Library蒐集大量資料、利用進階管理技巧與Write-N-Cite III功能將資料進行整理和分享，以及利用範本精靈建立起段落、格式都符合投稿規定的文件，並自動形成正確的參考書目引用格式。

　　第八和第九章則省卻耗費版面的Word 2010指令基本操作，直接引導讀者進入進階功能，例如中英雙欄對照的版面製作、功能變數設定，以及自動製作索引技巧等，以上都是撰寫論文時相當重要的功能。此外，研究人員經常會伴隨一些疑問：要投稿到哪個期刊比較好？國科會要求的期刊排名應該如何填寫？因此，本書也將如何使用期刊評鑑工具Journal of Citation Report (JCR) 資料庫的方法撰寫於書末，同時表列常用資料庫的匯入方法，務使一切與論文管理及寫作有關的項目都可在本書中找到解決方案。

　　本書能夠順利付梓，要感謝五南圖書出版公司王者香編輯、許子萱責編及其同仁在排版、執行上的費心規劃，此外謝瑩君小姐在封面上的精心設計，都讓本書增色不少，謹此一併致謝。

童國倫、張楷焄、周哲宇 識

再版序

目　錄

Part I　EndNote操作實務

第一章　EndNote Library的建立

第二章　EndNote Library的管理

目
錄

第三章　利用EndNote撰寫論文

第四章　EndNote Web

Part II　RefWorks操作實務

第五章　建立RefWorks資料庫

第六章　RefWorks整理與編輯

第七章　利用RefWorks撰寫論文

目
錄

Part III 論文排版要領

第八章 版面樣式與多層次清單

第九章 參考資料與索引

目錄

附錄

目
錄

Part I

EndNote 操作實務

Part I

EndNote 操作實務

1-1　EndNote簡介

　　EndNote是一套由ISI Thomson公司所發展、廣受研究者歡迎的應用程式，它的功能主要可以分為三大項：收集及儲存文獻資料，查詢及管理文獻資料，以及幫助研究者快速地使用正確論文格式撰寫文章。

　　我們可以將EndNote的設計概念在於模擬一座屬於自己的圖書館 (EndNote Library)，這座圖書館由原先空無一物開始，由我們將資料一筆一筆的或是一次多筆的放進圖書館中，這些資料包含圖書、期刊論文、影音媒體、法律文件、圖片等等。當圖書館內的資料多了起來，還可以透過群組將資料歸類，檢索的功能則可輕鬆調閱所需資料，方式就和查詢圖書館館藏目錄一樣的便利。到了撰寫論文的階段，透過EndNote內建的論文範本和自動形成引用格式的功能可以大幅地減少各項文書工作的時間。

　　EndNote的版本從原本的EndNote 1、2…9，到第十版時稱為EndNote X，X就是羅馬數字的10，緊接著演進到本書所介紹的 EndNote X8，其功能也不斷提升。主要更新功能有：

- ・同步更新單機版與線上版的參考資料
- ・可自行挑選適合您螢幕的視窗呈現方式
- ・可另外開啟PDF預覽視窗
- ・可自行為書目設定排名 (最高是五顆星)，並可依排名來查找書目
- ・可自行為每筆書目標記已閱讀或尚未閱讀
- ・匯入書目後，可自行修改欄位中字串的顯示方式，如：Sentence case, lowercase.

　　此外，EndNote還推出了網路版本的EndNote (Endnote basic)，只要訂購了Web of Science資料庫的大專院校就有權利用EndNote (Endnote basic)進行文獻管理的工作。網路版的EndNote相當於將個人圖書館建立在網路上，也就是在網路上開立一個帳號空間，只要登入EndNote (Endnote basic)就可使用最新版本的各項功能，而無須擔心版本升級的問題。同時，即使使用他人的電腦一樣可以處理我們的研究資料。

　　由於EndNote X8應用程式版的功能較為齊全，因此本書將以程式版為主，並且以EndNote的初次使用者為對象進行撰寫，在第四章則會介紹網路版的操作界面，讓本書讀者能夠在兩種版本的轉換交互使用上自由無阻。

1-1-1　建立EndNote Library

EndNote X8必須安裝在下列環境中：

- Windows® 7 (service pack 3, 32-/64-bit), Windows 8 8.1 (32-/64-bit) 或 Windows 10 (32-/64-bit) 以上版本。
- CPU 1-gigahertz (GHz) 或更快的處理器。
- 600MB 以上的硬碟空間。
- 2048 MB RAM

而EndNote在Windows作業系統中可支援的文書處理軟體為：

- Microsoft Word 2007或是2010版本以上的文書處理軟體。
- OpenOffice.org文書處理軟體 (Writer) 所建立之Open Document Format (ODT) 格式檔案。
- 支援其他文書處理軟體 (包含Microsoft Word, WordPerfect, OpenOffice.org Writer, StarOffice 與 WordPad) 所建之RTF檔。

安裝完成之後，可透過以下方式開啟：

1. 點選EndNote執行檔，開啟EndNote X8，其外觀如同圖1-1所示。

第一章　EndNote Library的建立

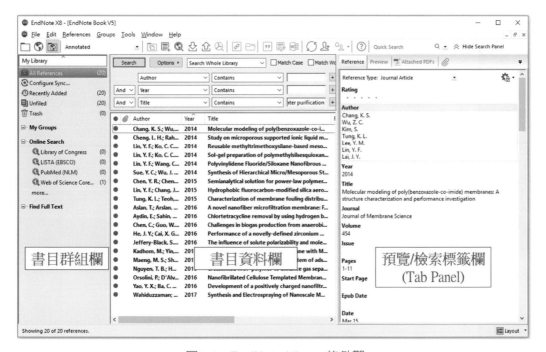

圖1-1　EndNote Library的外觀

2. 由Word工具列開啟 EndNote。(見圖1-2)

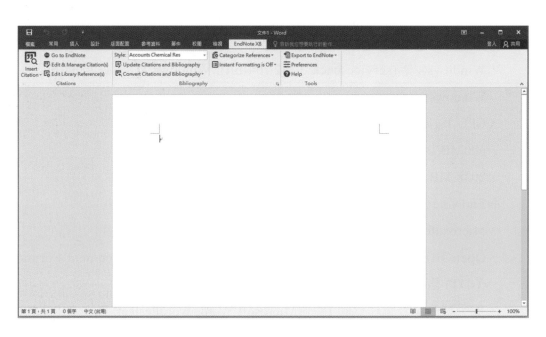

圖1-2 由Word 2016工具列開啓EndNote

若在Word 2016的工具沒有看到EndNote X8的標籤，那麼請由以下方式將其固定至工具列。首先，點選左上方的 檔案 圖示，再由選單中選擇 選項 。

圖1-3 進入Word選項進行設定

選擇左方的增益集後，先選取下方管理：「COM增益集」選項，再點選上方「非使用中應用程式增益集」內的「EndNote Cite While You Write」，隨後點選「執行」。當跳出COM增益集的選取視窗後，勾選「EndNote Cite While You Write」並按下確定就完成了，如圖1-4所示。

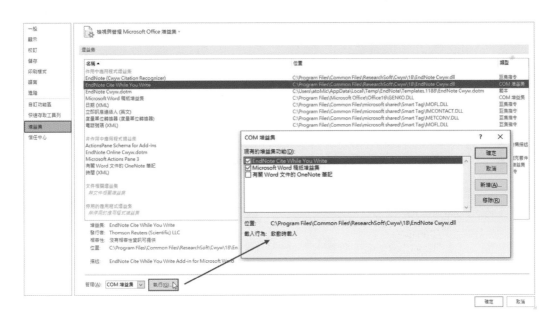

圖1-4 啟用CWYW增益集

安裝完成之後，接著就要建立個人圖書館 (EndNote Library)。我們可以依據研究題目、領域或是計畫、專案的名稱為圖書館命名，假設我們的研究方向是「膜過濾」，就可以將這座圖書館命名為 Membrane Filtration。首先，按下「File」→「New」以建立個人圖書館。

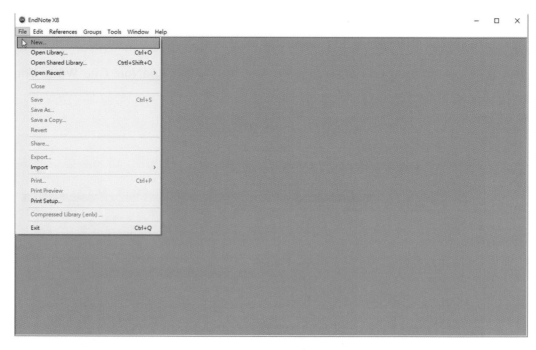

圖1-5　建立圖書館

為圖書館取一個適當的名稱後，按下「存檔」。

圖1-6　為圖書館命名

在建立EndNote Library的路徑下可以看到名為Membrane Filtration的圖示，分別如下：

Membrane Filtration.Data　　Membrane Filtration

一個是.Data的文件夾，一個是.enl檔。這兩組必須成對的搭配才算完整的EndNote Library，將來如果要與他人分享共用，也必須同時複製這組檔案才可以運作。

1-1-2　認識EndNote工具列

首先，瀏覽整個 EndNote 工具列的各項功能名稱。

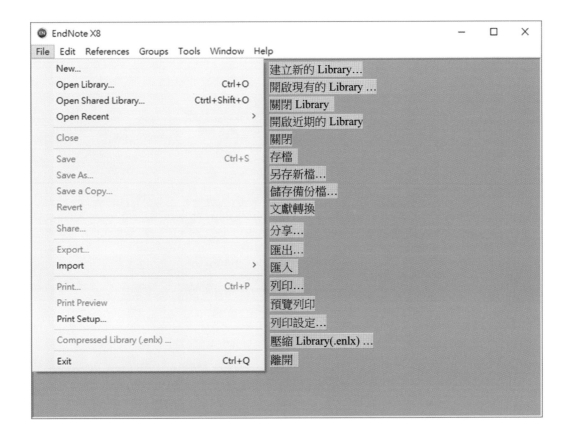

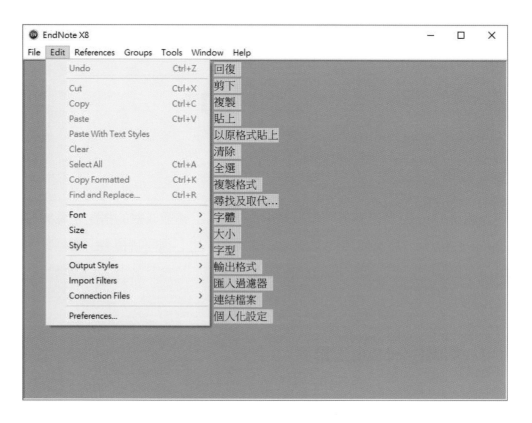

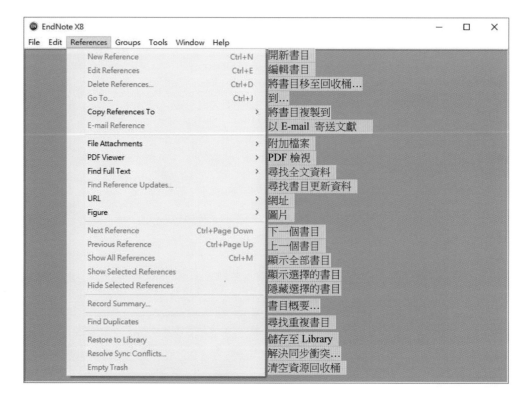

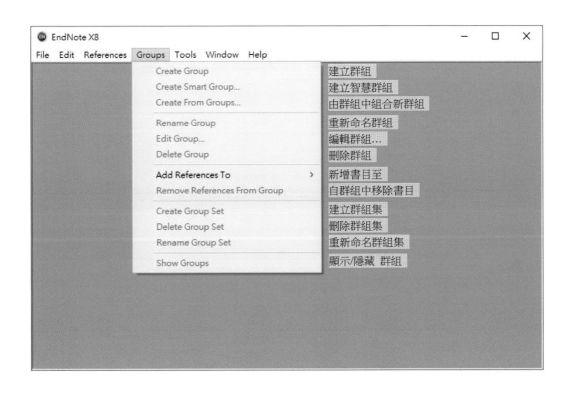

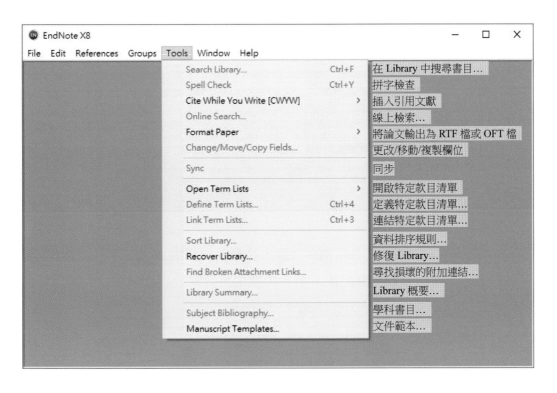

第一章 EndNote Library的建立

　　大約瞭解了EndNote的各項指令之後，接著就要藉由這些指令進行各項文獻管理工作了。建立了圖書館之後，第一步就是將資料放入圖書館中。其途徑可以參考圖1-7所示。

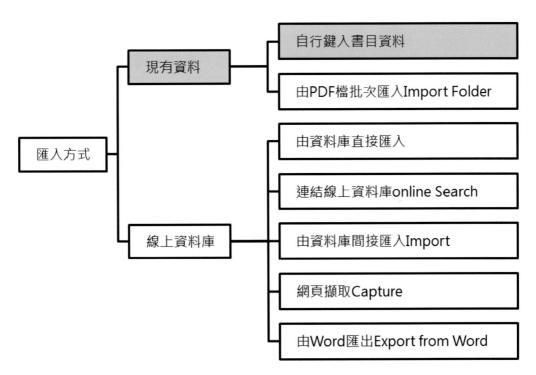

圖1-7　資料匯入EndNote 的途徑

　　接下來幾節就將介紹字型鍵入書目資料、由資料庫匯入資料、連結線上資料庫以及另存檔案匯入等各種資料匯入的方式。

1-2　自行鍵入書目資料

　　假設我們手邊有幾本書、幾篇列印出來的論文想要將它們放入圖書館當中，首先就是為它們建立書目資料。藉由這樣的練習，我們也可以了解EndNote對於書目資料的管理邏輯。

　　點選「References」、「New Reference」，或是按下 📋 圖示開啟新書目編輯功能。

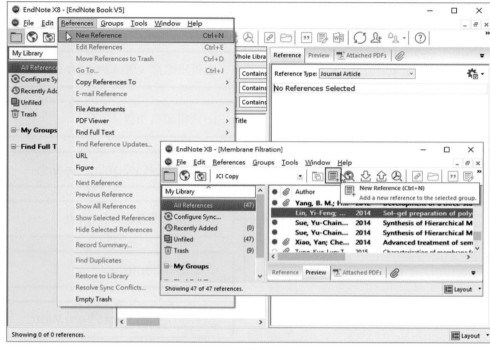

圖1-8　建立書目資料

　　先透過下拉選單選擇資料類型，再將書目資料一一鍵入各欄位。每一種資料類型都會有相對應的欄位組合。此處以一篇PDF檔的期刊論文為例。第一次輸入的作者、書刊名稱、關鍵字呈現紅字，並列入字庫當中，等下次輸入相同的前幾個字時，EndNote會將輸入過的字列為備選字。

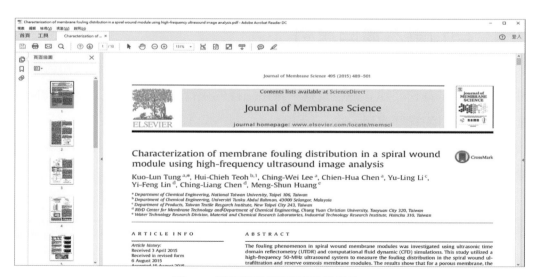

圖1-9　選擇資料類型再進行鍵入

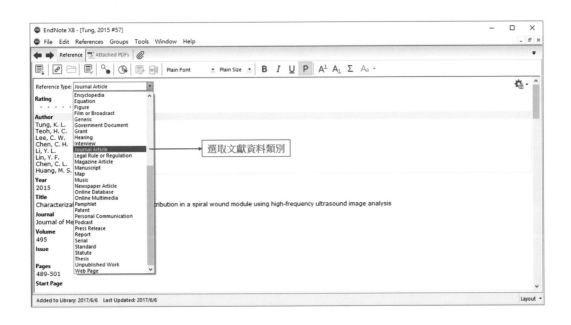

選取文獻資料類別

　　輸入姓名時，如果先輸入名再輸入姓，系統會自動將最後一個字當成姓氏，如果作者的姓氏不只一個字，那麼就必須利用逗號(,)來區隔姓名。逗號之前為姓，之後為名。例如：Cayford Howell, Tom表示其姓為Cayford Howell，名為Tom。De Dona, Grace表示其姓為De Dona，名為Grace。中文字則一定要使用逗號標記，例如「王，大華」。

　　輸入完畢後，按下工具列的「File」、「Close Reference」，EndNote軟體會詢問是否儲存這筆資料，按下「Yes」後，這筆文獻資料就會順利的出現在圖書館當中。如果將來需要繼續編輯這筆資料，只要在文獻記錄上按兩下滑鼠左鍵，EndNote就會自動開啟文獻編輯畫面。

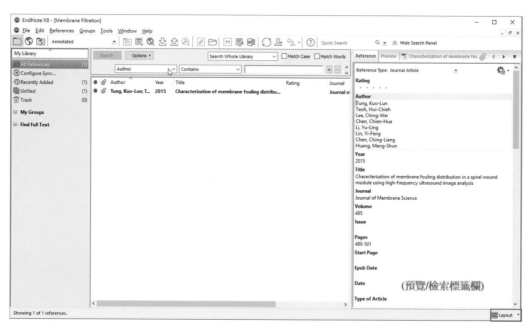

圖1-10　完成資料鍵入

　　而點選頁面右下角的 ▤ Layout ▾ 選項，可以設定標籤欄，包含檢視、隱藏及擺放位置等。

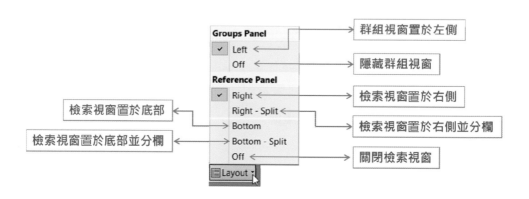

　　圖1-11所顯示的是書目的全部細節，我們將預覽/檢索標籤欄設定為下方顯示。點選「Reference」可檢閱書目資料；點選「Preview」可預覽在文書軟體中，引用這筆文獻時的顯示方式；點選「Attached PDFs」時，如有全文檔案，則可預覽該筆文獻的PDF全文；而點選最右側 ❡ 符號可附加全文檔案。全文檔案的附加方式會於本書1-2-2節介紹。

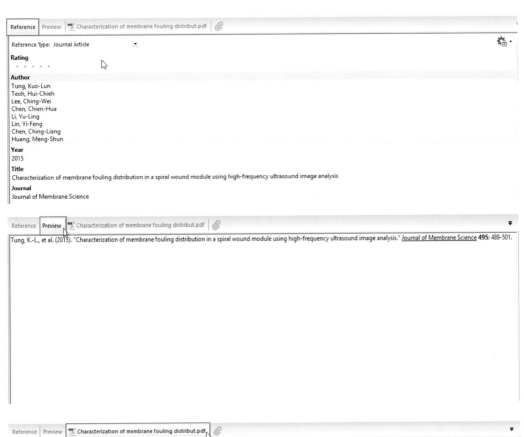

圖1-11　文獻資料資訊

　　如果要以引用文獻的形式來檢視，可以先選擇一種引用格式 (output style)，圖1-12是以內建的J Membrane Science格式為例，當格式選定後，下方的預覽 (preview) 也會呈現出對應的引用格式。

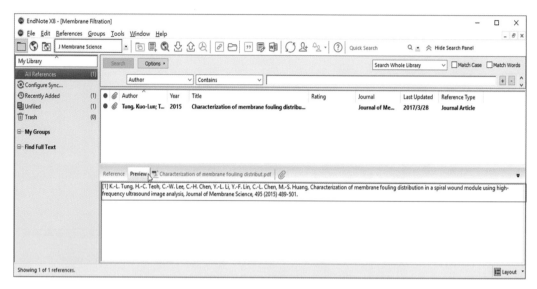

圖1-12　以J Membrane Science格式顯示書目

如果選單中沒有需要的格式，我們也可以由選擇其他格式 (Select Another Style…)的選項以挑選其他格式。

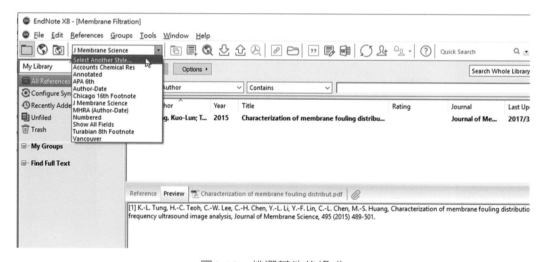

圖1-13　挑選其他的格式

從新的對話窗中挑選需要的格式，此處以Science為例。按下 Style Info/Preview 可在下方預覽該格式 (Style) 的引用方式。如果不需要這些資訊，可以按下 ⬆ Less Info: 縮小對話窗。

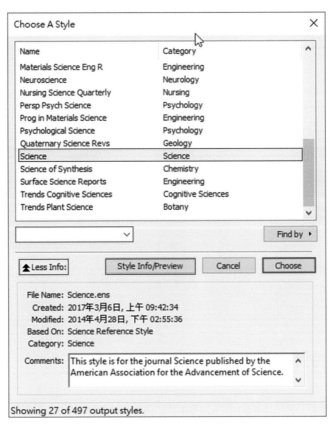

圖1-14　挑選及預覽其他格式

　　按下 ［Choose］ 表示選擇完畢，回到圖書館，由圖1-15可以看出下方的引用格式已經自動轉換成Science的引用格式了。

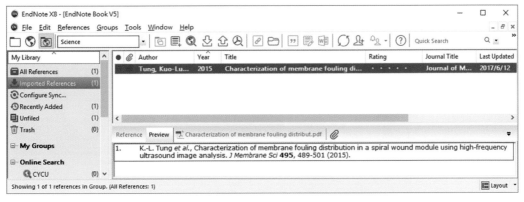

圖1-15　採用Science引用格式預覽

　　若希望畫面看起來較為簡潔，可以按下工具列的「Groups」、「Hide Groups」將左方的My Library群組關閉。

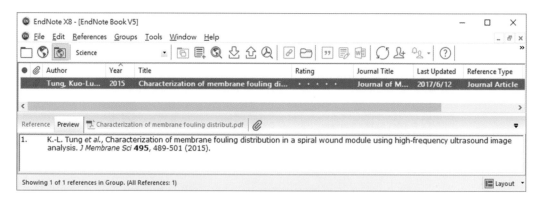

圖1-16　隱藏My Library群組

1-2-1　輸入特殊字元

　　要輸入特殊的文字例如非英語的字母，可利用Word的字元對應表。在Windows 7作業系統中，開啟字元對應表的方式為點選「開始」功能表、「所有程式」、「附屬應用程式」、「系統工具」、「字元對應表」。

　　如使用Windows 8作業系統，則將滑鼠移至視窗左下角，待畫面出現「進入動態磚介面」圖示後，點選進入動態磚介面。隨後在任意處點選滑鼠右鍵，畫面下方即會出現「所有應用程式」選項，點選進入，並在「Windows附屬應用程式」欄位中選取「字元對應表」。圖1-17略述兩種作業系統中，字元對應表的開啟方式。

圖1-17　字元對應表

找出需要的字元後直接用拖曳 (drag & drop) 的方式將字元拖到書目欄位中即可。

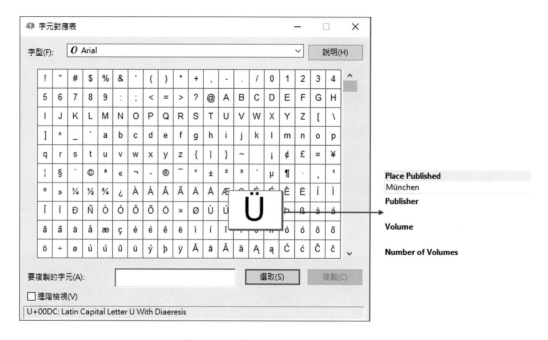

圖1-18　利用拖曳方式加入字元

1-2-2　附加物件

前面的內容主要都在介紹如何建立起圖書館的「目錄」，而最重要的「館藏」卻還不在圖書館中。要充實館藏的方式就是將全文資料，例如圖、表、PDF檔、Word檔、影音檔等等存入圖書館。如此一來，將來在查詢目錄時就可將全文資料一併調閱。

將附加檔案納入館藏的方式有四，其中之一是要在文獻記錄上按兩下滑鼠左鍵開啟文獻編輯畫面，利用拖曳的方式將資料放在圖書館中。

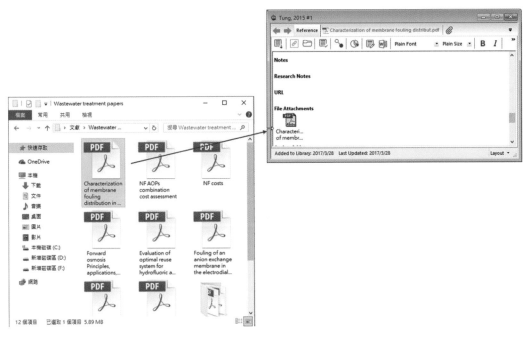

圖1-19　將資料置入圖書館中 ─ (方法一)

　　其二是直接在File Attachments的欄位上，點一下滑鼠右鍵，選擇「File Attachments」、「Attach File…」

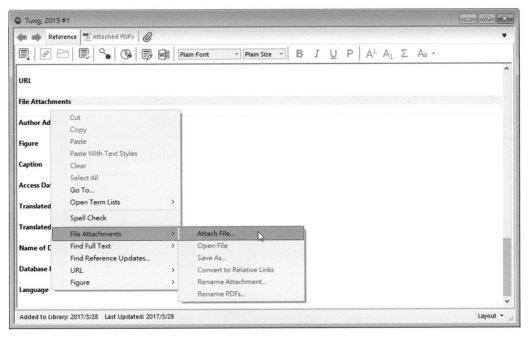

圖1-20　將資料置入圖書館中 ─ (方法二)

其三是先點選要附加物件的書目之後，再由工具列按下「References」、「File Attachments」、「Attach File…」，然後找出檔案的路徑即可。

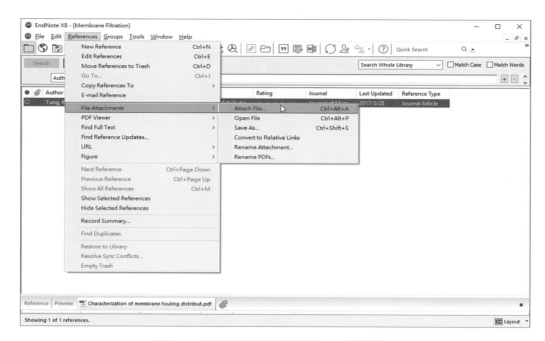

圖1-21　將資料至入圖書館中 —（方法三）

其四是點選文獻檢索欄位上方的 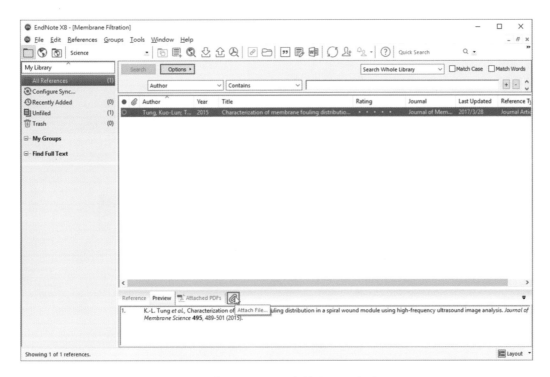 符號，選取後，在電腦中找出檔案的路徑即可。

圖1-22　將資料至入圖書館中 — (方法四)

　　圖檔可以存在File Attachments欄位或是Figure欄位，差別在於放在Figure欄位時，圖片可供預覽而非圖示 (見圖1-23)，而下方的Caption因為可輸入圖片標題，因此容易在搜尋時被尋找到。另外，日後在撰寫論文時，還可以比照插入引用文獻的方式插入圖片。

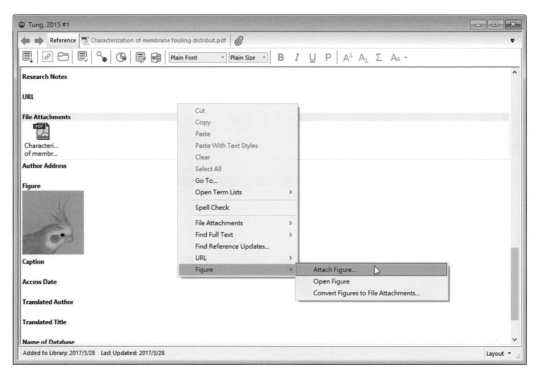

圖1-23　圖片的附加方式與PDF相同

表1-1　EndNote Library 可以接受的檔案格式

圖片 (Image)		物件 (Object)	
.BMP	WAV、MP3	Word files	
.GIF	Access files	MOV、QuickTime	
.JPEG	Excel files	PDF files	
.PNG	Power Point files	Technical drawing files	
.TIFF	Project files	Text file (.TXT、.RTF、.HTML)	
	Visio files		

　　存放在圖書館中的附加檔案會被放置在.Data文件夾中，如圖1-24，因此在本書1-1-1提到當我們要複製、搬移圖書館時，必定要同時處理.enl以及.Data這兩個檔案。

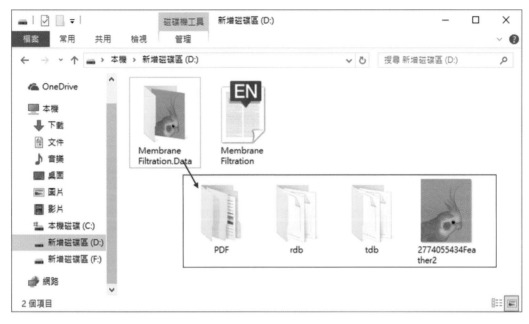

圖1-24　附加檔案置於Data文件夾內

　　而在EndNote X8書目軟體中，帶有附加檔案的書目將會出現迴紋針「⊘」的圖示。

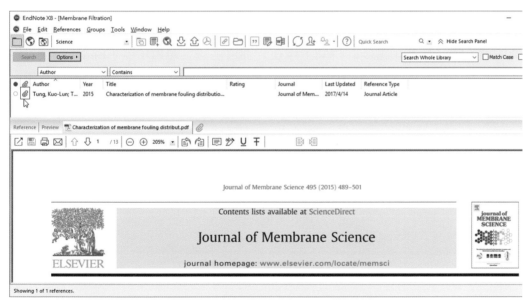

圖1-25　迴紋針表示帶有附加檔案

1-3 PDF檔批次匯入

如果電腦裡已經有許多PDF檔，要如何快速地將它們一次匯入EndNote? 現在有了很聰明的方法。

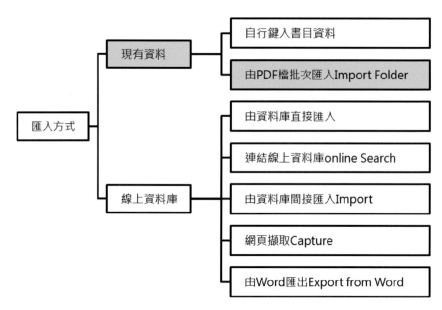

圖1-26　資料匯入EndNote的途徑二

以圖1-27為例。這個文件夾內有多篇論文及一個子資料夾，如果要一篇一篇的鍵入勢必花費相當多的時間，現在只要這些論文是PDF檔，EndNote就可以辨識並為所有文件檔。其步驟如下：

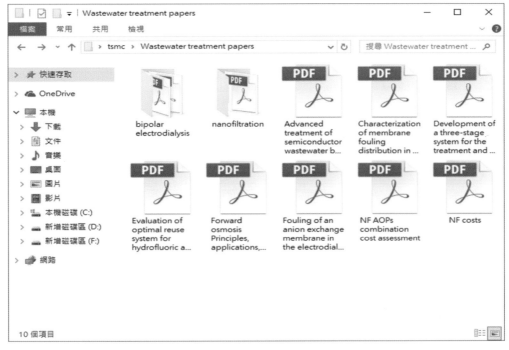

圖1-27　資料須為PDF檔

點選Import Folder的選項。

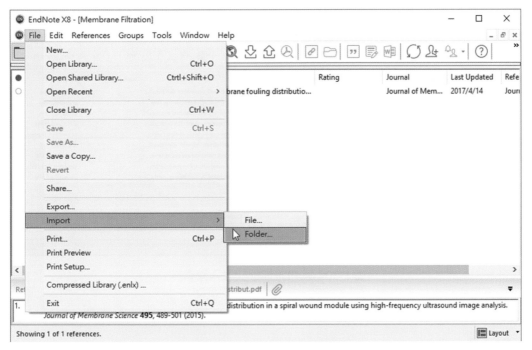

圖1-28　開啟Import Folder功能

找出文件夾的路徑，再勾選「Including files in subfolders」，將子資料夾內的PDF檔一併匯入 EndNote 。

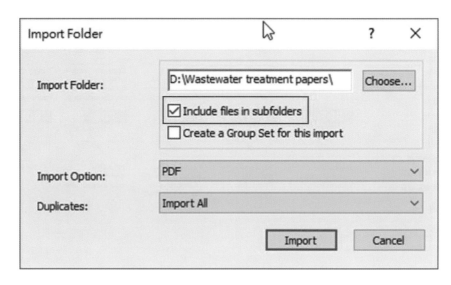

圖1-29　找出資料夾路徑

接著就可以看到文件夾和子文件夾內共11篇論文都一次匯入EndNote圖書館了，而且這些PDF檔也都以附件的格式 (見迴紋針圖示) 置入每一筆書目中。

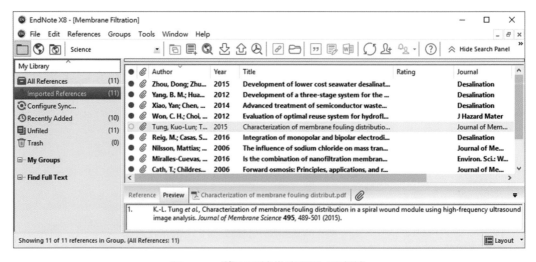

圖1-30　將PDF檔批次匯入圖書館

1-4 匯入書目資料

　　本書1-2介紹的是單筆鍵入的方式，而許多線上資料庫已經提供直接將書目資料匯入EndNote的功能，只要按一個按鍵就可以將整筆甚至多筆資料一次匯入圖書館。本節就要介紹幾個常用資料庫的匯出／匯入方式。

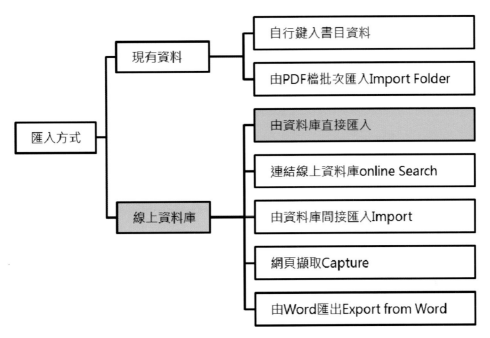

圖1-31　建立圖書館館藏的途徑之三

1-4-1　Web of Science－SCI

　　Web of Science資料庫系統包含許多資料庫，其中最廣為人知的就是 SCI (科學引用文獻索引)、SSCI (社會科學引用文獻索引) 及A&HCI (藝術與人文引用文獻索引)，以及關於期刊排名的JCR (Journal Citation Report) 和ESI (Essential Science Index) 資料庫。以SCI等引文資料庫為例，它收錄了超過1萬種期刊以及12萬件國際學術會議的論文集，透過論文和論文之間引用和被引用的關係，可看出某個研究主題的關係網絡，藉此亦可尋找相關的論文，擴充閱讀的廣度。一般來說，能被SCI收錄的期刊都被視為具有一定水準，因此不論在收集資料或是準備投稿時都會以SCI期刊為優先考量。假設我們在SCI資料庫中查詢到有用

的書目資料，可依照以下方式將其匯入EndNote Library中。

首先，勾選需要的資料。

圖1-32　勾選需要的資料

畫面上方可以進行資料匯出設定，選擇儲存至Endnote desktop。

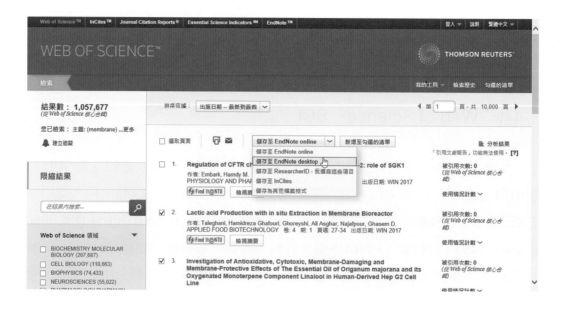

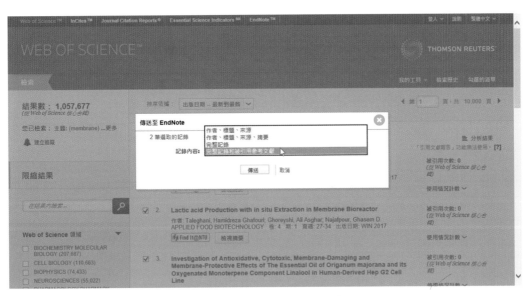

圖1-33 進行資料匯出設定

隨後，開啟我們輸出的文獻資料，並檢視EndNote Library，剛才點選的2筆資料已經全部匯入了EndNote Library當中了。

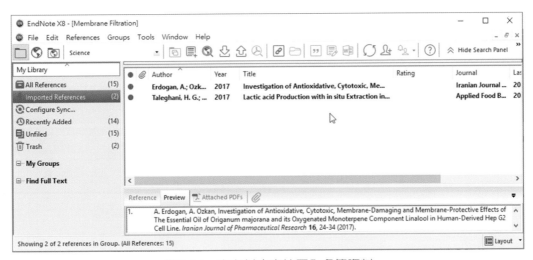

圖1-34 由資料庫直接匯入多筆資料

當我們由網路資料庫下載文獻資料後，開啟、並匯入EndNote資料庫時，EndNote軟體會自動打開前一次使用的書目資料庫，進行匯入的動作 (如前述匯入流程)。但我們的電腦中常會有一個以上的書目資料庫。若要在匯入資料時，自行選擇想要匯入的書目資料庫，可由以下方式進行設定。

點選工具列上方的「Edit」、「Preferences…」，進入軟體設定頁面。在設定頁面的左側選取「Libraries」選項後，在右側「When EndNote starts:」旁的下拉式選單選取「Prompt to select a library」，並按下套用、確定。喜好設定(Preferences)的其餘設定將會於本書2-3節說明。

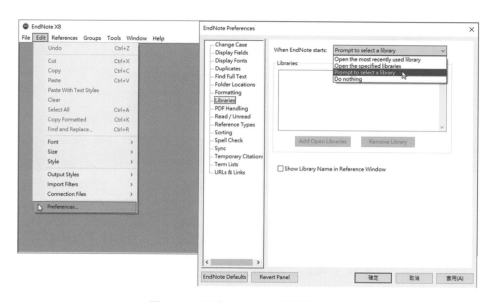

圖1-35　設定EndNote開啟資料庫

之後若我們開啟EndNote軟體或要匯入書目資料時，即可自行選取要使用的EndNote Library。

圖1-36　自行選取EndNote書目資料庫

但是現在得到的書目資料依然屬於圖書館的「目錄」，並非實際可讀的館藏，解決之道是採用「Find Full Text」尋找全文資料的功能。按下 🔍 圖示，或是經由工具列的「References」、「Find Full Text」。如果我們所在的圖書館擁有下載該全文的權限，例如訂購了全文資料庫，那麼 EndNote 的這項功能就可以輕鬆地擷取全文資料至圖書館中。以圖1-37為例，我們點選了第一筆資料，按下 🔍，接著看到資料左方出現了迴紋針的圖形，這表示 EndNote 已經連結至全文資料庫並且成功地將資料下載至電腦中。

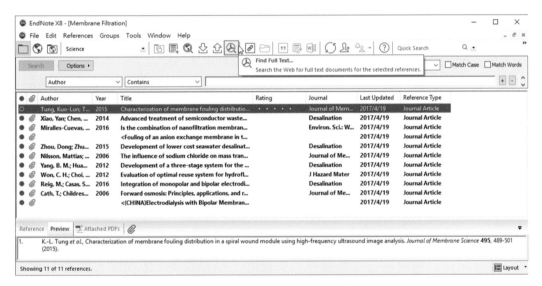

圖1-37　自動下載全文資料

檢視文獻資料欄可以發現File Attachments欄位中有一個PDF文件檔，這就是剛才自動尋找所得到的全文資料。

圖1-38　檢視附加檔案欄

　　我們也可以一次選取多筆文獻甚至全選，讓EndNote自動下載全文。透過這樣便捷的方式，我們再也無須登入不同的資料庫、下載一篇篇的期刊、會議論文及專利全文、再一一拖曳到File Attachments欄位中，確實為使用者節省相當多寶貴的時間。

　　這個方法雖然快速，但即使我們確實擁有權限閱讀全文，也未必每個資料庫都允許EndNote直接下載全文。因此，就算EndNote的Find Full Text功能在尋找後回覆為零篇，我們仍可自行連結資料庫再次確認。

1-4-2　Google Scholar

　　「Google Scholar學術搜尋」顧名思義利用此搜尋引擎檢索到的資料皆以學術資料為主，內容包括博碩士論文、引用文獻、會議論文、書籍、預行刊物(pre-print)、摘要、研究報告等等，尤其在Scholar Search搜尋到的資料會顯示被引用的次數；藉由查閱引用次數可以得知該資料是否熱門、可見度高，至於瀏覽引用文獻也相當於延伸閱讀的觸角。

　　在Google學術搜尋找到的資料可以直接匯出至文獻管理軟體，只要設定幾個步驟就可以輕鬆地進行文獻儲存、管理的工作。首先，點選首頁的右上方的「設定」。

圖1-39　Google學術搜尋首頁

在參考書目管理程式的選項中點選「顯示導入EndNote的鏈接」，然後按下 儲存 。

圖1-40　Google學術搜尋支援多種文獻管理軟體

設定完成之後的搜尋結果將可以直接匯入EndNote Library之中。圖 1-41是檢索的結果，我們可以看到每一筆資料下方都有的 導入EndNote 鏈接。

圖1-41　每筆資料皆可鏈接至EndNote

按下 導入EndNote ，並點選「開啟舊檔」，選擇要匯入的EndNote圖書館之後，該筆資料就自動完成匯入了。

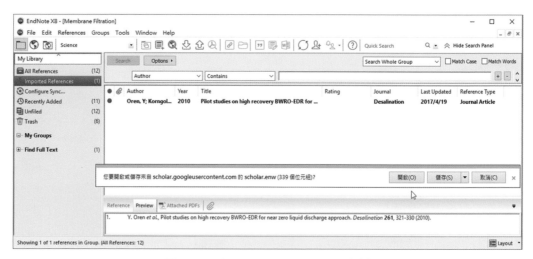

圖1-42　由Google Scholar匯入資料

1-4-3　Airiti Library 華藝線上圖書館

本資料庫整合了各種中文學術資源，包括收錄自1991年起，台灣、中國及美國、香港等地出版的中英文學術期刊；學位論文則有2004年起台灣及香港多所大學的博碩士論文；會議論文為1991年起由台灣各大學及學會舉辦的重要研討會和大型會議；至於電子書則有11,000本以上超過400家出版社所出版的電子書。通常中文資料都比較零散，這個平台是相當完整且容易操作的資料庫。

首先勾選需要的資料。

圖1-43　勾選需要的資料

在畫面底端設定輸出的範圍及格式，資料則選擇越完整越好。

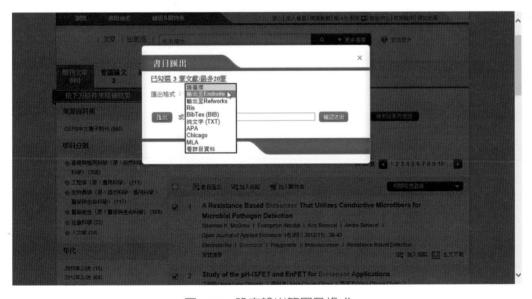

圖1-44　設定輸出範圍及格式

接著，資料就匯入圖書館內了。

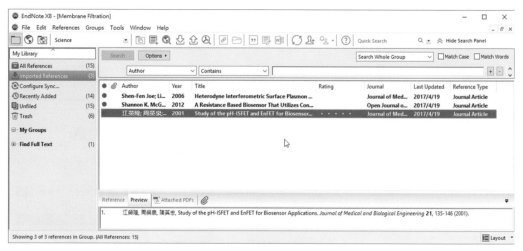

圖1-45　完成資料匯入

1-5　連結線上資料庫

　　第三種資料匯入的方式是連結至線上資料庫。與前一節相比，本節同樣是檢索線上資料庫，但是透過EndNote的Online Search功能則可免去造訪各個資料庫的程序，而將所有的檢索工作集中在EndNote的搜尋界面下完成。這樣的方式相當的省時省力，而且無須記憶各種不同的資料庫指令和下載路徑。

　　連結線上資料庫必須要有使用該資料庫的權限，例如我們所屬的機關或我們所在的網域具有使用權才能夠讓EndNote登入進行檢索。如果使用的是免費的資源，例如各大學圖書館館藏目錄就沒有上述的限制。開啟EndNote時可以看到左方的My Library欄中已經出現了Online Search的某些選項。

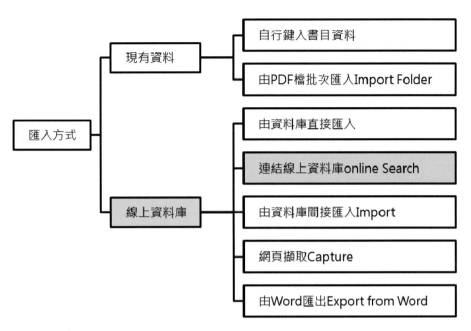

圖1-46　建立圖書館館藏的途徑之四

　　雖然搜尋大學圖書館的圖書目錄並不能獲得全文資料，但是目前館際合作的系統相當完善，要取得全文資料並非難事。如果向國內圖書館申請資料影印，費用約為3-6元／頁，至於書籍借閱費用則大約是100元／本。至於向國外館際合作多以申請的「件數」為收費標準，期刊論文約550元／篇，書籍借閱約1000元／本，博碩士論文約2400-4000元／篇。以上郵資皆另計。

1-5-1　連結普林斯頓大學圖書館目錄

　　以普林斯頓大學圖書館為例，透過Online Search功能連線到該圖書館的館藏目錄進行檢索。連線的途徑有二：1. 按下「Tools」、「Online Search」，2. 按下 🔍 圖示進入檢索畫面，或是3. 按下左方Online Search的more…。

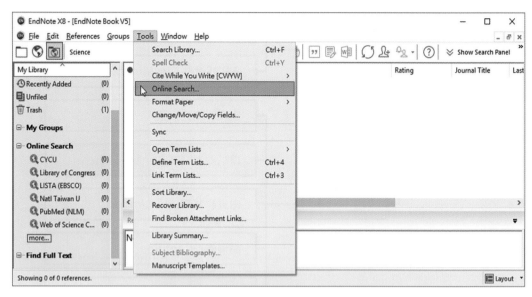

圖1-47　開啓Online Search的功能

　　由圖1-48可看到許多不同的選項，我們可以直接選擇其中一個資料庫，或是在Quick Search的空格內輸入關鍵字，例如Princeton，確認之後按下Choose。

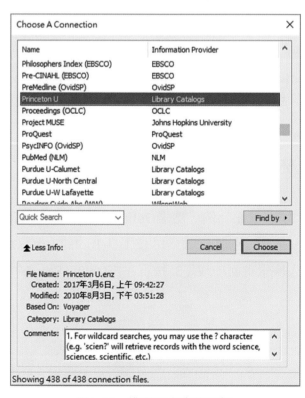

圖1-48　挑選要查詢的目錄

接著，回到EndNote的畫面，上方已經出現一檢索欄了。這是常見的關鍵字檢索介面，透過不同的檢索欄位可以節省搜尋時間，讓結果更為精準。

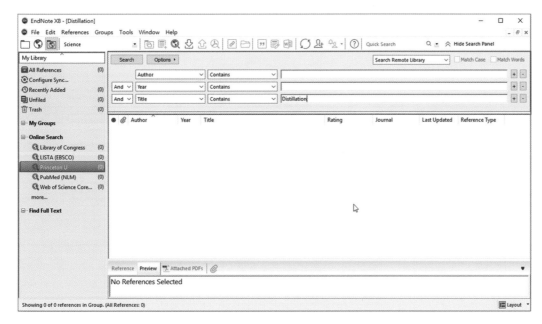

圖1-49　輸入檢索關鍵字並進行查詢

得到的結果將會自動儲存至All References以及Unfiled的位置。

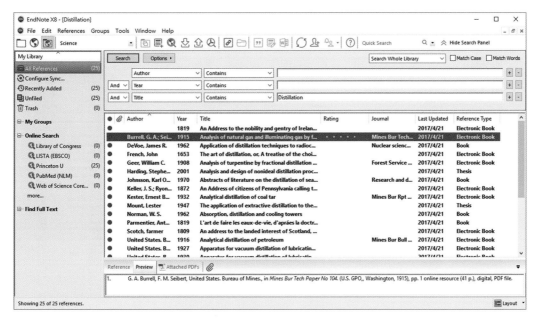

圖1-50　檢索結果完成且已儲存

按下右上角的「Hide Search Panel」標籤即可隱藏檢索窗格。

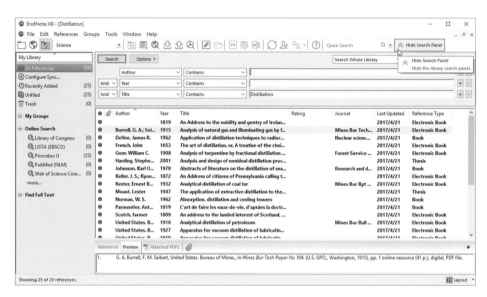

圖1-51　可切換預覽標籤與搜尋標籤

如果我們不希望搜尋結果出現後立刻自動匯入圖書館，那麼可以在檢索資料前先按下 🌐 圖示，也就是Online Search Mode (Temporary Library) 的功能，這樣一來所有搜尋到的結果將僅僅暫留於Online References的資料夾中，而不會匯入圖書館。

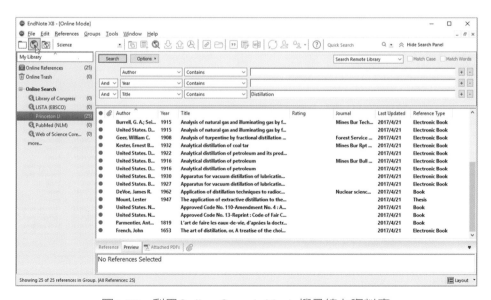

圖1-52　利用Online Search Mode搜尋線上資料庫

當確定要匯入時，只要按下 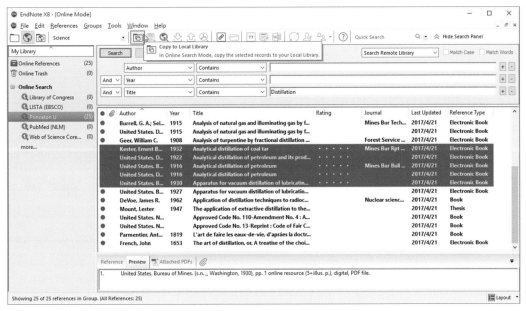 (Copy to Local Library) 或是經由工具列的「References」、「Copy References to」，再挑選要匯入的圖書館即可。

圖1-53　將資料由暫存區移至本地圖書館

按下 🌐 或 ▢ 回到本地圖書館，接著可以看到Copied References的位置已經出現剛才選擇的5筆書目。

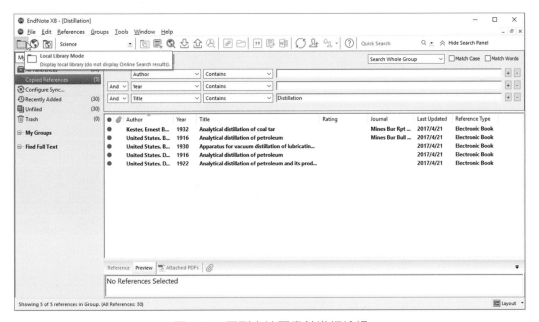

圖1-54　回到本地圖書館進行檢視

　　利用Online Search的方式檢索各個圖書館，最大的優點就是所有的程序都在EndNote的畫面中完成，不必花費時間進入其他圖書館一一檢索各館目錄再匯出資料，相當的便利。同時，也可以利用Find Full Text的功能尋找有權下載的全文資料。

1-5-2　連結中原大學圖書館目錄

　　直接連結到各圖書館進行檢索固然方便，可是並非所有的圖書館都像普林斯頓大學的圖書館目錄一樣已經在EndNote中，隨時可以點選連結。如國內部分目前僅有台灣大學圖書館收錄於EndNote中。但只要透過幾個設定的步驟就可以將欲搜尋的圖書館目錄加入清單中。本節以中原大學圖書館為例，介紹如何將圖書館目錄的連結設定到EndNote中。

　　首先，點選「Edit」、「Connection Files」、「Open Connection Manager…」。

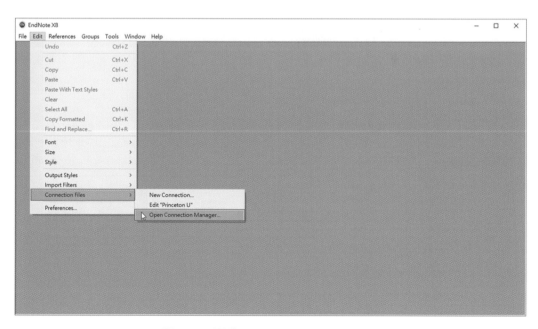

圖1-55　開啟Connection Manager…

　　由於中原大學圖書館是採用INNOPAC (見表1-2) 系統，所以挑選同是INNOPAC系統的台灣大學圖書館 (Natl Taiwan U) 做為基礎進行修改，亦即選擇「Based On：INNOPAC」的系統。接著按下Edit。

表1-2　各大學圖書館採用之自動化系統

Alphe	中原大學圖書館	崑山科技大學圖書館
元智大學圖書館	陽明大學圖書館	雲林科技大學圖書館
銘傳大學圖書館	逢甲大學圖書館	中興大學圖書館
輔仁大學圖書館	朝陽科技大學波碇紀念圖書館	台北大學圖書館
虹橋Bridge	台灣大學圖書館	世新大學圖書館
南台科技大學圖書館	政治大學中正圖書館	交通大學浩然圖書資訊中心
Dynix	彰化師範大學圖書館	台北藝術大學圖書館
文化大學圖書館	台灣海洋大學圖書館	成功大學圖書館
長庚大學圖書館	台灣師範大學圖書館	空中大學圖書館
華梵大學圖書館	高雄應用科技大學圖書館	東海大學圖書館
義守大學圖書館	高雄師範大學圖書館	南華大學圖書館
Dynix Horizon	SPYDUS	高雄大學大學圖書資訊館
台北科技大學圖書館	中華大學圖書館	樹德科技大學圖書館
嘉南藥理大學圖書館	東吳大學圖書館	靜宜大學蓋夏圖書館
暨南國際大學圖書館	嘉義大學圖書館	Virtua
INNOPAC	T2	淡江大學覺生紀念圖書館
高雄第一科技大學圖書館	清華大學圖書館	VTLS
中山大學圖書館	中央警察大學圖書館	真理大學圖書館
中央大學圖書館	中正大學圖書館	

　　選擇同為 INNOPAC 系統的圖書館後，接著按下Edit。

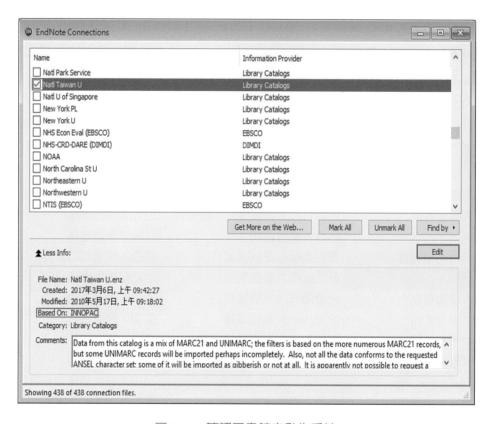

圖1-56　確認圖書館自動化系統

　　進入編輯畫面之後，先將這個連結 (Connection)另存新檔。從工具列按下
「File」、「Save as…」，然後為新的連結設定取一個檔名。由於我們要設定中
原大學圖書館的連結，所以可取名為 CYCU 或其他容易辨識的名稱。

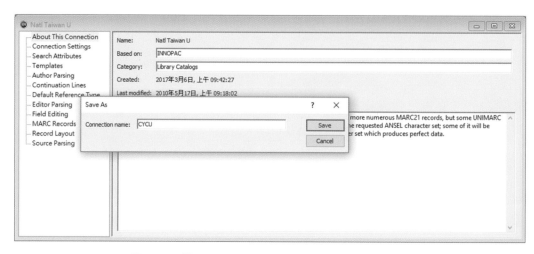

圖1-57　將Natl Taiwan U的Connection另存新檔

接著將遠端登入的伺服器IP填入Server Address，再由「File」、「Close Connection」關閉編輯畫面。每個圖書館所採用的系統和伺服器IP不同，必須先與該圖書館確認。以中原大學圖書館為例，其Server Address為140.135.41.1。而台灣大學圖書館的Server Address為140.112.113.1或是tulips.ntu.edu.tw。

一般而言，圖書館館藏目錄可免費供大眾檢索，但如果是需要得到授權才能使用的資料庫就必須在下方Login Information處填入使用者帳號及密碼等識別資料。

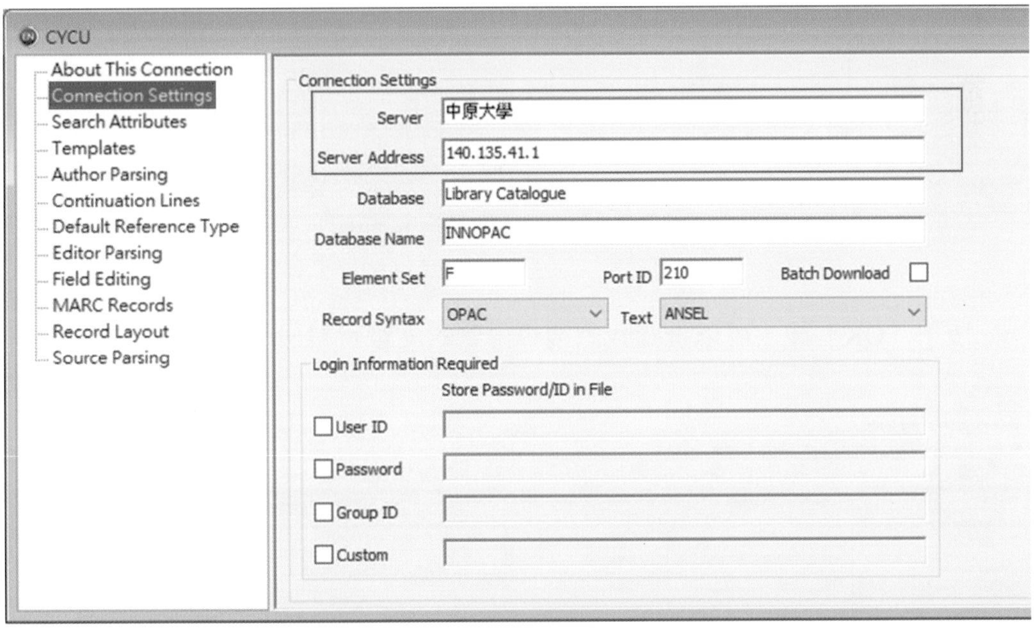

圖1-58　填入圖書館伺服器位址

現在我們已經完成了中原大學圖書館館藏目錄設定完畢，由工具列的「File」、「Close Connection」即可回到EndNote。我們可以試著利用EndNote主畫面左方的CYCU連結查詢中原大學圖書館館藏。

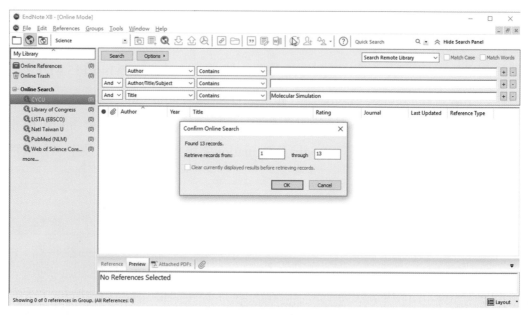

圖1-59 選擇CYCU連結並查詢

按下「OK」後,可以查閱我們搜尋得到的文獻資料。

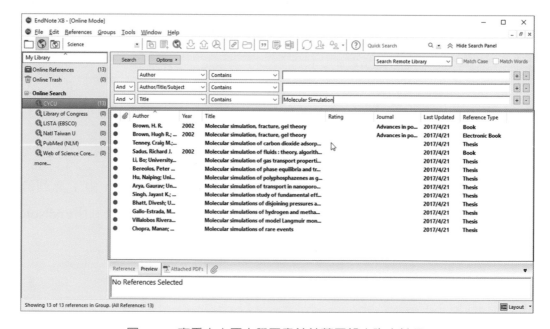

圖1-60 查看由中原大學圖書館館藏目錄查詢之結果

　　之後如果想要經由其他的EndNote Library檢索中原大學圖書資料庫，也可採用1-5-1中圖1-47的步驟，挑選CYCU的選項，然後進行線上檢索。

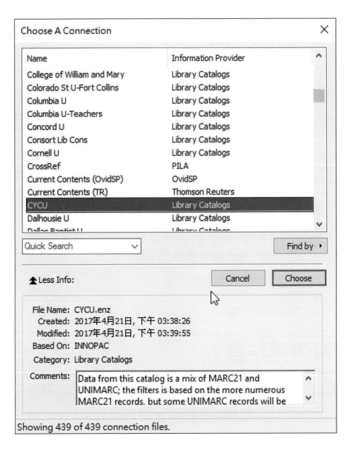

圖1-61　利用自製的 Connection 進行連結

　　如果我們不再需要某個Connection時，只要利用「Edit」、「Connection Files」、「Open Connection Manager…」，在欲刪除的Connection上按下滑鼠右鍵，然後點選「Delete Connection」就完成了。

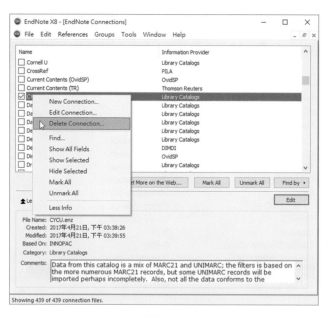

圖1-62　刪除Connection

1-6　由資料庫間接匯入

　　許多資料庫都允許使用者將資料匯入EndNote，雖然同時也有許多資料庫並不支援直接匯入，但可以提供特殊下載格式讓EndNote能夠辨識並匯入。

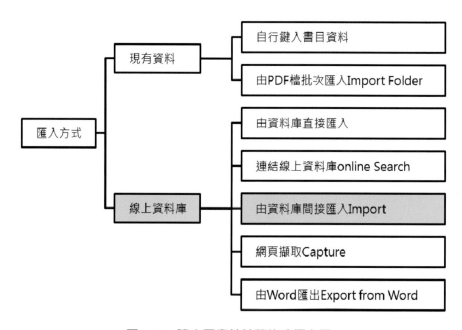

圖1-63　建立圖書館館藏的途徑之五

事實上，資料庫的資料能夠直接匯入EndNote Library都是透過一種稱為Filter (過濾器) 的幫助，Filter 的角色類似翻譯員，其相互關係可以用圖1-64表示。

圖1-64　EndNote Filter 扮演的角色

下載的書目記錄經過Filter翻譯之後變成EndNote能夠理解的語言，進而將記錄匯入Library。而每個資料庫都有自己的語言，換言之，我們必須要有懂得該資料庫的Filter才能順利將記錄匯入。以下即將介紹第四種匯入的步驟。

1-6-1　SDOS電子期刊全文資料庫

SDOS 是由 Elsevier 建置的電子期刊資料庫，收錄自1995年以來近2,400種期刊4百多萬篇論文，內容橫跨多種領域，是很受重視的期刊資料庫。本資料庫不支援書目直接匯入EndNote，但可間接匯入，其步驟如下。

在檢索結果的畫面中，點選 Bibliographic Page 以進入單一書目資料頁。

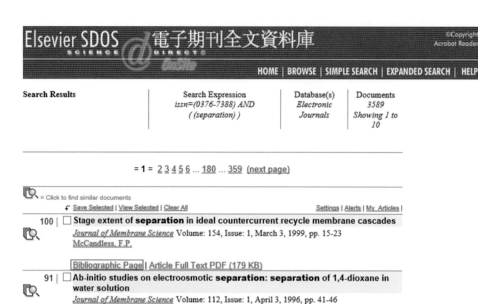

圖1-65　進入SDOS檢索結果後進入單一書目資料頁

若確定要匯入資料則按下 Get citation export (Reference format) 。

圖1-66　將資料匯出

　　將這個畫面的資料另存新檔，並由工具列選擇檔案、另存新檔，然後儲存為純文字 (.txt)格式，編碼方式則選取Unicode (UTF-8)。

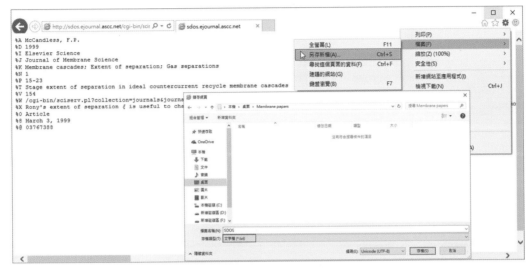

圖1-67　將匯出資料儲存為純文檔

　　回到EndNote，利用EndNote功能將剛才存檔的資料匯入EndNote Library。

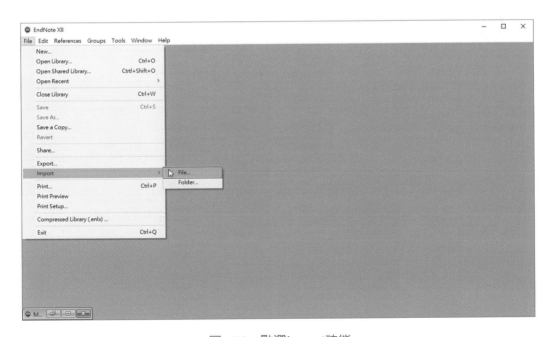

圖1-68　點選Import功能

在Import File處找出剛才存檔的路徑，然後在Import Option處選擇EndNote Import。如果沒有看到這個選項，可按下Other Filters ，然後點選EndNote Import。Text Translation部分則選取Unicode (UTF-8)。

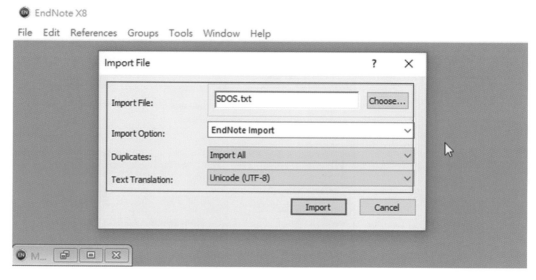

圖1-69　設定匯入條件

此處的Import Option就是圖1-64提到的EndNote Filter，而EndNote Library就是透過Filter來辨識SDOS輸出的資料是否為EndNote能接受的資料。設定完成後，按下Import，剛才那筆資料就存入EndNote Library了。

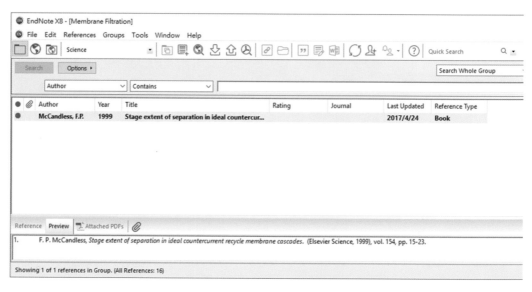

圖1-70　SDOS資料完成匯入

如果匯入的資料是英文以外的語言，匯入時也要注意儲存文字檔時所使用的編碼。

圖1-71　存檔格式與進行匯入設定

1-6-2　Wiley Online Library資料庫

Wiley Online Library是由John Wiley & Sons公司所建置，屬於綜合性的學術資料庫。收錄期刊約 1500 餘種，共17個領域，分別為：

1. Agriculture, Aquaculture & Food Science (農學、水產養殖與食品科學)
2. Architecture & Planning (建築與規劃)
3. Art & Applied Arts (藝術與應用藝術)
4. Business, Economics, Finance & Accounting (商學、經濟學、財金學與會計學)
5. Chemistry (化學)
6. Computer Science & Information Technology (電腦科學與資訊技術)
7. Earth & Environment (地球與環境科學)
8. Humanities (人文)

9. Law & Criminology (法學與犯罪學)

10. Life Sciences (生命科學)

11. Mathematics & Statistics (數學與統計學)

12. Medicine (醫學)

13. Nursing, Dentistry & Healthcare (護理學、牙科醫學與健康科學)

14. Physical Sciences & Engineering (物理學與工程科學)

15. Psychology (心理學)

16. Social & Behavioral Sciences (社會學與行為科學)

17. Veterinary Medicine (動物醫學)

除了期刊之外,尚收錄有電子書、電子參考書等。以下將介紹如何由Wiley Online Library資料庫匯入資料的步驟。圖1-72為資料庫的檢索結果,勾選需要的書目資料之後,在畫面下方點選「Export Citation」。

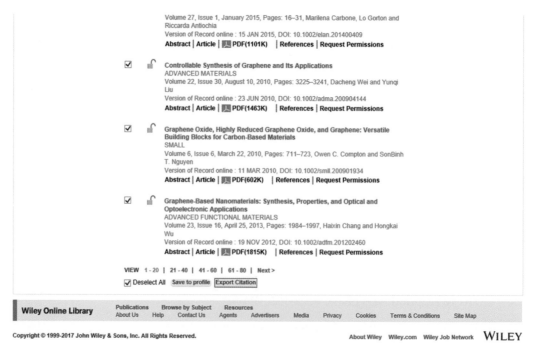

圖1-72　勾選需要的書目資料

設定完下載的格式之後按下「Submit」,跳出對話窗時選擇儲存,將檔案存檔在硬碟中。

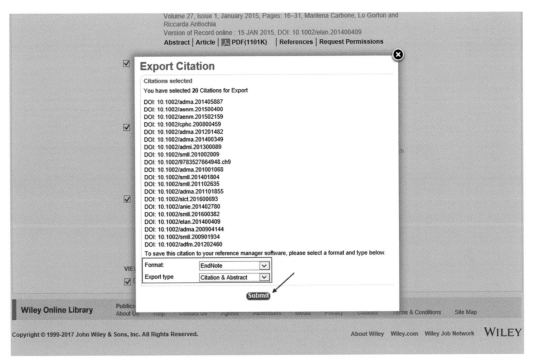

圖1-73　設定輸出的格式

　　回到EndNote，同樣地找出剛才存檔資料的路徑。此處，針對Wiley Online Library所下載回來的文獻資料書目，我們在「Import Option」部分選擇「Reference Manager (RIS)」的選項，再按下「Import」即可。

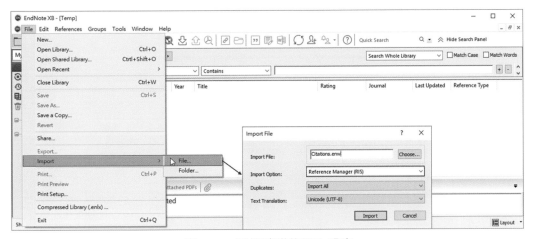

圖1-74　選擇適當的匯入設定

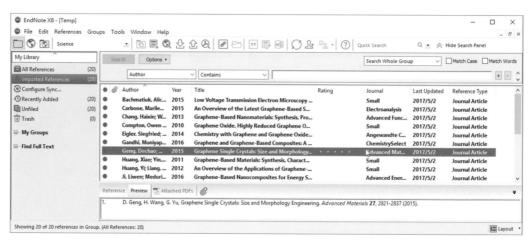

圖1-75 完成資料匯入

　　此外，我們也可以直接點選剛才下載的書目資料檔，EndNote軟體即會開啟，然後再選取要匯入的EndNote Library，一樣也可以快速的匯入檢索得到的書目資料。

圖1-76 直接點選書目匯出檔

1-7　其他匯入方式

　　除了上述各種建立EndNote圖書館的方式之外，尚有網頁擷取 (Capture) 以及由Word文件匯入書目的方式。網頁擷取的操作步驟請見本書第4-1-4 EndNote Web，至於如何將Word文件中的參考文獻匯出至EndNote圖書館也請參考6-2-1。

Part I

EndNote 操作實務

　　書目資料由於來自不同的資料庫,例如期刊資料庫、索引摘要資料庫、Google Scholar、圖書館館藏目錄等等,結果發生資料重複的機會也很大。而在第一章提到的EndNote與資料庫之間的翻譯員—Filter—也可以自製,本章第2節就要介紹如何利用剪貼功能輕鬆製作。此外圖書館也能夠與他人分享、進行個人化設定、合併、壓縮等等,本章也將一併說明。

2-1　管理EndNote Library

2-1-1　建立書目群組

　　一台電腦可以建立數個圖書館 (EndNote Library),每一個EndNote Library都有自己的館藏目錄,在查詢資料的時候必須分別進行查詢。其實我們可以建立一個EndNote Library,再利用EndNote Library的Group功能將資料分門別類、各自歸檔。Group相當於圖書館內不同主題的書架,所有的資料分別被放在不同的書架上,卻都同樣集中在一個圖書館中。

1.建立書目群組

　　在EndNote Library中建立Group有以下幾種方法,其一是在左方「My Groups」文字上按下滑鼠右鍵,此時會出現Create Group等選項。

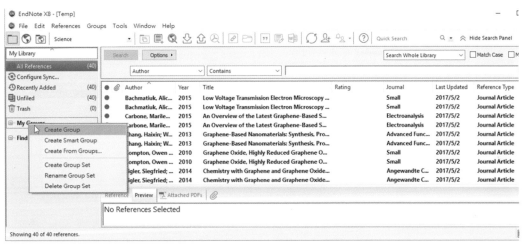

圖2-1 　EndNote Library Group功能

其二是按下工具列上的Create Group。

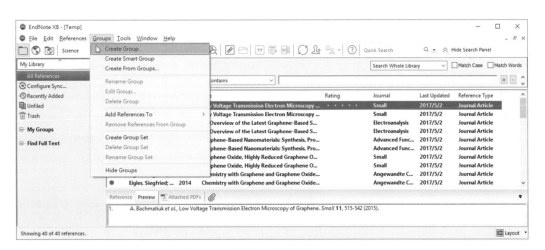

圖2-2 　經由工具列建立Group

　　接著為新的Group命名。重複以上的動作直到建立了足夠的Groups以管理眾多書目。接著利用拖曳的方式，將書目資料直接放置在適當的Group中；每筆書目資料只能放在一個Group內，至於沒有歸類的書目將會繼續存在於尚未歸檔(Unfiled)的位置。

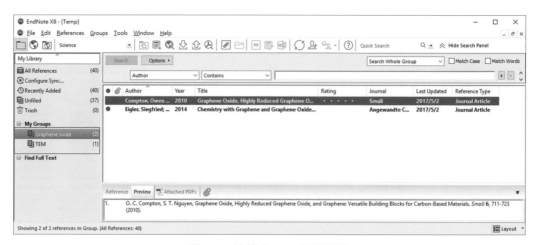

圖2-3　檢視Group內的資料

　　至於其他Group相關選項包括了：

Create Group	建立書目群組
Create Smart Group	建立智慧書目群組
Create Group Set	建立群組集
Rename Group Set	重新命名群組集
Delete Group Set	刪除群組集

2.建立智慧書目群組

　　建立智慧書目群組是透過檢索 (Search) 的功能將EndNote Library中具有某些條件的資料匯集在一起的方法，假設我們希望將EndNote Library中，名為「Solid Electrolyte」所有關鍵字有「zirconia」 的書目都集合成一個Group，就可以按下「Create Smart Group」功能，在新的對話窗中填入Smart Group的名稱「Atomic」，並繼續輸入檢索條件「Tung」，輸入完畢後按下「Create」。

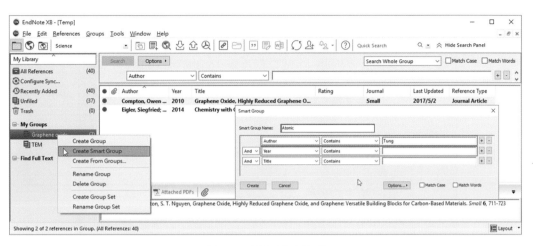

圖2-4　輸入檢索條件

在圖2-5左方My Group下可以看到名稱為「Atomic」的智慧群組已經自動形成，裡面有符合上述條件的資料共五筆。將來如果有新的書目資料符合條件，那麼也會一併出現在這個群組中，無須每當有新書目就要重複同樣的動作。

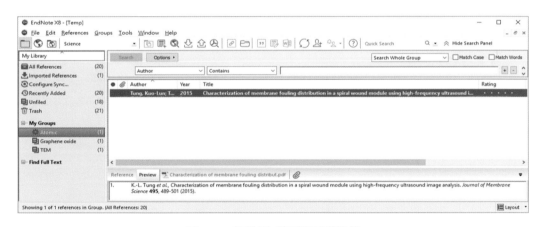

圖2-5　自動形成智慧書目群組

3.建立交集書目群組

至於Create from Group是指透過幾個群組的交集、聯集等關係建立新的群組。圖2-6中的新群組名稱命名為「Selective group」，它是由「Atomic群組」加上「Graphene oxide群組」減去「TEM群組」的書目資料。如果要設定的條件較多，可按下再增加一欄。

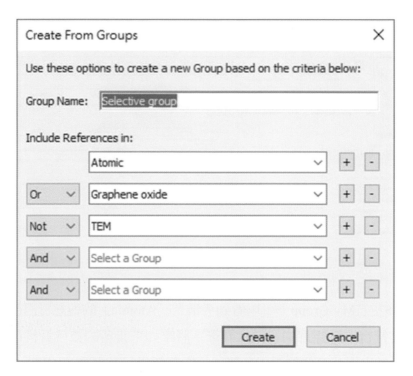

圖2-6　採用交集的概念產生新群組

4.建立群組集

Create Group Set是與My Groups相同地位的主群組，以圖2-7為例，My Lab's Groups就是新建立的主群組，其下可建立其它群組。

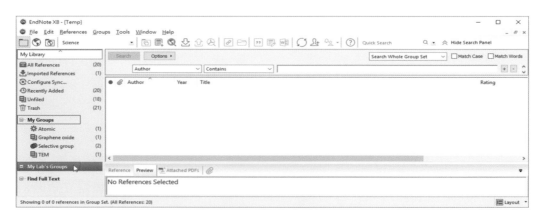

圖2-7　建立主群組

2-1-2　檢索書目資料

　　利用EndNote來管理數量龐大的資料和利用影印、存檔來管理資料，其中的差異之一就在於檢索的便利性。由於所有的書目都是數位資料，因此查詢起來就如同查詢圖書館的館藏目錄一般，透過不同的輸入檢索詞，就可以輕鬆找到需要的資料了。

　　首先，在軟體右上方有一快速檢索欄位 Quick Search 🔍 ，可直接輸入關鍵字，按下 🔍 進行檢索。或可按下位於快速檢索欄位右側的 ≫ 標籤，開啟檢索 (Search Panel) 畫面，在適當的檢索欄位中輸入關鍵字，按下Search即可進行檢索。

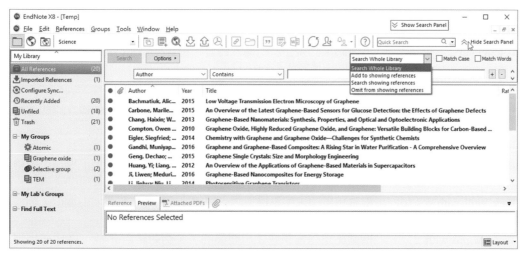

第二章　EndNote Library的管理

圖2-8　切換至EndNote Library檢索畫面

　　由圖2-9可以看到每個欄位都有一套運算元幫助使用者控制查詢範圍的精確度。

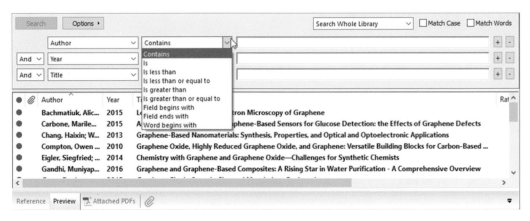

圖2-9　利用運算元控制查詢範圍

指　令	說　明
Contains	檢索結果必須包含檢索詞。
Is	檢索結果與檢索詞完全相同，不可增減一個字。
Is less than	檢索結果必須小於所輸入的數，例如在年份(Year)輸入1980，則系統必須檢索小於1980的年份。
Is less than or equal to	同上，結果必須小於或等於1980。
Is greater than	檢索結果必須大於所輸入的數，例如在年份(Year)輸入1980，則系統必須檢索大於1980的年份。
Is greater than or equal to	同上，結果必須大於或等於1980。
Field begins with	檢索結果的首字為檢索詞；例如以「Film」檢索Title欄位，則檢索結果須為Film…。
Field ends with	檢索結果的末字為檢索詞；例如以「Film」檢索Title欄位，則檢索結果須為…Film。
Word begins with	檢索結果包含某些字母開頭的字，例如輸入drink，結果會出現drink、drinking、drinks等。

2-1-3　找出重複的書目資料

　　EndNote Library內可能有許多重複的資料，利用「Find Duplicates」就能精確行書目比對。首先，先了解何謂「重複」(Duplicates)的資料。以下兩筆參考文獻描述的是同一篇期刊論文，但是書寫的方法卻不相同：

1.Reference A:

Baldwin, B. S.; Jacobsen, D. A. Journal of the New England Water Works Association 2003,117,15.

2.Reference B:

Baldwin, B. S. and D. A. Jacobsen (2003). "Iron and manganese removal by membrane filtration – Seekonk water district experience." Journal of the New England Water Works Association 117(1):15

Field	Reference A	Reference B
作者	◎	◎
刊名	◎	◎
篇名		◎
卷	◎	◎
期		◎
頁碼	◎	◎
關鍵字		
出版年	◎	◎
ISSN/ISBN		

左方表格中，兩種參考文獻描述的是同一篇文章，但是它們所提供的資訊卻不相同，Reference B提供的資訊要比Reference A多，如果每一個欄位都要比對的話，系統將會判定這兩筆 References 描述的是不同文章。

如果我們只比對「作者、刊名、出版年」這三個欄位的話，那麼這兩筆文獻將被視為相同的資料。而「重複」(Duplicates) 就是幫助我們設定需要辨識欄位。

要找出圖書館中重複的書目資料，可以利用工具列上的「References」、「Find Duplicates」尋找出相同的書目。

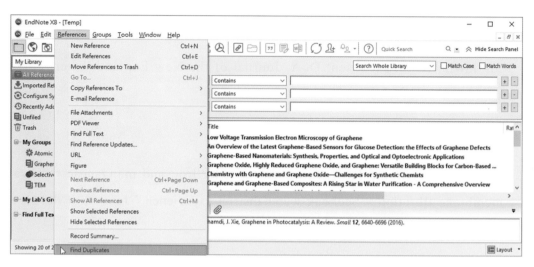

圖2-10　找出重複的書目資料

　　接著，對於被判定重複的資料會被並列於圖2-11的視窗中，透過檢視各欄位的詳盡程度，選擇保留內容較為完整者，例如含有全文資料的書目。按下 Keep This Record 以保留該筆資料。

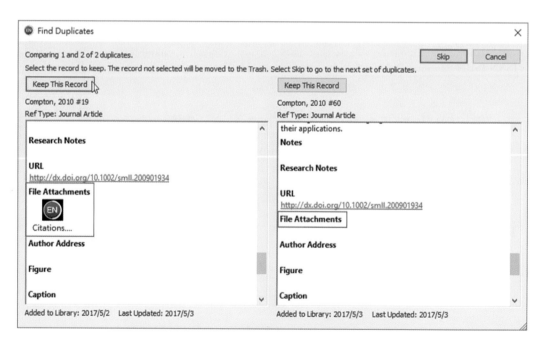

圖2-11　比照各欄位的詳盡程度

　　EndNote的預設條件是比對作者、年份、篇名以及資料類型 (Reference Type) 四個欄位，當四者相同的時候就被判定為重複的書目資料。如果我們希望更改比對的條件，可以進入個人偏好畫面進行更改。

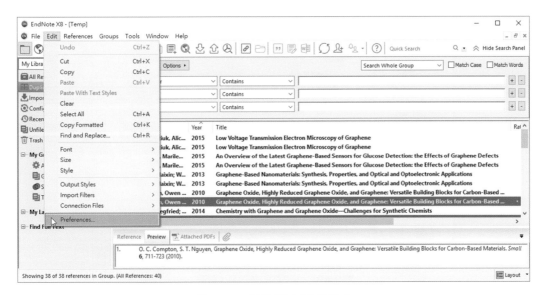

圖2-12　進入個人偏好設定

　　在圖2-13左方點選「Duplicates」，接著在右方勾選要比對的條件，愈多相符合的條件表示資料的比對愈精確。若勾選下方的Automatically discard duplicates，表示授權EndNote自動刪除重複的資料。但有時明明是相同的資料卻可能被判斷為不同的資料，例如我們設定必須比對Issue相符才算是重複的書目，如果兩筆相同的論文，其中一筆書目的欄位有Issue的資料，另一筆沒有，就可能被判定為不同的兩篇論文，這樣也可以幫助我們挑選出內容比較完整的書目並加以保留。

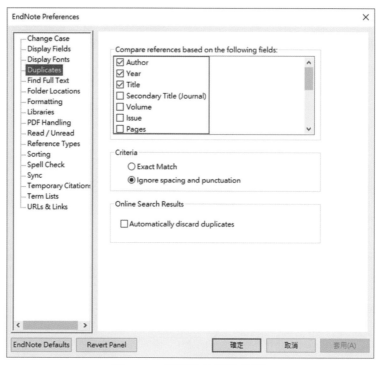

圖2-13　勾選欲比對的條件

2-1-4　批次修改書目資料

　　每一筆書目資料都可以進行修改，但是如果我們要修改的部分囊括整個資料庫，例如整個資料庫的「United States」一詞都要換成「USA」，那麼無須一筆一筆的進行編輯，直接利用「Find and Replace」的功能就可以更新所有書目。

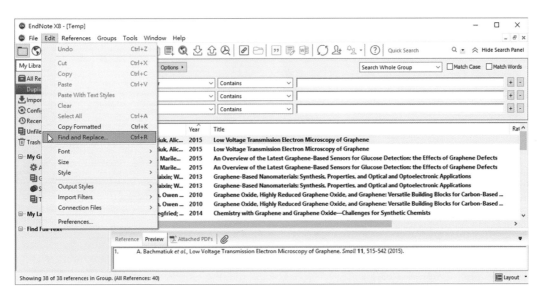

圖2-14　選擇Change Text的功能

　　挑選文字所在的欄位，例如任何欄位 (Any Field) 、關鍵字欄位 (Keywords) 或是摘要欄位 (Abstract) 等等。至於「Insert Special Tab」表示在文字之前增加縮排，也就是空格，「Insert Special Carriage return」表示換到下一行。按下「Change」後，軟體會出現彈出視窗，按下確定後，即完成修改。

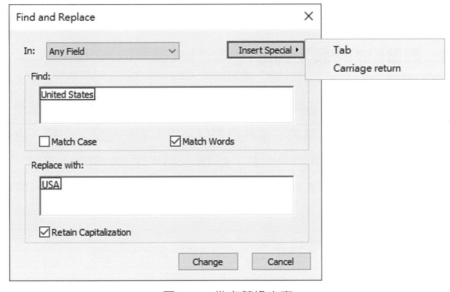

圖2-15　批次替換文字

完成更改之後的資料會反白做為提示。

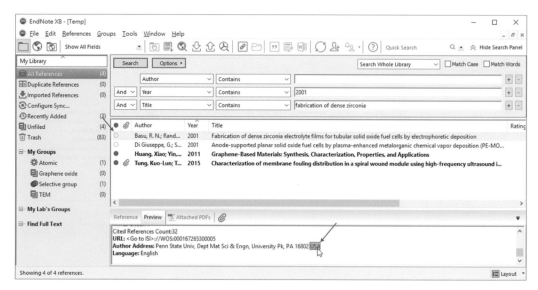

圖2-16　完成文字替換

這樣的方式非常類似Word功能中的「取代」，但是Word的「取代」是可以復原的，而EndNote的Change Text是不能復原的，如果想要更改回原本的文字只要重複上述動作，將上下兩個條件互換即可。

2-1-5　圖書館的複製及備份

就像任何重要的檔案都需要備份一樣，辛苦建立的EndNote圖書館也一樣需要備份以防資料損毀或是遺失。當我們需要利用不同的電腦工作時，也可以隨身攜帶複製的圖書館到任何一台安裝了EndNote應用程式的電腦上工作，當與他人共享資源時亦可複製圖書館供對方使用。複製圖書館就像複製一般電腦檔案一樣，方法相當的簡單。

1.複製及貼上

就如複製電腦檔案一般，按下滑鼠右鍵選擇複製，並在選定的位置貼上檔案即可。要特別留意的是當複製EndNote圖書館時一定要複製整組資料，也就是

圖書館 (副檔名為 .enl) 和同名的資料夾 (副檔名為 .Data)。如同第一章1-2的圖
1-24所示，當要複製圖書館的時候一定要將整組檔案一併複製才算完整。

圖2-17　完整的EndNote Library有兩個檔案

2.另存新檔

直接利用EndNote的Save a Copy功能將圖書館另存備份。

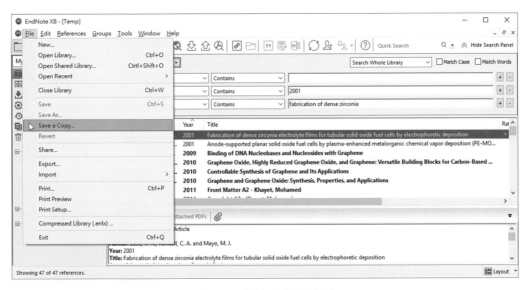

圖2-18　另存整個圖書館

為複製的圖書館選擇儲存的位置及檔名，確定之後按下儲存就完成了整組
圖書館的複製了。

2-1-6 合併兩個圖書館

如果我們要與他人分享資料，可以將複製後的圖書館與自己的圖書館合併。首先選定一個圖書館，按下「File」、「Import File」的功能將另一個圖書館的資料匯入。

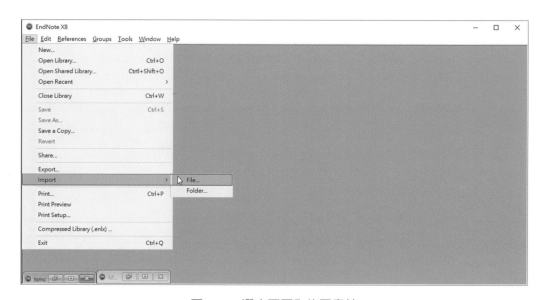

圖2-19　選定要匯入的圖書館

在Import Data File的地方按下Choose File指定想要合併的圖書館的路徑，再由Import Option的選單中選定EndNote Library的選項，如果選單中無此選項，則按下Other Filters找出該選項。

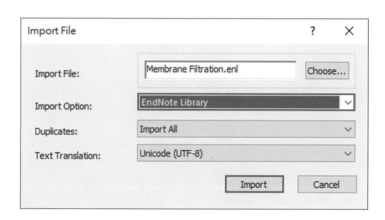

圖2-20　進行匯入設定

按下Import後就可以看到Temp圖書館已經被合併到Membrane Filtration圖書館中。

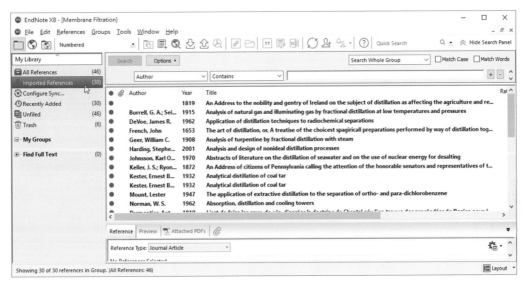

圖2-21　完成圖書館的合併

2-1-7　移動部分書目資料

前一節介紹的是如何將兩組圖書館全部的資料合併到一個圖書館中，這一節要介紹的則是將某個圖書館的部分資料置入另一個圖書館當中。其實只要利用拖曳，或是複製、貼上的功能就可以輕鬆完成。

1.利用滑鼠拖曳書目

開啟EndNote程式，並且同時開啟兩個 (或多個) 圖書館；利用圖書館右上方的 圖示 調整圖書館的大小。

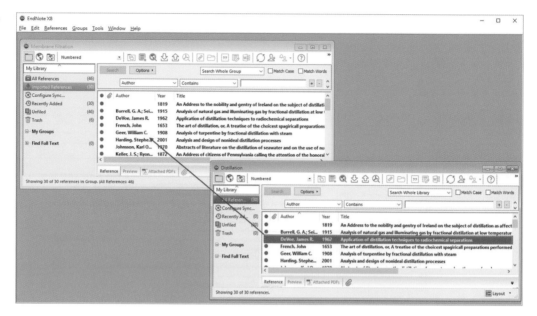

圖2-22　直接拖曳書目至另一個圖書館

2.利用複製／貼上書目

　　點選一個或多個書目資料，按下工具列上的「References」、「Copy References To」、「Choose Library…」，並選取要貼上特定書目的圖書館。按下開啟後，選定的圖書館中，就會新增貼上的書目資料。如果另一個圖書館的書目排序方式是依照作者的字母順序排列，那麼貼上的書目也會依照作者字母順序排列，依此類推。

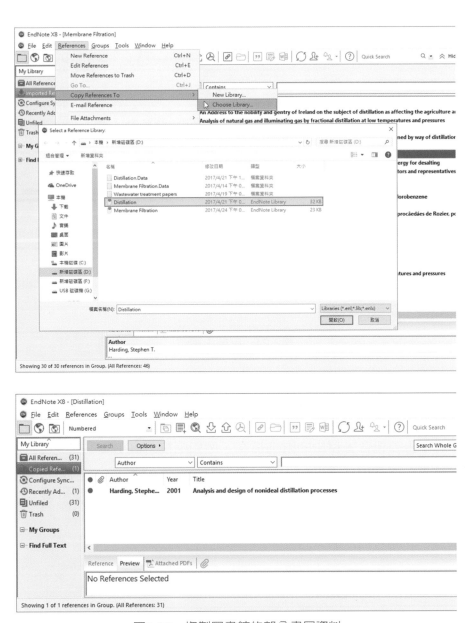

圖2-23　複製圖書館的部分書目資料

2-1-8　圖書館的壓縮

　　分享、複製圖書館時，一定要將 .DATA 及 .enl一同處理才算是一組完整的檔案，但是透過 EndNote 內建的壓縮功能可以將整組檔案一次壓縮為一個.enlx檔。壓縮與解壓縮的方式如下：選擇「File」、「Compressed Library(.enlx)…」。

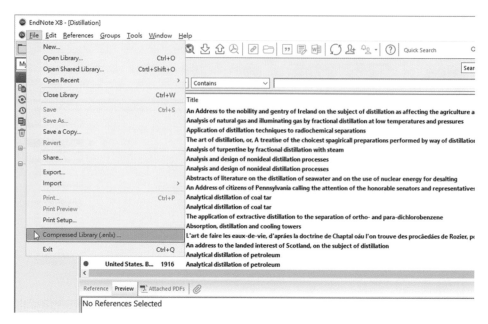

圖2-24　壓縮圖書館

　　此時會跳出一個設定條件的對話窗，分成三部份，A框詢問使用者是否要僅建立壓縮圖書館或是壓縮後再將圖書館寄給他人共享。B框詢問使用者壓縮圖書館時是否要包含書目中的附加檔案，例如圖檔、PDF檔等等。有附加檔案的圖書館當然所佔硬碟空間較大，但是資料也較為完整。C框則是詢問使用者想要將哪些書目資料壓縮。是圖書館內全部的書目資料？或被點選的書目資料？亦或是某個書目群組 (Group) 的資料？

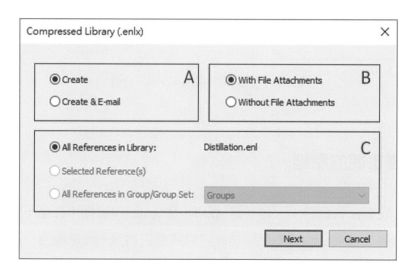

圖2-25　選定要壓縮的資料

設定完成之後，按下Next為壓縮圖書館取一個檔名。之後就可以在存檔的位置上看到該檔。壓縮的圖書館其實合併了.enl與.Data，經過壓縮後的檔案節省了很大的空間，將來要使用的時候只要點兩下滑鼠左鍵就可以開啟檔案。

圖2-26　為壓縮檔取一個檔名

雙擊我們建立的壓縮檔會開啟如圖2-27的.enl與.Data資料夾，原本的壓縮檔仍然繼續存在。當我們利用開啟的圖書館增刪或是修改書目資料，其結果並不會影響到原本的壓縮檔，也就是解壓縮之後的圖書館即為一個獨立的檔案。

圖2-27　壓縮檔及解壓縮後的圖書館檔案組

2-2　過濾器相關技巧

　　EndNote的Filter (書目過濾器) 對於資料的匯出/匯入相當重要，前面提到過Filter就相當於資料庫和EndNote之間的翻譯員，雖然在安裝EndNote軟體時就已經內建了上百種過濾器，但想當然耳這上百種過濾器絕對無法涵蓋世上所有的資料庫，也就是說並非每個資料庫都可以支援資料匯入EndNote。因此在EndNote網站上提供了下載的服務，使用者可以在線上尋找自己需要的Filter並下載到本地的電腦中使用。

　　如果EndNote的網站也沒有適用的Filter就可以考慮自己製作，製作過濾器僅需利用複製、貼上的動作即可完成。因此只要是經常使用的資料庫就可以考慮製作Filter，但若僅有一兩筆資料要存入圖書館，那麼直接利用「自行輸入書目資料」的途徑反而快速。

2-2-1　下載更新

　　EndNote的網站會不定時提供新工具、新版本的下載，例如各個資料庫的過濾器就是其中一例。EndNote技術支援服務網頁就可以讓使用者進行各項更新，不僅是過濾器，本節以過濾器為例，至於其他各種工具的下載皆為類似的方式，操作上應該不會造成問題。

　　1.下載單一過濾器

　　在EndNote的網頁 (http://endnote.com) 上方按下「DOWNLOADS」項目，並選取「Add import filters」選項，進入下載過濾器的畫面。

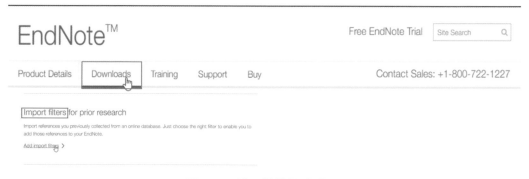

圖2-28　進入技術服務頁面

　　檢視下方的資料庫名稱，找到需要的資料庫時，以按下 Download 將該資料庫的過濾器下載到電腦中。

INFORMATION PROVIDER	DATABASE	DATE ⌄	
INST OF MEDICAL INFO - CHINESE ACADEMY OF MED SCI (CAMS)	SinoMed CBM	2016-12-12	Download
INST OF MEDICAL INFO - CHINESE ACADEMY OF MED SCI (CAMS)	SinoMed Thesis	2016-12-12	Download
Thomson Reuters	ISI-CE	2016-10-07	Download
OvidSP	Ovid Nursing Database	2016-08-24	Download

圖2-29　選擇資料庫過濾器

　　下載後開啟檔案，此時EndNote自動展開至圖2-30的畫面，按下工具列的「Close Filter」將這個Filter檔案關閉就算下載完成了。

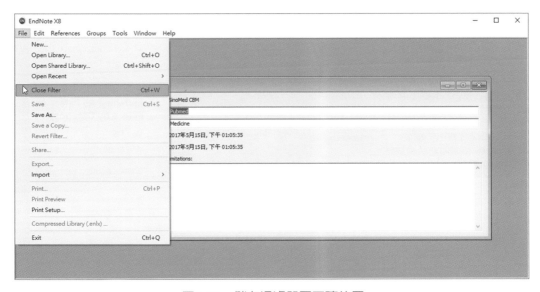

圖2-30　儲存過濾器至正確位置

2.下載多個資料庫過濾器

上述的方式是下載單一過濾器，若我們希望一次全面更新所有的過濾器，那麼可以採用整組更新的方式。同樣地，在EndNote首頁按下「DOWNLOADS」項目，並選取「Filters」選項，進入下載過濾器的畫面。

直接點選頁面中 Download all filters 項目，即可直接下載包含所有過濾器的壓縮檔。

EndNote™   Free EndNote Trial   Site Search 🔍

Product Details   Downloads   Training   Support   Buy   Contact Sales: +1-800-722-1227

Home ＞ Downloads ＞ EndNote Import Filters

EndNote Import Filters

EndNote offers hundreds of import filters

Use these filters to transfer information previously downloaded from an online database.

Download all filters

Submit a request for the creation of a new filter ＞

Use the Filter Finder below to locate a filter for a specific Information Provider.

INFORMATION PROVIDER

Contains ▼

Reset   Apply

INFORMATION PROVIDER	DATABASE	DATE ⌄	
INST OF MEDICAL INFO - CHINESE ACADEMY OF MED SCI (CAMS)	SinoMed CBM	2016-12-12	Download

Use of Downloaded Files

EndNote output styles are provided solely for use by licensed owners of EndNote and with the EndNote product. By downloading EndNote Styles, Filters, Connections, Templates and Updates you automatically agree to the terms of use.

Downloading and Installing Individual Filters

1. Search and download the selected filter from the **table to the left**.
2. Double-click the filter file to open in EndNote.
3. In EndNote, click "File Menu" and choose "Save as". Remove the word "copy" and click "Save".
4. Click on "File Menu" and choose "Close Filter".
Have version X1 or prior? Click here for instructions.

Installing All Filters or Filters by Category

Mac OS:

1. In EndNote, go to "Menu" and choose "Customizer".
2. Place a check next to all of

圖2-31　更新整組過濾器

　　下載儲存後，將本壓縮檔解壓縮，之後會出現一個名為Filters的文件夾。將此文件夾直接取代原先的Filters文件夾，也就是EndNote X8之下的路徑即可。

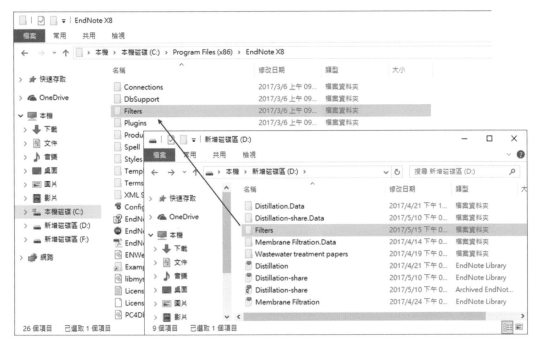

圖2-32　替換所有的Filters

2-3　喜好設定Preferences

　　在喜好設定的章節當中，我們要介紹的是如何讓EndNote的外型或是操作的邏輯更貼近使用者的習慣，而這一切設定都可以在Preference的選項下完成，其路徑為「Edit」、「Preferences」。

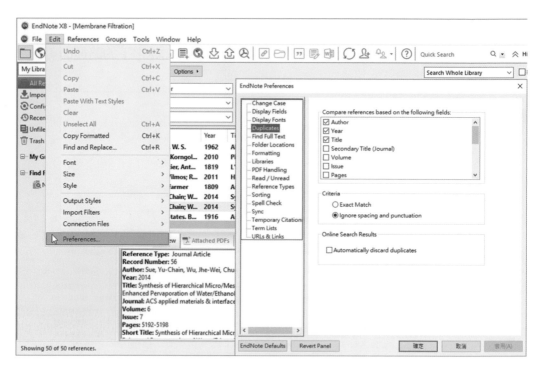

圖2-33　進入喜好設定功能

　　開啟Preferences之後，會出現圖2-33畫面，左方紅框內的文字就是讓使用者自行設定喜好的項目。以下各節將介紹依據自己的喜好對EndNote進行個人化的設定，如果要恢復系統預設環境，可隨時按下 EndNote Defaults 加以復原。

2-3-1　優先開啟的圖書館

　　在左側的設定項目中選取「Libraries」，此處設定的是當開啟EndNote程式時，將優先開啟哪一個Library。

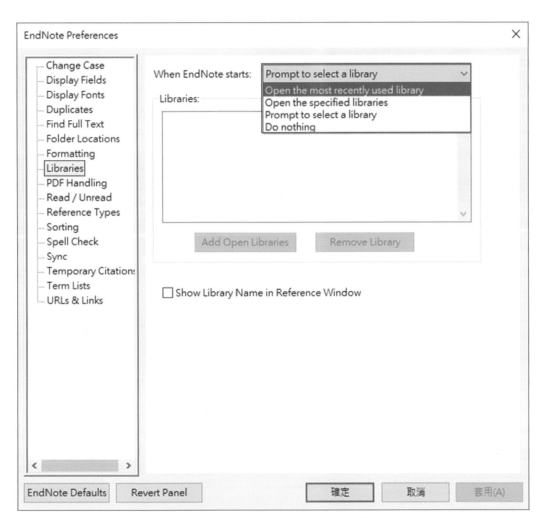

圖2-34　設定優先開啟的圖書館

When EndNote starts:的選單中四個選項，分別為：

Open the most recently used library	開啟最近一次使用的圖書館
Open the specified libraries	開啟指定的圖書館
Prompt to select a library	跳出圖書館清單以供選擇
Do nothing	只開啟EndNote程式，不開啟圖書館

其中，第一、三、四項都很容易理解，至於第二項「Open the specified libraries」必須先進行指定。首先，開啟欲指定的EndNote Library，例如「Solid Electrolyte」圖書館，然後進入Preferences設定畫面。

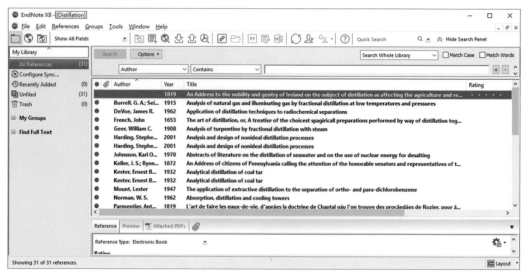

圖2-35　開啓欲指定的圖書館

　　按下 Add Open Libraries 把目前的圖書館設為優先。這個步驟可以重複進行，也就是可以設定同時開啟多個圖書館。

圖2-36　預設優先開啓兩個圖書館

當下一次開啟EndNote程式時就會同時開啟兩個圖書館。

如果要取消優先開啟，只需要回到圖2-36，點選要取消的圖書館之後按下 `Remove Library` 就完成取消的動作。

2-3-2　字體和字型

點選「Display Fonts」可在EndNote Library中改變顯示的字型，共有四處可供設定。

圖2-37　更改字型設定

分別是：

■ Library：書目資料欄的字型。

■ General：預覽視窗顯示的字型，同樣也是論文中引用文獻的字型。

■ Labels：新增書目資料時，每個欄位的字型。

■ Search：搜尋書目資料時，我們所輸入的字型。

按下 Change Font... 就可以更改為所喜愛的字型、樣式或大小。

更改後的外觀如下。

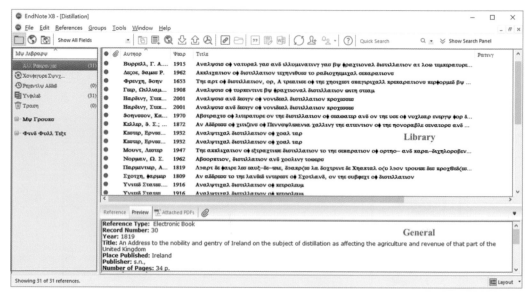

圖2-38　Library & General的字型

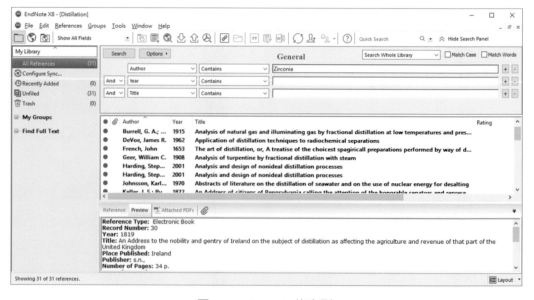

圖2-39　Search 的字型

至於Labels的字型則是對每一筆書目資料編輯欄位產生變化。

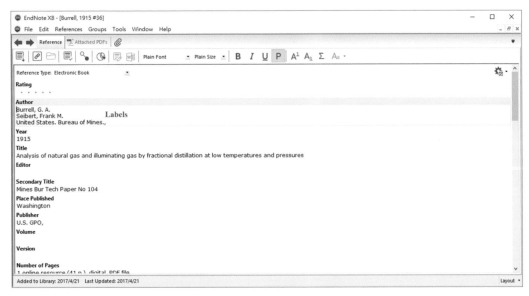

圖2-40　Label 的字型

2-3-3　預設資料類型

由本書1-2得知，EndNote Library可以儲存多種類型的資料，例如期刊論文、方程式、電子書、標準、地圖等等。當我們鍵入一筆資料時必須先選擇資料的類型 (見圖2-41)，因為資料類型不同，所出現的相關欄位也會不同。目前EndNote所預設的資料類型為期刊論文 (Journal Article)，也就是當我們開啟New Reference的功能時，會直接進入Journal Article的編輯畫面，假設我們要鍵入的資料多為書籍 (Book) 時，那麼便可在此處將個人偏好由Journal Article更改為Book。

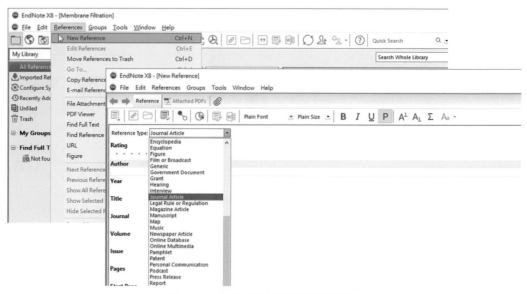

圖2-41 鍵入資料須選擇資料類型

首先進入個人偏好設定的畫面，點選左方的Reference Types後再於右方的Default Reference Type選單中挑選資料類型，此處我們以Book為例，按下確定即可。

圖2-42 選擇預設的資料類型

　　將來每次開啟New Reference的功能，書目資料就會自動設定以Book為其資料類型。

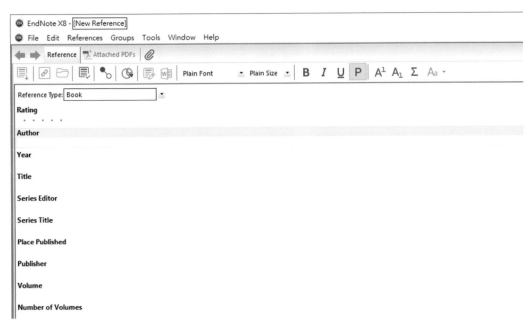

圖2-43　預設資料類型完成

　　反之，如果我們覺得每次選擇資料類型時都有許多根本不會用到的選擇讓人眼花撩亂，此時就可以將不需要的類型加以隱藏。假設我們絕對不會用到的資料類型為Book，就在Default Reference Type的選單中先選擇Book，然後按下 Modify Reference Types... 。

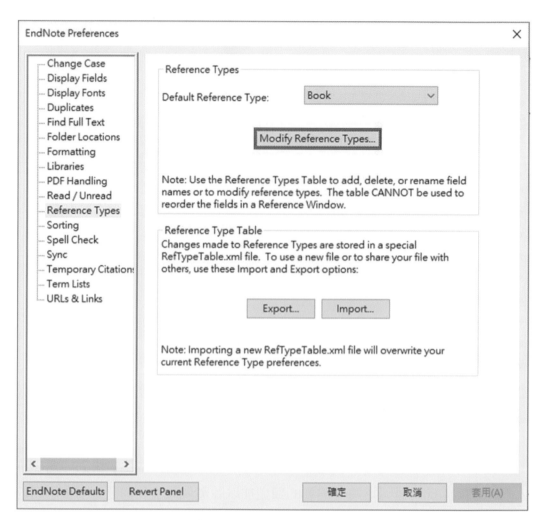

圖2-44　修正資料類型設定

　　接著在Book的前方加上一個英文的句點 (period) ，意即將此資料類型標示為隱藏，確定之後按下OK即可。重覆上述的設定可以隱藏多個不需要的類型以節省選擇的時間。

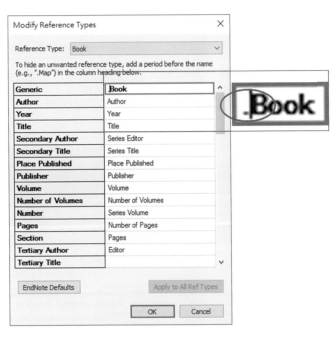

圖2-45 隱藏特定資料類型

回到New References的功能，在選擇資料類型時可以發現原先的Book已經被隱藏，不再提供選擇了。

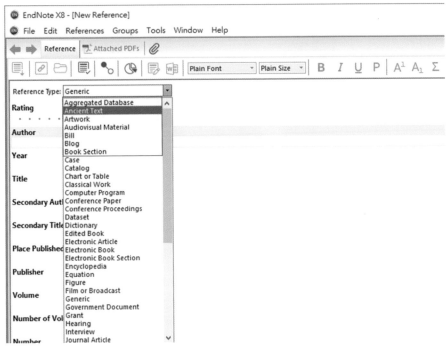

圖2-46 完成隱藏設定

　　若我們有多台電腦，要讓其他電腦套用同樣的設定，其實不必每換一台電腦就重新設定一次，只要按下圖2-47的 ，將上述各項設定匯出成為一個.xml檔，將這個檔案複製到另一台電腦。然後開啟另一台電腦的EndNote，同樣進入圖2-47的畫面，按下 Import 將剛才複製的.xml檔匯入，這樣就會完全覆蓋 EndNote 的預設，變成個人化的設定了。

圖2-47　將個人化設定匯出/入

2-3-4　圖書館的顯示欄位

　　EndNote Library Window的預設顯示欄位有附加物件、作者 (Author)、出版年 (Year)、篇名 (Title)、排名 (Rating)、期刊名 (Journal)、最近更新日期 (Last Updated) 以及資料類型 (Ref Type)，如圖2-48的紅框所示。如果要增刪欄位、移動欄位次序，一樣可在Preferences中變更。

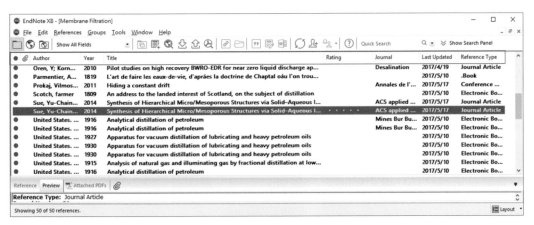

圖2-48　EndNote 預設的書目顯示欄位

　　首先，選擇Display Fields (顯示欄位)。圖2-49是EndNote預設的樣式。Field表示我們希望顯示在EndNote圖書館的欄位，最多可以設定10欄 (Column)，Heading表示標題，也就是這些欄位所使用的名稱，當然也可以是簡稱、代碼及英文以外的文字等。

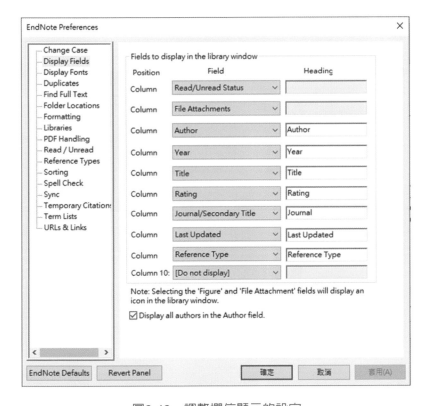

圖2-49　調整欄位顯示的設定

在Field各欄位的選單中，挑出想要顯示在EndNote圖書館的項目，然後在Heading處輸入希望該項目顯示的名稱。由於「Figure」以及「File Attachments」會以迴紋針的圖示代替標題文字，而「Read/Unread Status」，則會以一般/粗體形式來表達是否已經閱讀該文獻資料，因此無法設定標題名稱；「Do not display」則表示忽略本欄、不顯示任何資料，被忽略的欄位會被移至最末。假設我們做了圖2-50的設定，將各欄位的標題改成中文，並且將不需要的欄位設定為「Do not display」那麼得到的顯示畫面將如圖2-51所示。

圖2-50　設定各欄位顯示方式

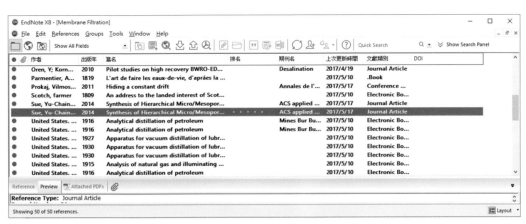

圖2-51　自訂顯示欄位及標題

2-3-5　詞組清單Term List

　　在1-2曾提過，第一次鍵入某作者、期刊名、關鍵字等資料時，文字將會以紅色呈現，而系統也會同時記憶這個詞組，當下一次再輸入該名稱的頭幾個字母時，就會出現備選的詞組 (見圖2-52) ，如此一來不但可以節省輸入的時間，同時也降低輸入錯誤的可能性。

　　建立詞組清單的目的在於使EndNote記憶使用過的關鍵字、作者或期刊、出版者名稱；此外在引用參考文獻的時候，有些引用格式要求作者輸入期刊的簡稱，而非全名，例如：Journal of Membrane Science期刊就要求引用論文時，需以期刊縮寫標註。因此，我們可以在期刊詞組清單中設定該期刊的簡稱，以便將來撰寫論文時能夠快速引用。

圖2-52　詞組清單提供備選字

Reference style
Text: Indicate references by number(s) in square brackets in line with the text. The actual authors can be referred to, but the reference number(s) must always be given.
Example: '..... as demonstrated [3,6]. Barnaby and Jones [8] obtained a different result ....'
List: Number the references (numbers in square brackets) in the list in the order in which they appear in the text.
Examples:
Reference to a journal publication:
[1] J. van der Geer, J.A.J. Hanraads, R.A. Lupton, The art of writing a scientific article, J. Sci. Commun. 163 (2010) 51–59.
Reference to a book:
[2] W. Strunk Jr., E.B. White, The Elements of Style, fourth ed., Longman, New York, 2000.
Reference to a chapter in an edited book:
[3] G.R. Mettam, L.B. Adams, How to prepare an electronic version of your article, in: B.S. Jones, R.Z. Smith (Eds.), Introduction to the Electronic Age, E-Publishing Inc., New York, 2009, pp. 281–304.

Note: titles of all referenced articles should be included. Avoid the use of non-retrievable reports. We strongly recommend references to archival literature (and not personal communications or Web sites) only.

圖2-53　Journal of Science Communication期刊之引用格式

　　只要輸入或匯入到 EndNote Library 的作者、刊名、和關鍵字等欄位的詞組都會受到儲存和管理。

圖2-54　開啟喜好設定的Term Lists可設定自動更新

■ Suggest terms as you type
　　鍵入資料時出現備選詞。

■ Update lists when importing or pasting references
　　匯入或貼上資料時，自動更新詞組。

■ Update lists during data entry

當資料輸入時會自動更新詞組。

現在我們以作者與期刊名稱為例，示範如何編輯現有的詞組及增加新的詞組。

1.編輯作者詞組

假設我們要更改現有詞組清單，例如更新作者的姓名由「Tung, Kuo-Lun」更改為「Tung, KL」，首先開啟Authors Term List。

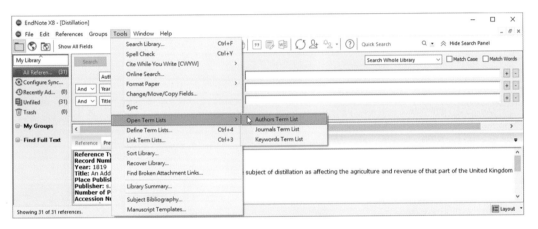

圖2-55　開啟作者詞組清單

選擇要更新的作者之後，按下 Edit Term... 。

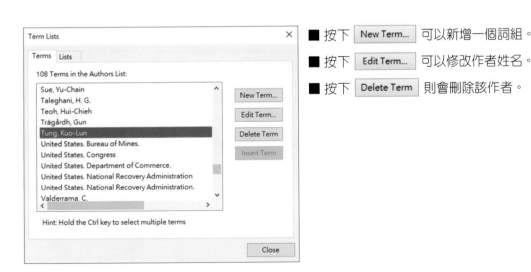

■ 按下 New Term... 可以新增一個詞組。

■ 按下 Edit Term... 可以修改作者姓名。

■ 按下 Delete Term 則會刪除該作者。

圖2-56　找出要編輯的作者姓名

輸入新的名稱，然後按下 OK 以確認修改完成。

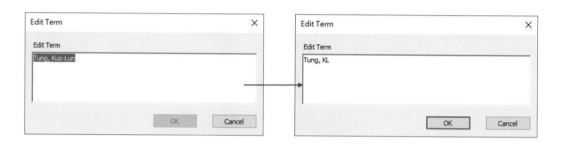

圖2-57　修改作者姓名資料

檢視作者詞組可以看到原先的「Tung, Kuo-Lun」已經更改為「Tung, KL」。

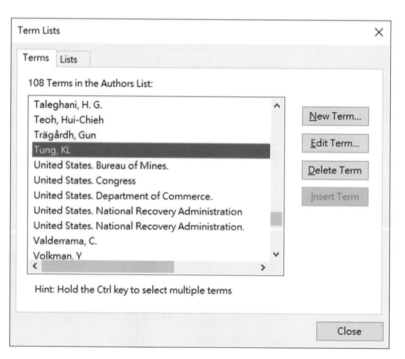

圖2-58　作者詞組已更新完成

利用工具列上的「References」、「New Reference」再次輸入「Tung」，可以看到「KL」已經自動列出，成為備選字了。

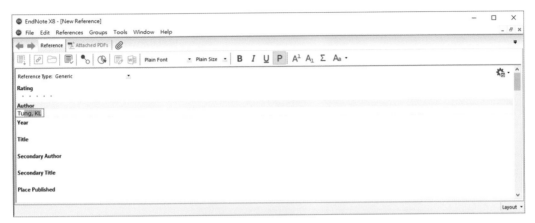

圖2-59　系統已將新詞組記錄為備選字

　　原先的「Tung, Kuo-Lun」因為已經不再存在於Author Term Lists當中，因此當我們在作者欄中輸入「Tung, Kuo-Lun」則會被視為是初次使用的詞組，故將以紅色字樣顯示，並且也會依據圖2-61的設定將該詞組自動存入Author Term Lists列為備選字。

圖2-60　新詞組將以紅色字樣標示

　　由此可知，如果我們想要保留原本的詞組，就應該在圖2-58的部分選擇 New Term... 而非 Edit Term... 。至於要刪除某個詞組則只需點選作者姓名後按下 Delete Term 即可。

2.編輯期刊詞組

　　EndNote應用程式中包含Term Lists的資料夾，其預設路徑如圖2-61的網址欄所示，每一份文件都記錄著各領域的重要期刊名稱及縮寫。

圖2-61　Term Lists文件夾儲存各領域期刊名稱及簡稱

　　以Chemical文件為例，開啟之後得到圖2-62的資料，左方是期刊的全名，右方則是縮寫。這些資料都是在安裝EndNote時同時產生的清單，而這些資料可以透過編輯達到新增、修改和刪除等功能，進而變得更新穎及完整。

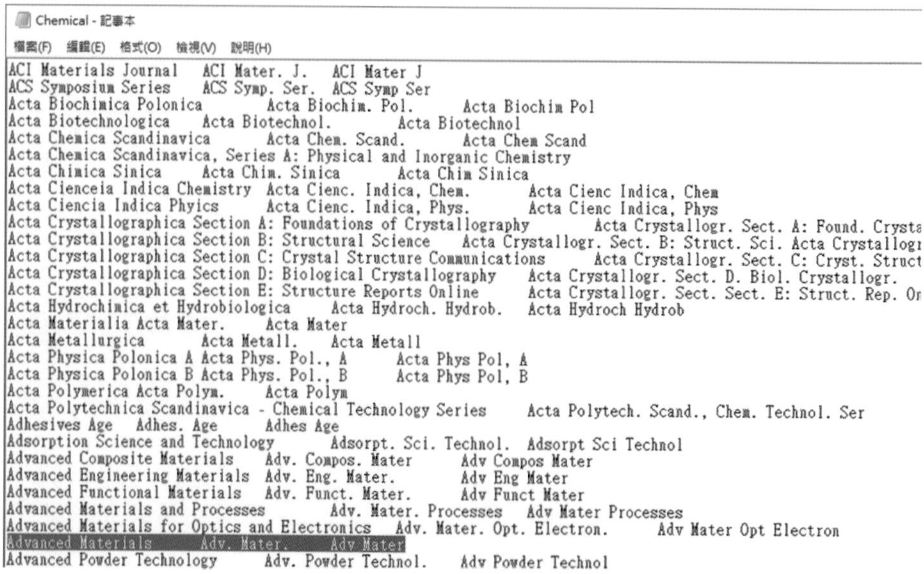

圖2-62　Chemical領域之重要期刊

　　至於這份期刊清單應該如何應用？首先由上方工具列「Tools」、「Open Term Lists」處開啟「Journal Term List」功能。此處的「10 Journals in the Journals List」係指目前開啟的圖書館共包含了10種期刊，而這些期刊目前都沒有期刊縮寫的資料。因此我們希望以較完整的期刊清單取代這份清單。

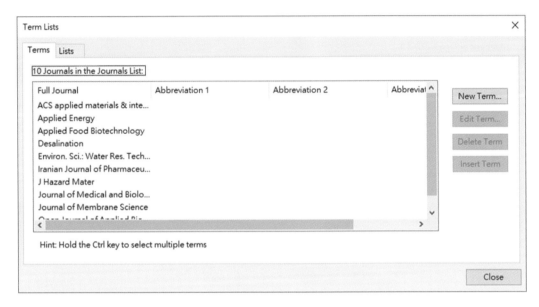

圖2-63　開啓中的圖書館所有期刊名稱一覽

　　檢視圖2-63，發現與本圖書館主題較相關的期刊清單是Chemical，因此決定將這份清單匯入圖書館。首先按下「Lists」標籤，再選擇 Import List...

圖2-64　選擇匯入功能

找出圖2-61的路徑，將清單匯入。

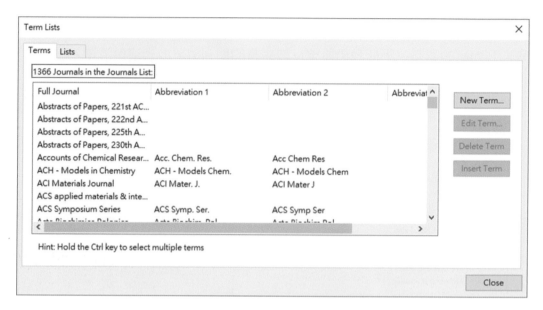

圖2-65　檢視新的清單內容

　　但EndNote 內建的期刊詞組清單並非無所不包，有許多期刊並不在清單之列，因此也會以期刊全名代替縮寫。要解決單筆資料不夠完整的方式是逐筆更新。假設我們現在要更新期刊縮寫資料，可經由「Tools」、「Open Term Lists」處開啟「Journal Term List」開啟期刊詞組，選取期刊名稱，然後按下 Edit Term... ，進入編輯畫面。期刊縮寫可直接上期刊的網站查詢，或經由 Web of Science 網站查得ISI期刊的縮寫 (見圖2-66)，亦可由ISSN (國際標準期刊號) 的網站查詢。

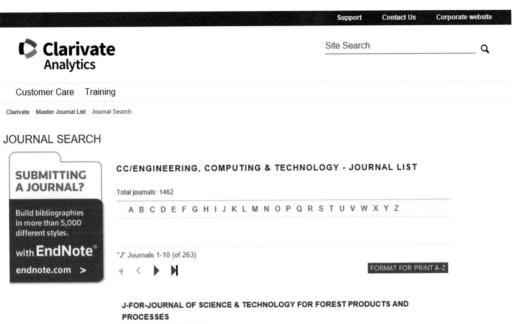

圖2-66　至ISI Web of Science網站查詢期刊簡稱選擇欲匯入的清單

（網址：http://ip-science.thomsonreuters.com/cgi-bin/jrnlst/jlresults.cgi）

　　查得所需的期刊縮寫後填入「Abbreviation 1」的空格內，接著按下OK就完成了。

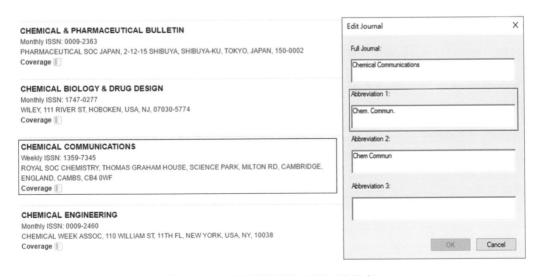

圖2-67　查得期刊簡稱並填入適當處

　　於是這筆期刊的資料除了全名之外也出現一組縮寫；其餘的期刊也可依此類推、逐筆更新。至於關鍵字的更新，其程序與上述的期刊名稱、作者名稱相同。

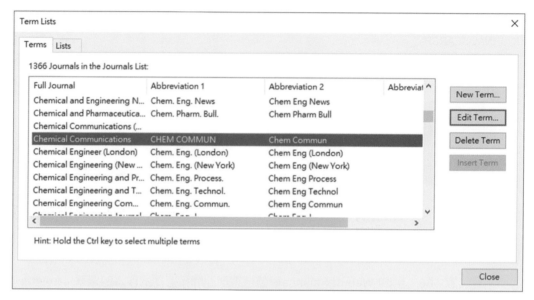

圖2-68　單筆期刊資料完成更新

3.分享詞組清單

　　詞組清單是可以分享的，不論是將他人編輯完成的清單匯入或是將自己更新完成的清單匯出予他人使用都可以輕鬆分享。假設我們現在要將作者Lists (或期刊、關鍵字Lists) 匯出，點選Lists標籤後選擇要匯出的清單，按下 Export List... 將清單匯出成為一個文字檔，並取一個檔名就完成了。如果要與他人分享，只需要將此文字檔傳送給他人，讓他人匯入EndNote Library即可；匯入的方式則是透過 Import List... 將資料存入，如此一來不同的電腦之間或是合作的同儕之間就不需要重複耗費時間精力去不斷重新編輯詞組清單。

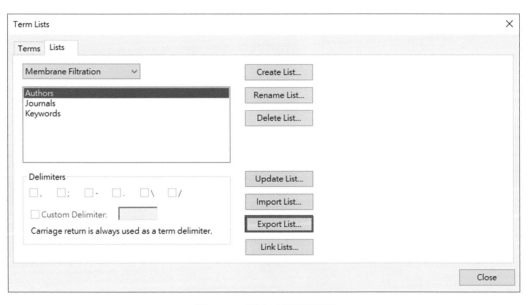

圖2-69　將作者清單匯出

Part I

EndNote 操作實務

　　第一、二章介紹的是透過EndNote建立起專屬自己的圖書館，同時將圖書館依據個人風格和使用習慣修改成專屬的界面，本章則開始利用EndNote結合Word文書處理軟體撰寫格式美觀、符合投稿規定的論文。大部分的研究都需要透過「發表」，例如刊登於期刊或是申請專利，藉以宣告其為專屬成果，因此撰寫論文的能力相當重要。值得注意的是，撰寫論文的能力並非表示我們應該花費大量時間在文書排版、核對引用格式等工作，而是充實文章深度並且有邏輯地表達研究過程和結果的能力。書目管理軟體的另一項重要功能正是為了解決排版、格式的問題而廣受研究人員的歡迎。EndNote在撰寫論文方面的主要功能大致可以區分為1.利用EndNote範本精靈建立格式、段落都合乎投稿要求的稿件，2.利用EndNote的Cite While You Write的功能插入引用文獻，並且自動形成正確的書目引用格式，不論是文內引用或是文末參考文獻都可以快速建立並且自動排序，即使日後要更改引用格式也只需要一個按鍵就可以輕鬆轉換。

Polycyclic aromatic hydrocarbons (PAHs) are ubiquitous toxic pollutants in the atmosphere and gas phase PAHs undergo photochemical reactions forming numerous products whose toxicity, carcinogenicity and/or mutagenicity are often higher than those of their parent PAHs (Atkinson and Arey, 1994). Thus, significant efforts have been expended to identify the photochemical decomposition products of the OH radical reactions with various PAHs, such as naphthalene (Bunce et al., 1997; Chan et al., 2009; Kautzman et al., 2010; Lee and Lane, 2009; Sasaki et al., 1997), acenaphthene (Sauret-Szczepanski and Lane, 2004) and phenanthrene (Helmig and Harger, 1994; Lee and Lane, 2010) in reaction chambers over the past two decades. Previous studies (Robinson et al., 2007; Chan et al., 2009; Kautzman et al., 2010; Shakya and Griffin, 2010) have demonstrated that particle formation during

Inorganic material has been regarded as a promising medium in membrane separation processes because of its excellent mechanical, thermal, and chemical properties. These properties can be adopted in many different systems to gain superior performance.[1-4] Silica membranes have been widely utilised in gas separation and pervaporation applications because the appropriate cavity size can be successfully controlled through chemical vapour deposition or sol-gel techniques. Recently, many researchers have fabricated organic–inorganic hybrid silica membranes to control hydrothermal stability, affinity, and cavity size distribution for the enhancement of permeability and selectivity.[5-9] A hybrid silica membrane with a high

圖3-1　文內引用文獻 (citation) 格式之例

References

Albinet, A., Leoz-Garziandia, E., Budzinski, H., Villenave, E., Jaffrezo, J.L., 2008. Nitrated and oxygenated derivatives of polycyclic aromatic hydrocarbons in the ambient air of two French alpine valleys: part 1: concentrations, sources and gas/particle partitioning. Atmospheric Environment 42, 43–54.

Atkinson, R., Arey, J., 1994. Atmospheric chemistry of gas-phase polycyclic aromatic hydrocarbons: formation of atmospheric mutagens. Environmental Health Perspectives 102, 117–126.

Bayona, J.M., Markides, K.E., Lee, M.L., 1988. Characterization of polar polycyclic aromatic compounds in a heavy-duty diesel exhaust particulate by capillary column gas chromatography and high-resolution mass spectrometry. Environmental Science and Technology 22, 1440–1447.

Birch, M.E., Cary, R.A., 1996. Elemental carbon-based method for monitoring occupational exposures to particulate diesel exhaust. Aerosol Science and Technology 25, 221–241.

Notes and references

1　R. M. de Vos and H. Verweij, *Science*, 1998, **279**, 1710.
2　W. Yuan, Y. S. Lin and W. Yang, *J. Am. Chem. Soc.*, 2004, **126**, 4776.
3　X. Yin, G. Zhu, W. Yang, Y. Li, G. Zhu, R. Xu, J. Sun, S. Qiu and R. Xu, *Adv. Mater.*, 2005, **17**, 2006.
4　M. A. Carreon, S. Li, J. L. Falconer and R. D. Noble, *J. Am. Chem. Soc.*, 2008, **130**, 5412.
5　M. C. Duke, J. C. Diniz da Costa, D. D. Do, P. G. Gray and G. Q. Lu, *Adv. Funct. Mater.*, 2006, **16**, 1215.
6　H. L. Castricum, A. Sah, R. Kreiter, D. H. A. Blank, J. F. Vente and E. t. E. Johan, *Chem. Commun.*, 2008, 1103.

圖3-2　文末參考文獻 (reference) 格式之例

3-1 論文範本及Cite-While-You-Write

　　EndNote與論文撰寫的關係可以用圖3-3表示。在建立了圖書館並蒐集許多文獻資料之後，接著就可以開始撰寫論文。除了直接開啟空白的Microsoft Word檔案之外，還可以透過EndNote內建的論文範本以快速達到段落次序符合規定的格式。利用EndNote撰寫論文時必須同時開啟EndNote Library以及Word。這樣便可由圖書館讀取書目，並插入內文中形成文內引用 (in-text citation)和參考文獻 (reference)，這項功能稱為Cite-While-You-Write (CWYW)。

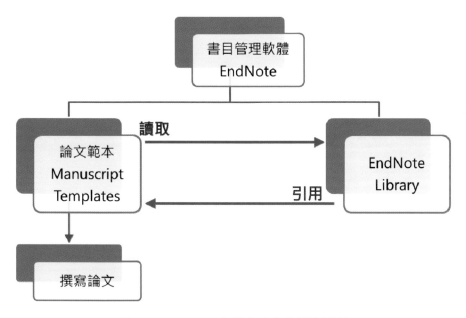

圖3-3　EndNote 與撰寫論文之間的關係

　　不論是撰寫學位論文或是會議論文、期刊論文，都必須依據規定的格式撰寫，所謂的「規定」包括應該具備的段落、字體、字型、行距以及引用文獻格式等等，細節相當繁瑣。以期刊 *"Journal of Power Sources"* 為例，該期刊的投稿須知 (Guide for Authors) 中詳細規定了投稿時應該注意的各種事項，圖3-4、圖3-5節錄了該期刊部分投稿規定。

第三章　利用EndNote 撰寫論文

Article structure

Subdivision - numbered sections
Divide your article into clearly defined and numbered sections. Subsections should be numbered 1.1 (then 1.1.1, 1.1.2, ...), 1.2, etc. (the abstract is not included in section numbering). Use this numbering also for internal cross-referencing: do not just refer to 'the text'. Any subsection may be given a brief heading. Each heading should appear on its own separate line.

Experimental
Provide sufficient detail to allow the work to be reproduced. Methods already published should be indicated by a reference: only relevant modifications should be described.

Results
Results should be clear, concise, and written in the present tense.

Discussion
This should explore the significance of the results of the work, not repeat them, and be written in the present tense. A combined Results and Discussion section is often appropriate. Avoid extensive citations and discussion of published literature.

Conclusions
The Conclusions section, should stand alone.

Glossary
Please supply, as a separate list, the definitions and acronyms of field-specific terms used in your article.

Appendices
The use of appendices is not encouraged. If there is more than one appendix, they should be identified as A, B, etc. Formulae and equations in appendices should be given separate numbering: Eq. (A.1), Eq. (A.2), etc.; in a subsequent appendix, Eq. (B.1) and so on. Similarly for tables and figures: Table A.1; Fig. A.1, etc.

Essential title page information

• *Title.* Concise and informative. Titles are often used in information-retrieval systems. Avoid abbreviations and formulae where possible.
• *Author names and affiliations.* Where the family name may be ambiguous (e.g., a double name), please indicate this clearly. Present the authors' affiliation addresses (where the actual work was done) below the names. Indicate all affiliations with a lower-case superscript letter immediately after the author's name and in front of the appropriate address. Provide the full postal address of each affiliation, including the country name and, if available, the e-mail address of each author.
• *Corresponding author.* Clearly indicate who will handle correspondence at all stages of refereeing and publication, also post-publication. **Ensure that telephone and fax numbers (with country and area code) are provided in addition to the e-mail address and the complete postal address. Contact details must be kept up to date by the corresponding author.**
• *Present/permanent address.* If an author has moved since the work described in the article was done, or was visiting at the time, a 'Present address' (or 'Permanent address') may be indicated as a footnote to that author's name. The address at which the author actually did the work must be retained as the main, affiliation address. Superscript Arabic numerals are used for such footnotes.

Note: Only one corresponding author is permitted.

Abstract

A concise and factual abstract is required. The abstract should be written in the present tense and be no longer than 200 words maximum. It should briefly state the purpose of the research, the principal results and major conclusions. An abstract is often presented separately from the article, so it must be able to stand alone. For this reason, References should be avoided, but if essential, then cite the author(s) and year(s). Also, non-standard or uncommon abbreviations should be avoided, but if essential they must be defined at their first mention in the abstract itself.

圖3-4　段落及字型的規定

References

Citation in text
Please ensure that every reference cited in the text is also present in the reference list (and vice versa). Any references cited in the abstract must be given in full. Unpublished results and personal communications are not recommended in the reference list, but may be mentioned in the text. If these references are included in the reference list they should follow the standard reference style of the journal and should include a substitution of the publication date with either 'Unpublished results' or 'Personal communication'. Citation of a reference as 'in press' implies that the item has been accepted for publication.

Web references

As a minimum, the full URL should be given and the date when the reference was last accessed. Any further information, if known (Digital Object Identifier (DOI), author names, dates, reference to a source publication, etc.), should also be given. Web references can be listed separately (e.g., after the reference list) under a different heading if desired, or can be included in the reference list.

Reference management software
This journal has standard templates available in key reference management packages EndNote (⊞ http://www.endnote.com/support/enstyles.asp) and Reference Manager (⊞ http://refman.com/support/rmstyles.asp). Using plug-ins to wordprocessing packages, authors only need to select the appropriate journal template when preparing their article and the list of references and citations to these will be formatted according to the journal style which is described below.

Reference style
Text: Indicate references by number(s) in square brackets in line with the text. The actual authors can be referred to, but the reference number(s) must always be given.
Example: '..... as demonstrated [3,6]. Barnaby and Jones [8] obtained a different result ....'
List: Number the references (numbers in square brackets) in the list in the order in which they appear in the text.
Examples:
Reference to a journal publication:
[1] J. van der Geer, J.A.J. Hanraads, R.A. Lupton, J. Sci. Commun. 163 (2010) 51–59.
Reference to a book:
[2] W. Strunk Jr., E.B. White, The Elements of Style, fourth ed., Longman, New York, 2000.
Reference to a chapter in an edited book:
[3] G.R. Mettam, L.B. Adams in: B.S. Jones, R.Z. Smith (Eds.), Introduction to the Electronic Age, E-Publishing Inc., New York, 2009, pp. 281–304.

圖3-5　引用文獻的格式規定

當我們準備投稿該期刊，必須先詳讀這些繁瑣的規定後再逐步依照格式繕打文章，可想而知，所花費的時間必定相當可觀。但透過EndNote已經建置完成的論文範本 (Manuscript Template)，我們可以不必再理會各段落的次序和字型、行距等規定。目前EndNote X8內建191種論文範本，一般預設在C:\Program Files (x86)\EndNote X8\Templates\路徑之下 (路徑中是否含 "x86" 因作業系統為 32位元或64位元而異)。

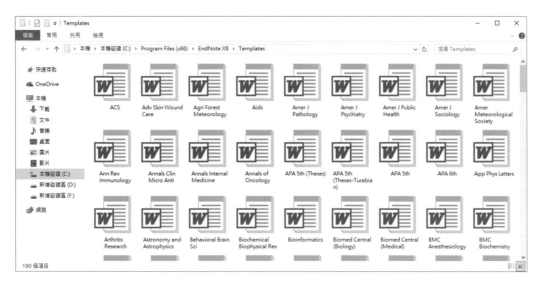

圖3-6　EndNote內建論文範本

在此以 *American Journal of Psychiatry* 的論文範本為例，開啟後的範本外觀如圖3-7。

第三章 利用EndNote撰寫論文

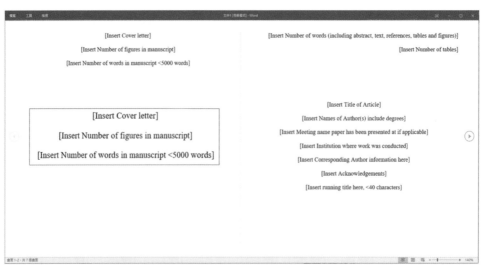

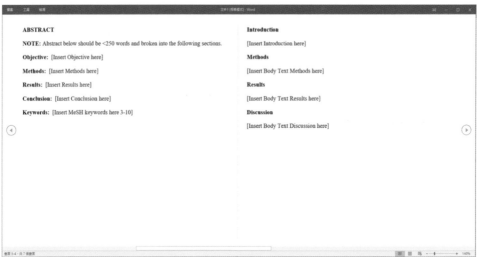

圖3-7 American Journal of Psychiatry論文範本

每個段落所應具備的項目都已經整齊的出現在稿件上，在該項目上按下滑鼠左鍵就會產生反白，表示可以在此輸入文字。每種期刊所要求的投稿格式不盡相同，這也是為什麼會有上百種範本可供選用的原因。至於一些通用的格式例如APA、Chicago、MLA等亦收錄其中。論文範本除了可以由Templates文件夾中開啟 (圖3-6) 之外，尚可經由EndNote工具列開啟。

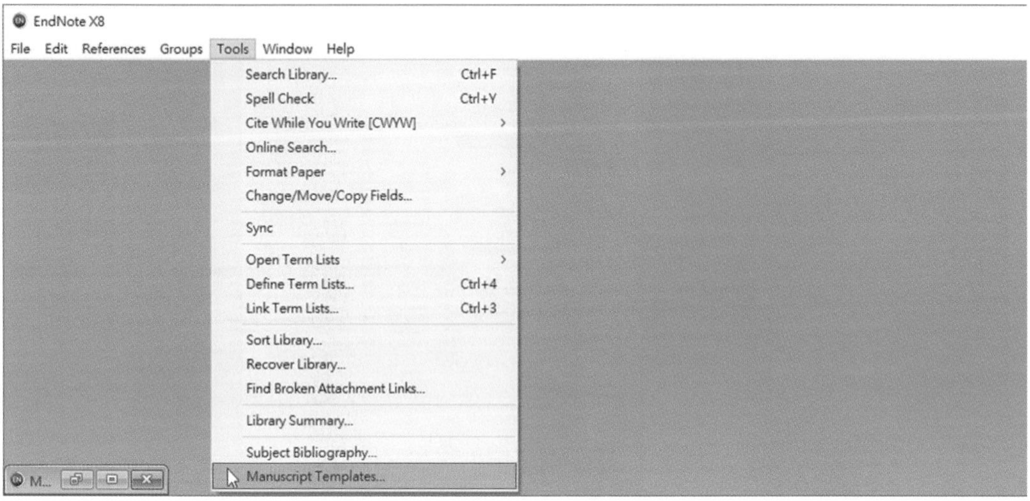

圖3-8 由工具列開啟論文範本

當然這些範本不可能涵蓋世上所有的期刊格式，因此如果沒有發現適合的範本時可以用相近格式的範本加以修改，或是不套用範本，直接開啟空白的Word 文件。

3-1-1 插入參考文獻

利用論文範本可以解決論文段落的問題，另外一個費時的工作就是引用文獻的編排。透過EndNote的Cite-While-You-Write (CWYW) 功能可以輕鬆的將選定的書目自動插入文章內文之中，以下就是插入引用文獻的方式。

1.方法一

同時開啟 EndNote 與文件，點選一筆或數筆書目後直接拖曳到文件的適當位置。

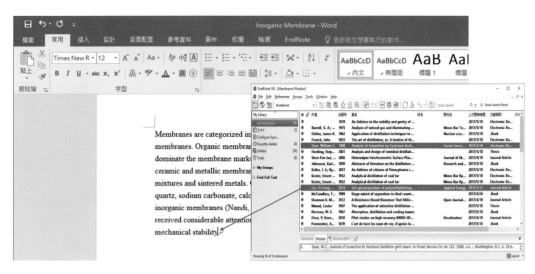

圖3-9　直接將書目拖曳至文件內

接著在文內會出現文內引用 (in-text citation)，在文末則會出現格式整齊的參考文獻 (references) 列表。

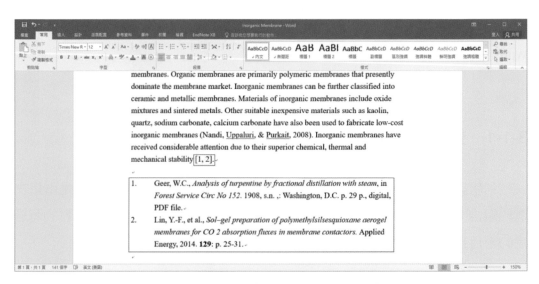

圖3-10　自動形成文內及文末引用文獻

如果出現的是表示功能變數的大括弧，這代表資料已經匯入，只要按下工具列Endnote X8標籤下的Update Citations and Bibliography，就可以將變數轉換為參考文獻格式。

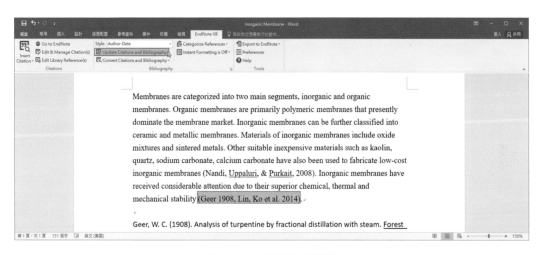

圖3-11　更新功能變數

至於參考文獻所顯示的格式可以隨時更動，圖3-10顯示的是Numbered引用格式，只要在Style的選單中挑選其它引用格式，下方的參考文獻也會隨之變動。

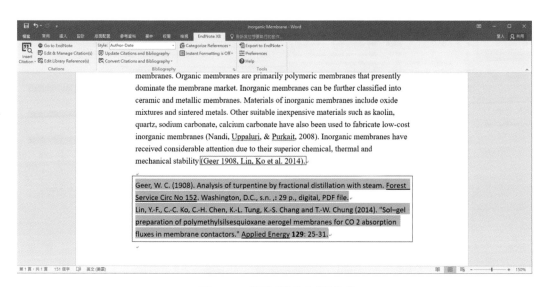

圖3-12　更改引用文獻格式

2.方法二

首先在需要插入引用文獻處點一下滑鼠定位。

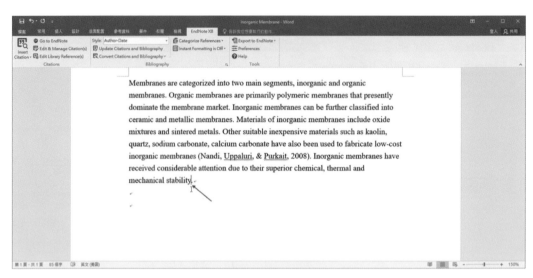

圖3-13　選定引用文獻插入處

然後到EndNote Library中點選要插入的書目，接著按下快捷鍵 🔢 (Insert Citation)。

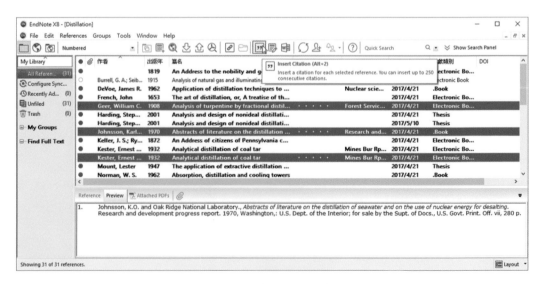

圖3-14　選定要插入的書目

3.方法三

也可以在Library選定書目之後回到Word畫面，再按下「Insert Citation」、「Insert Selected Citations」。

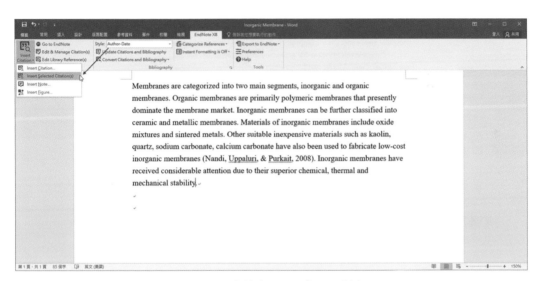

圖3-15　直接在Word畫面下指令

如果我們採用空白文件撰寫論文，那麼參考文獻列表將會出現在全文末，如果我們套用EndNote提供的論文範本來撰寫論文，那麼文獻列表會自動出現在正確的位置上，但未必是全文末(可參見圖3-7)。

3-1-2　非格式化引文

另一個插入引用文獻的方式就是透過指令 { } (大括弧) 方式選擇書目資料。同樣地，在需要插入書目處輸入 { }，然後在 { } 中輸入檢索詞，例如作者、篇名、刊名、關鍵字等等，輸入完畢後按下 ![Update Citations and Bibliography] 以搜尋資料。此處我們輸入 {membrane} 為例，尋找相關的資料。

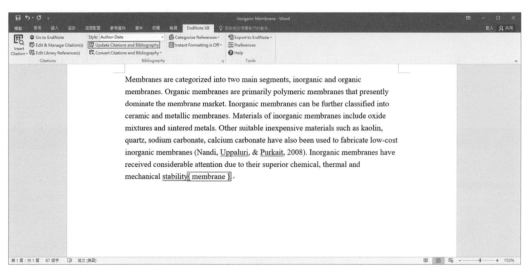

圖3-16　透過指令插入引文

挑選需要的資料後按下「Insert」。

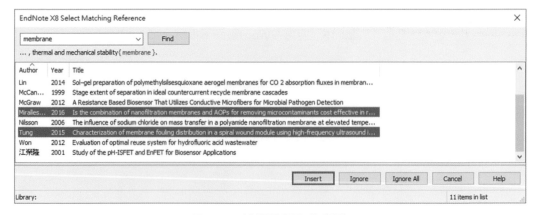

圖3-17　挑選欲插入的書目

接著就可以看到自動出現的引用文獻了。

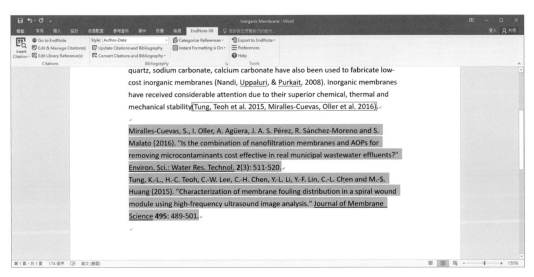

圖3-18　檢視參考文獻

　　除了在 {　} 內輸入檢索詞之外，還可以輸入書目的編號，以圖3-19為例，假設要插入圖中所選的這筆書目資料，可以透過Show All Fields檢視該書目在圖書館中的記錄編號，此筆資料的編號是6，因此輸入{#6}。

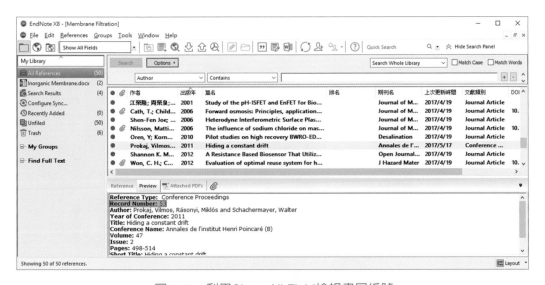

圖3-19　利用Show All Field檢視書目編號

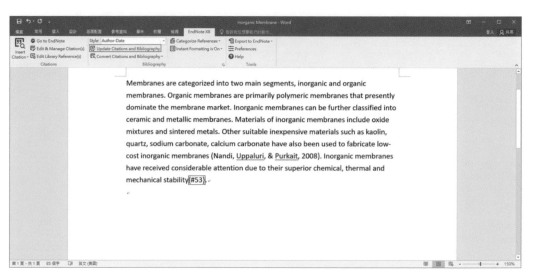

圖3-20　在內文中填入指令

指令寫好之後，同樣地按下 ![Update Citations and Bibliography] 就會自動形成參考文獻。如果想一次引用多筆參考書目，只要連續輸入指令即可。例如圖3-21所示。

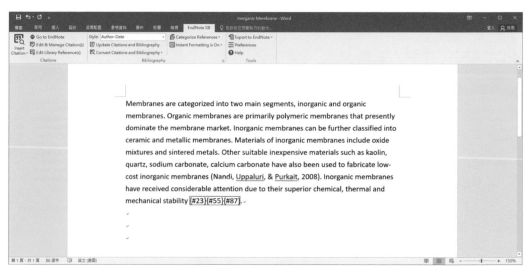

圖3-21　一次引用多筆書目

之所以可以利用這樣的方式插入引用文獻，是因為在EndNote中已經將 { } 符號設定為插入引用文獻的指令，如果我們在撰寫稿件時經常會使用到 { } 符號，即使並不打算插入引用文獻，也會被EndNote自動視為插入引文的指令。我們可以透過其他的方式將 { } 改用其他的符號代替。修改的方式如下：

按下Bibliography功能右下方的↘鍵，開啟書目選項。

圖3-22　開啓書目選項

修改定義符號 (Temporary citation delimiters)，我們可以由 { } 改成其他任何符號，須注意盡量不要使用經常使用的 ( )、" " 等符號當作指令。此處我們將 { } 改為 [ ] 為例。

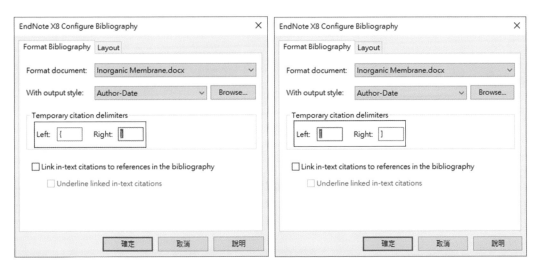

圖3-23　修改定義符號

試用[ ]指令插入引用文獻，可發現其功能正如同 { } 一般。

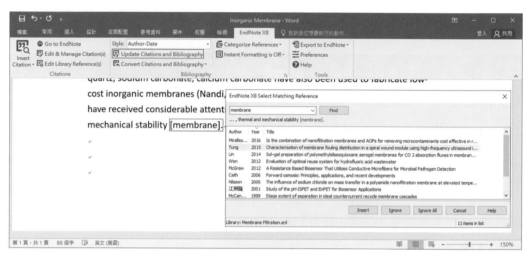

圖3-24　利用新指令插入引用文獻

3-1-3　插入圖表資料

在圖書館中儲存的資料除了書目資料之外，還可以儲存各種檔案，包括圖表。在撰寫論文的時候這些檔案可以直接插入內文中。其方式為：

在需要插入圖表處點一下滑鼠定位，接著在Word工具列的EndNote X8標籤中選擇「Insert Citation」、「Find Figure」指令。

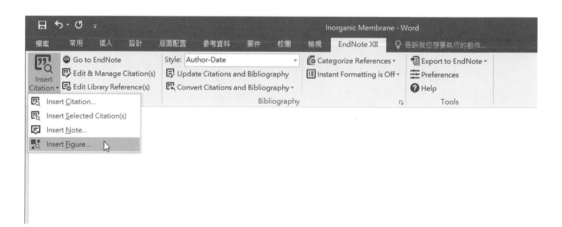

圖3-25　選擇Find Figure指令

在Find空格中輸入檢索詞，接著按下 Find ，相符的資料便會列出，挑選需要的資料之後按下 Insert 即可。

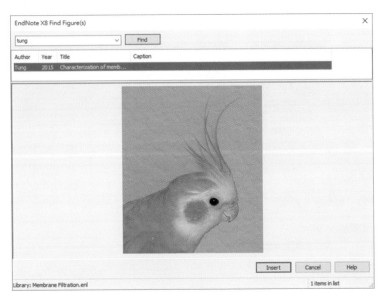

圖3-26　選定資料庫中的圖片

在剛才用滑鼠定位處就會出現選定的圖片。

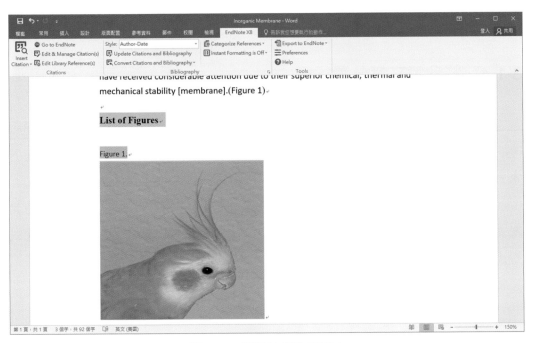

圖3-27　將圖片插入內文中

欲將圖片插入文稿後就會出現的「Figure」英文換成其他的文字，例如換成「圖表」或「圖」等，則必須等全稿完成之後，再利用Word工具列「常用」標籤下的「取代」的功能來替換文字。

圖3-28　利用取代更改全文文字

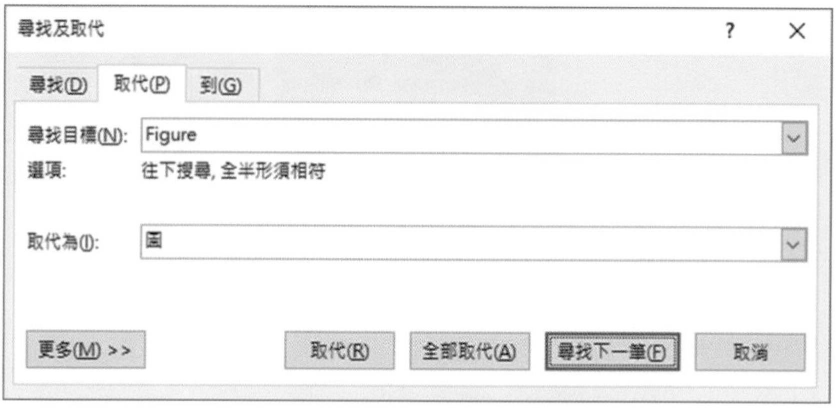

圖3-29　Word的尋找、替換功能

3-1-4　將參考文獻分置各章

在EndNote X3之前的版本都是將參考文獻集中置於全文末，而更新至X3版後的新功能則是允許將參考文獻置於各章節末，Endnote X8亦保留此一功能。本方式需要搭配Word的分節符號設定。

要將參考文獻置於各章節末，首先要先設定分節符號。假設我們希望將參考文獻置於各章結尾處，也就是Chapter 1、Chapter 2末，那麼先依照圖3-30的方式或是其他分節設定。

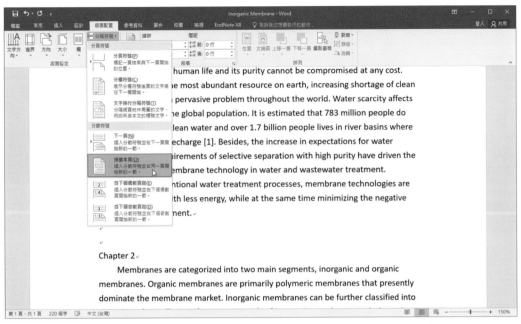

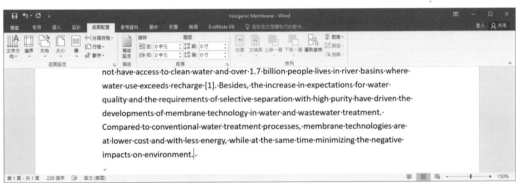

圖3-30　設定分節符號

　　完成分節符號設定之後可以看到文件中出現一條分節線。如果畫面中沒有顯示出分節符號，可在上方工具列選取「檔案」、「選項」、「顯示」，並將右側「顯示所有格式化標記」勾選並按下確認即可。

分節符號設定完成之後，接著往EndNote設定Output Style。

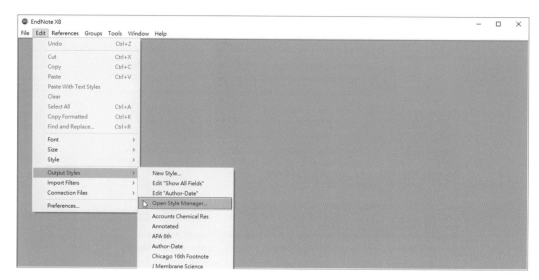

圖3-31　開啟Open Style Manager

　　首先，選定要更改的Output Style，假設我們要更改的是Numbered格式的設定，選定後按下「Edit」。

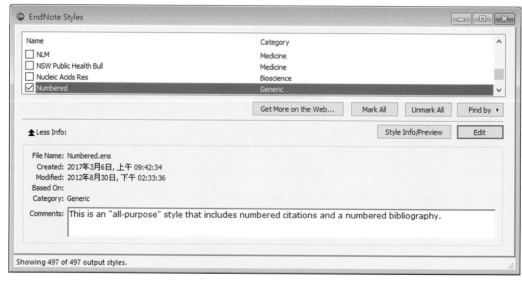

圖3-32　選擇 Output Style

點選左方的 Session 進行章節段落的設定。

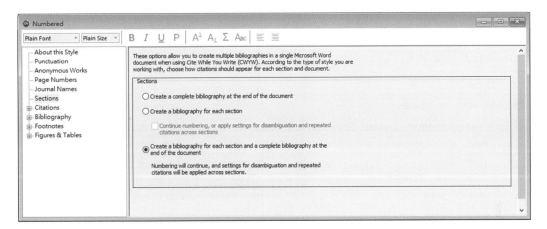

圖3-33　更改章節設定

各選項分別代表不同的設定：

○ Create a complete bibliography at the end of the document

將完整的參考文獻列表置於全文末。

○ Create a bibliography for each section

將參考文獻列表置於各章節末。

☐ Continue numbering, or apply settings for disambiguation and repeated citations across sections

將書目置於各章節末，並採連續編號。

○ Create a bibliography for each section and a complete bibliography at the end of the document

將各章節參考文獻列表置於各章節末，且另有完整的參考文獻列表置於全文末。

　　此處我們以第3個選項：「將各章節參考文獻列表置於各章節末，且另有完整的參考文獻列表置於全文末」為例。完成後按下「Save As」(另存新檔) 將剛才的設定另存一個新的格式 (output style)。如果不另存檔而直接儲存在原本格式名稱之下，那麼新格式將會完全取代舊格式。

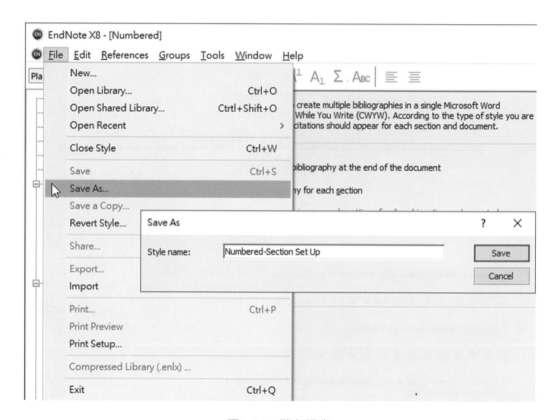

圖3-34　儲存設定

　　回到撰寫中的文件，選擇剛才設定的新格式，再將參考文件分別插入Chapter 1 以及Chapter 2，接著檢視結果。

Chapter 1

Water sustains human life and its purity cannot be compromised at any cost. Although water is the most abundant resource on earth, increasing shortage of clean water has become a pervasive problem throughout the world. Water scarcity affects more than 40% of the global population. Compared to conventional water treatment processes, membrane technologies are at lower cost and with less energy, while at the same time minimizing the negative impacts on environment[1].

1. → Tung, K.-L., et al., *Characterization of membrane fouling distribution in a spiral wound module using high-frequency ultrasound image analysis*. Journal of Membrane Science, 2015. **495**: p. 489-501.

───────────────分節符號（接續本頁）───────────────

Chapter 2

Membranes are categorized into two main segments, inorganic and organic membranes. Organic membranes are primarily polymeric membranes that presently dominate the membrane market. Inorganic membranes can be further classified into ceramic and metallic membranes. Materials of inorganic membranes include oxide mixtures and sintered metals. Other suitable inexpensive materials such as kaolin, quartz, sodium carbonate, calcium carbonate have also been used to fabricate low-cost inorganic membranes (Nandi, Uppaluri, & Purkait, 2008). Inorganic membranes have received considerable attention due to their superior chemical, thermal and mechanical stability[2, 3].

2. → Zhou, D., et al., *Development of lower cost seawater desalination processes using nanofiltration technologies — A review*. Desalination, 2015. **376**: p. 109-116.

3. → Reig, M., et al., *Integration of monopolar and bipolar electrodialysis for valorization of seawater reverse osmosis desalination brines: Production of strong acid and base*. Desalination, 2016. **398**: p. 87-97.

1. → Tung, K.-L., et al., *Characterization of membrane fouling distribution in a spiral wound module using high-frequency ultrasound image analysis*. Journal of Membrane Science, 2015. **495**: p. 489-501.

2. → Zhou, D., et al., *Development of lower cost seawater desalination processes using nanofiltration technologies — A review*. Desalination, 2015. **376**: p. 109-116.

3. → Reig, M., et al., *Integration of monopolar and bipolar electrodialysis for*

圖3-35　檢視參考文獻輸出方式

　　至於第2項「將書目置於各章節末，並採連續編號」的設定則僅限於以數字排序的Output Style有效，例如Numbered、ACS、AIP等Style。

3-2 編輯引用文獻

面對已經插入內文的參考文獻，也會出現需要修改、增刪的問題，此時必須利用Edit Citation的功能加以編輯。我們現以一篇撰寫中的論文說明如何更改已經存在內文之中的引用文獻。以下將會說明如何1. 改變文獻先後次序、2. 刪除引用文獻、3. 增加引用文獻、4. 更改顯示格式。

3-2-1 引用文獻的更動

1.改變文獻先後次序

假設我們希望將圖3-36中的第2筆文獻向前調整，首先，按下工具列上的「Edit & Manage Citation(s)」。

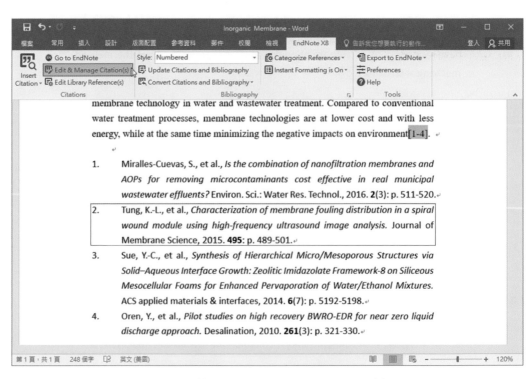

圖3-36 按下Edit & Manage Citation(s)鍵

或是在引文上按下滑鼠右鍵，點選「Edit Citation(s)」、「More」。

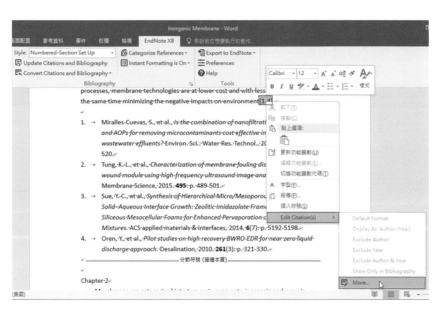

圖3-37　開啟編輯引文功能

　　接著進入編輯畫面。Citations in document框內出現的是文件中所有的參考
文獻，以作者、出版年以及書目編號為提示。由於我們希望將第2筆書目向上移
動，因此，點選第2筆書目後再利用左方的 ⬆⬇ 鍵調整先後次序。

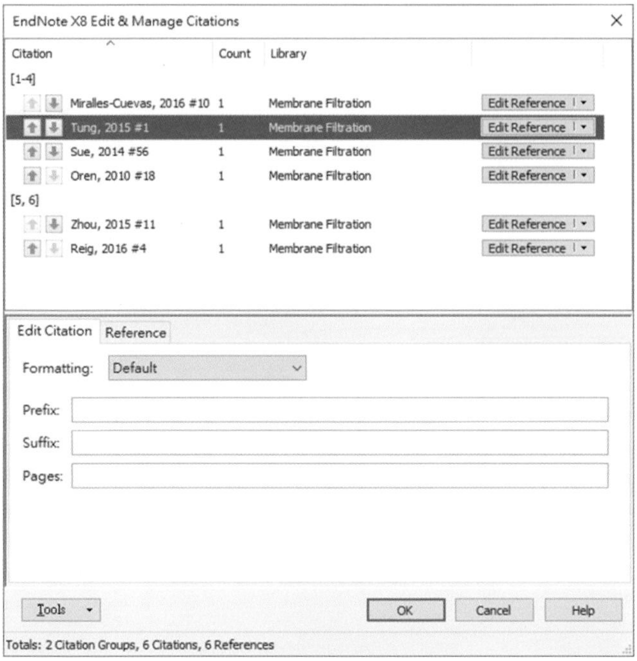

圖3-38　更改引文次序

　　調整完成之後按下「OK」，關閉編輯畫面。比較圖3-36與圖3-39可以看到引用文獻的次序已經出現變化。

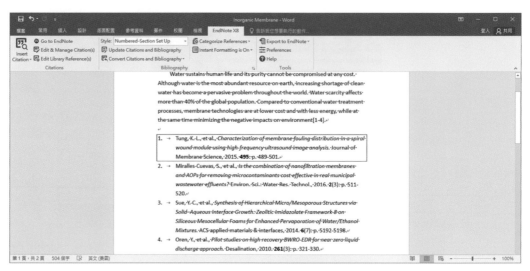

圖3-39　檢視文獻次序更改結果

2.刪除引用文獻

　　要增刪現有的引用文獻也必須利用Edit Citation的功能。選定要刪除的書目之後，拉下右方的Edit Reference選單，再按下Remove Citation就完成了。

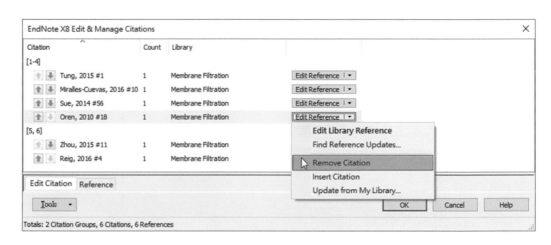

圖3-40　刪除選定的書目

刪除引用文獻時也可以不採用Edit Citation的Remove功能，而是直接在文件中以Word的Delete功能刪除，等到下一次再插入新的引用文獻時，書目會自動重新編號，這一點相當地人性化，但是這個方式只在刪除內文的引文時發生效果，如果刪除的是文末的參考文獻列表，那麼下一次再插入引用文獻時被刪除的資料又會自動回復。

3.增加引用文獻

反之如果要增加一筆書目資料，則按下「Insert Citation」，在對話框中輸入關鍵字以找出所需的書目資料。

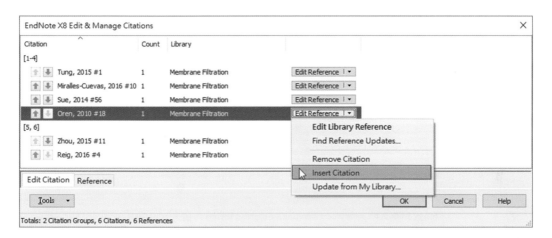

圖3-41 選定參考書目

輸入關鍵字，找出要引用的書目後，按下 Insert ▼ 插入引用文獻。

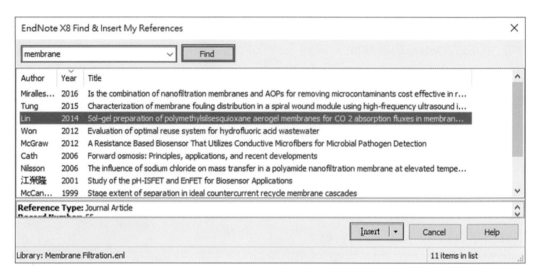

圖3-42　加入新的參考書目

新的書目資料便自動加入內文中，且自動排序形成參考文獻。

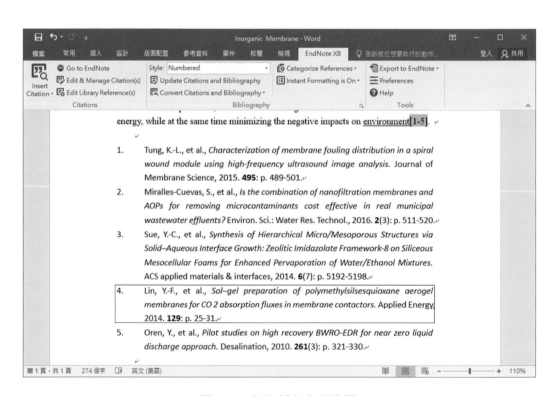

圖3-43　加入新的參考書目

4.更改顯示格式

引用格式雖然具有一定的規則,但是有時一篇論文同時引用了同名同姓的作者時,則必須加以區別,例如加上作者的生卒年、國籍、稱謂或其他的說明文字,讓讀者不至於誤會引用的對象。

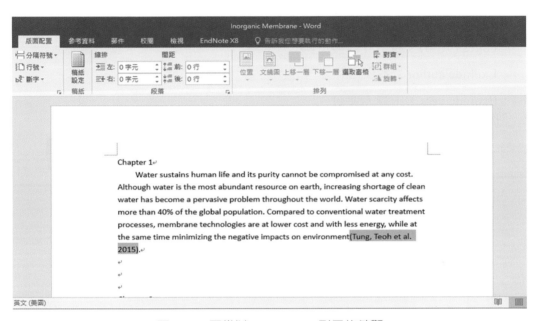

圖3-44　正常以Author-Date引用的外觀

同樣地,進入Edit Citation的畫面。

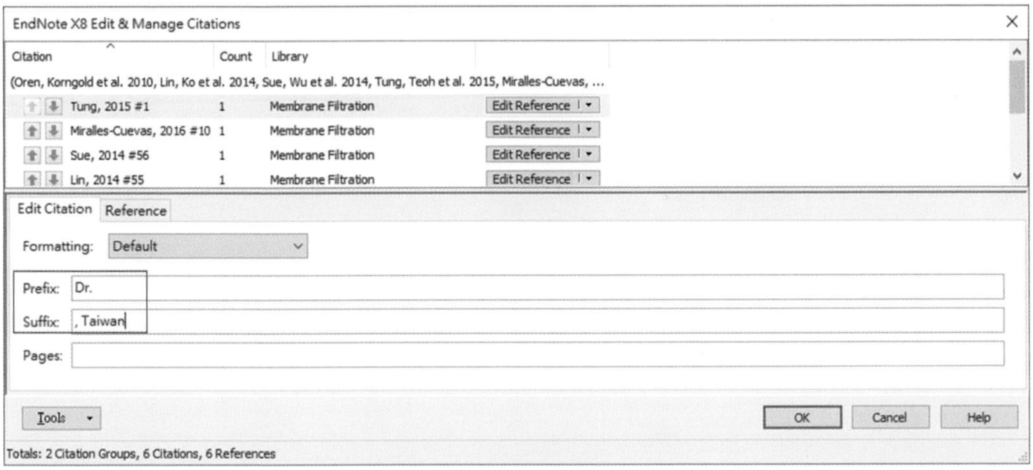

圖3-45　選定要更改的引文

　　將需要更改的條件在此設定，假設我們希望將顯示格式設定為不顯示年份、姓氏前方加上Dr.的頭銜、資料後方補充作者所屬機關所在地Taiwan，那麼就如圖3-45所示進行更改：

　　其中：

Prefix (前置字)：附加在書目之前的文字。

Suffix (後置字)：附加在書目之後的文字。

Pages (頁碼)：顯示作品的頁碼。

Exclude author：不顯示作者。

Exclude year：不顯示年份。

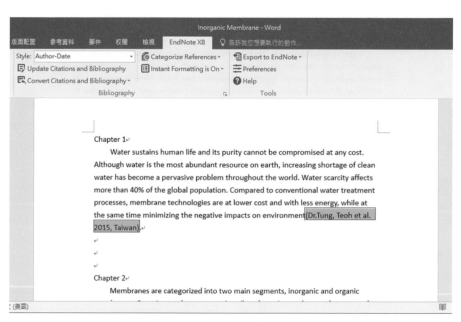

圖3-46　在引文中補充文字

　　此類更動只針對選定的書目具有唯一一次效力，並不會影響到其他或是後來加入的引文格式。

3-2-2 引文格式選單

每開啟一個引用格式，這個格式就會被同時固定在Word和Endnote的工具列上。如果覺得這份Style選單太過冗長，我們可將多餘的格式刪除，反之也可將常用的格式固定至工具列中，其方式如下：

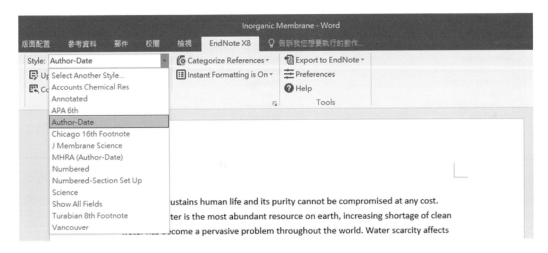

圖3-47 下拉選單中的格式

回到Endnote，選擇「Open Style Manager」。

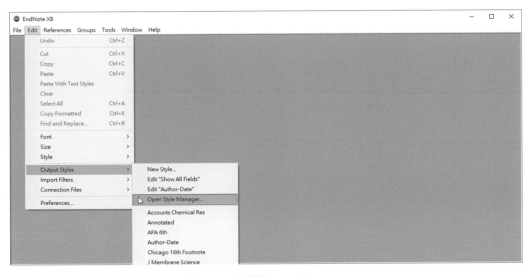

圖3-48 開啟Style Manager

在圖3-49中，每個格式名稱的左方都有一個方格，勾選方格就表示要將這個格式固定至工具列的Style選單中，如果取消勾選擇表示要卸除這個格式，讓選單更簡潔。這項動作將會同時影響到EndNote的工具列和Word工具列。

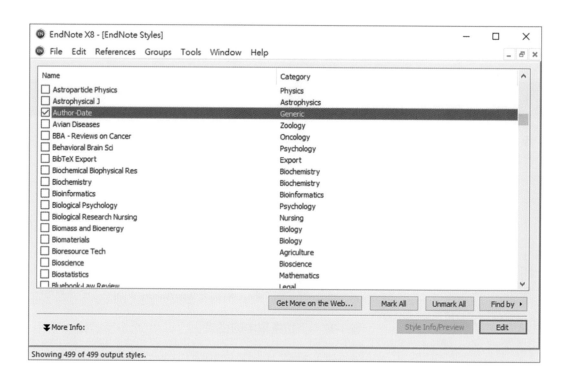

圖3-49　勾選所需的引用格式

確定要顯示的項目之後，由工具列按下「File」、「Close Style Manager」以儲存剛才的設定。回到EndNote以及Word的工具列可以看到剛才選用的格式已經固定至選單中了，而取消點選的項目也從選單中移除了。

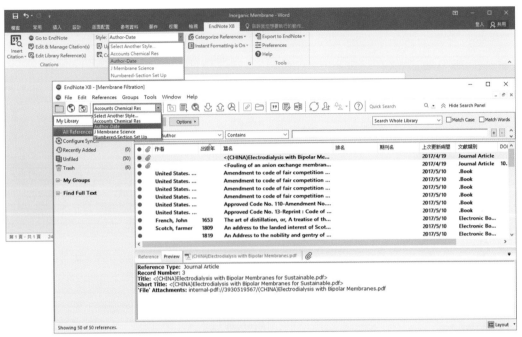

圖3-50　檢視Word與EndNote的Style選單

3-2-3　自製引文格式

雖然EndNote X8提供了近五百種論文引用格式 (output style)，讓研究者可以根據投稿對象選擇適合的引用格式，但這並不代表這近五百種格式就足以滿足所有的使用者。當我們找不到適合的引用格式時，解決方法之一是登入EndNote網站要求ISI公司為我們製作所需要的引用格式，但更快速的方法則是自己動手製作output style。

首先，在現有的Style中挑選出較為相近的Style進行修改。我們可以利用以下方式預覽各種引用格式的外觀，即使並非十分相似也無妨，因為修改的工作並不困難。

1.開啟Style Manager：

由工具列上「Edit」、「Output Styles」、「Open Style Manager…」開啟Style Manager。只要點選格式名稱，下方的預覽視窗就會出現該格式的範例，分別是期刊引用格式、書籍引用格式、學位論文格式等。如果沒有看到預覽視

窗，請先按下 More Info: ，再按下 Style Info/Preview 即可。

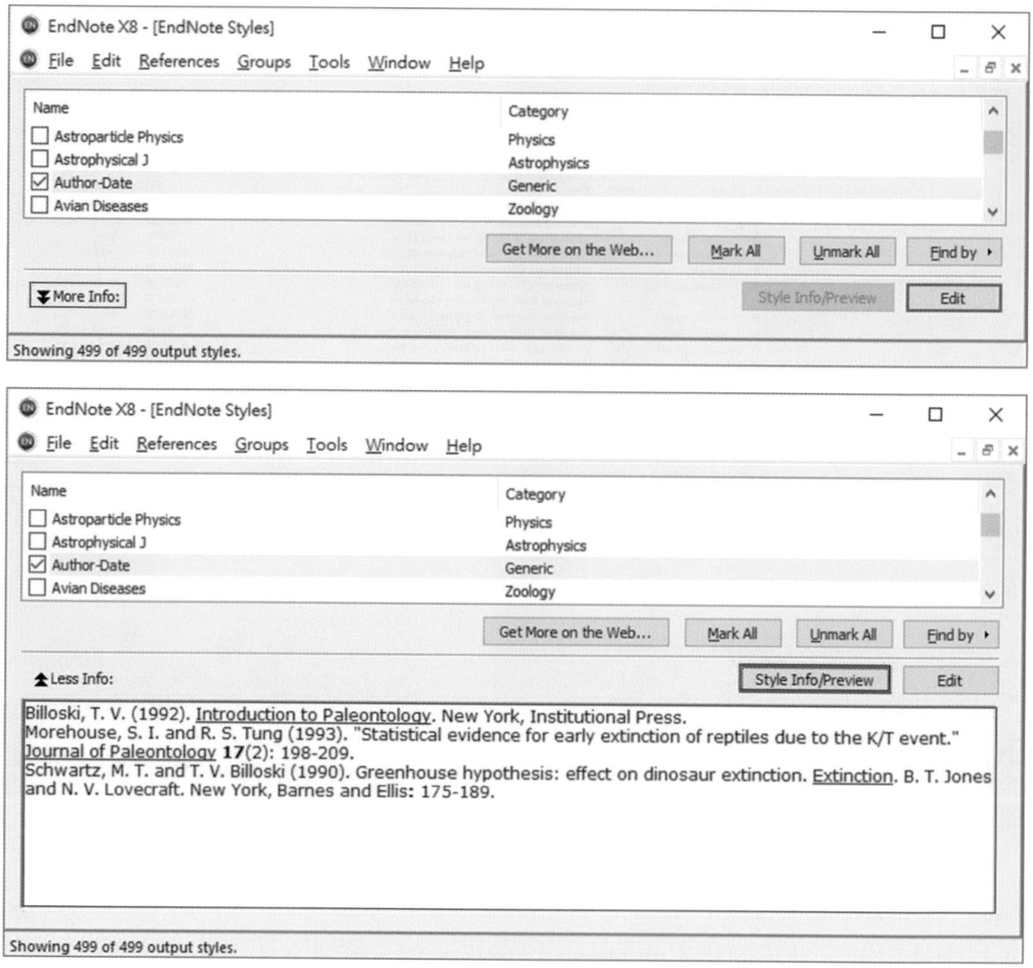

圖3-51　預覽引用格式寫法(一)

2.點選Select Another Style：

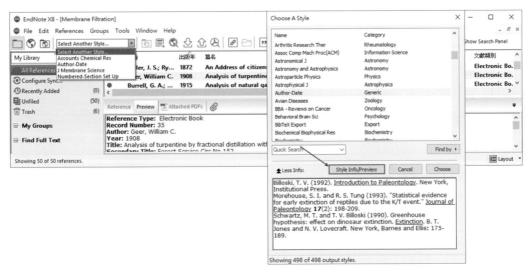

圖3-52　預覽引用格式寫法(二)

3.在Endnote的預覽視窗中預覽：

但是其缺點在於每筆資料都受限於資料類型，以圖3-53為例，所點選的資料類型為Book與Journal Article，至於學位論文的引用方式因無收錄於此圖書館內而無從預覽。

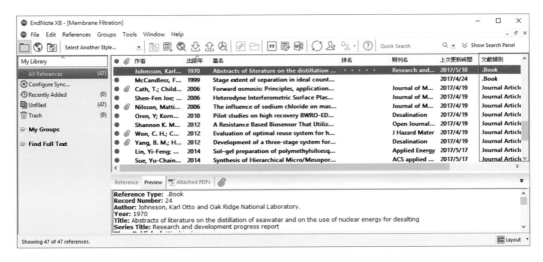

圖3-53　在EndNote Library中檢視書目格式

選定引用格式參考範本之後，必須進入Style Manager進行修改。假設在瀏覽各種投稿格式之後，發現Journal of Clinical Investigation的投稿格式最接近我們的理想，那麼就利用它作為修改的範本。在Style Manager中選取該格式，並按下 Edit 進入該格式的編輯頁面。

利用Style Manager，我們可以修改以下資料的標注格式。

1. 文內的引文 (Citations)
2. 文末參考文獻 (Bibliography)
3. 註腳 (Footnotes)
4. 圖表 (Figures & Tables)

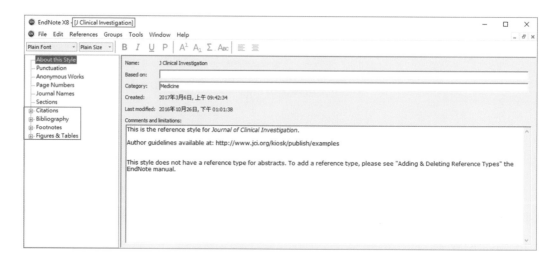

圖3-54　進入書目格式編輯畫面

由於我們要自製一個引用格式，因此先將這個引用格式另存新檔，也就是點選工具列的「File」、「Save As」為這個新的格式命名，此處我們以JCI Copy為格式名稱，開始進行參考文獻格式編輯。

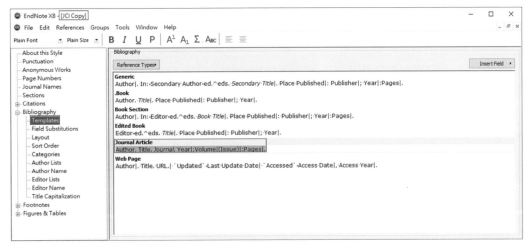

圖3-55　尚待修改的引用格式

　　以參考文獻 (Bibliography) 為例，修改期刊論文 (Journal Article) 的引用格式，當然其他資料類型的引用格式也可以在此一併修改，但此處將僅以 Journal Article 為例。

　　假設我們要將引用格式更改成：

■ Author → 粗體字。

■ 移除Title。

■ 在Volume之後加入Issue資料。

　　首先，圈選Author位置，利用 **B** *I* U P A¹ A₁ Σ A_{BC} 調整字型。

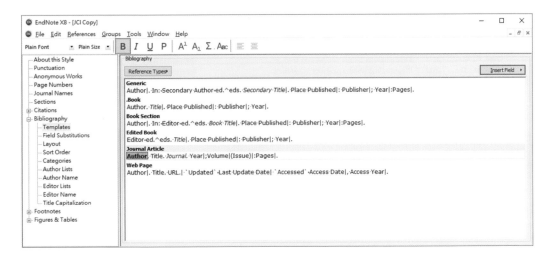

圖3-56　利用字型工具更改字型

第三章　利用EndNote 撰寫論文

　　至於要刪除的項目Title則直接選取，利用鍵盤上的Delete鍵刪除即可。最後是增加Keyword的資料。因此，在Pages之後點一下滑鼠定位，輸入小括弧 [ ]，然後按下 Insert Field ▶ ，由選單中點選Keywords即可。

圖3-57　利用 Insert Field 增加顯示項目

　　確定一切變更都完成之後，按下「File」、「Save」，以及「File」、「Close Style」。回到圖書館可以發現，引用格式已經變成我們所要求的樣式。

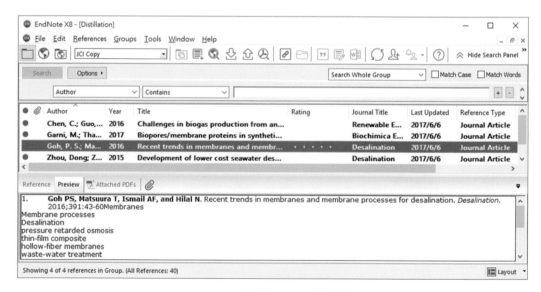

圖3-58　自製的期刊引用格式

　　由於剛才我們僅以Journal Article的引用格式做為範例進行修改，因此只有文獻資料是Journal Article者才會產生變化，如果要引用的資料其類型為Book、Patent等則不會有變化，該格式則有待我們加以編輯。

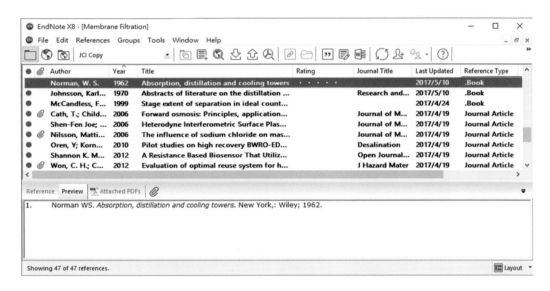

圖3-59　Book的期刊引用格式並未變化

　　自製的Style是一個電子檔，也可以利用複製、貼上的方式與他人共享。例如各系所或各研究室可將學位論文引用格式製作成為EndNote Style，並公開讓研究生下載使用。

圖3-60　可與他人分享自製格式

3-3　完稿

完稿，包括1. 個別作者結束其負責撰寫的部分，以及2. 整篇論文都撰寫完成這兩種。當個別作者完成其負責部分時，可以將文稿寄給其他共同作者，同時也將文稿內所含的引用文獻匯出，獨自形成一個EndNote Library，讓其他共同作者可以參考相關的文獻甚至全文資料、圖表、多媒體資料等，這個方式稱為 Export Traveling Library。

若是當全部的撰寫工作都完成時，則需要將稿件變成可以投稿一般文字檔。因為透過EndNote Cite While You Write所完成的稿件帶有許多的EndNote makers (功能變數)，這些功能變數可以幫助我們在插入引用文獻時自動排序、點選Format Bibliography時自動轉換格式等，但是在完稿時就必須將之移除才算是完全定稿。以下將就這兩種完稿的處理程序做說明。

3-3-1　匯出稿內文獻

選擇Export to EndNote選單中的Export Traveling Library功能。

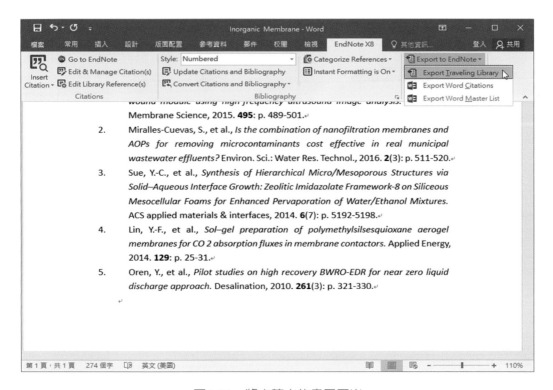

圖3-61　將文稿中的書目匯出

選擇要將這些書目匯入現有的EndNote Library或是另外單獨形成一個
Library。此處我們以單獨形成一個Library為例，並為這個新的Library命名。

第三章　利用EndNote 撰寫論文

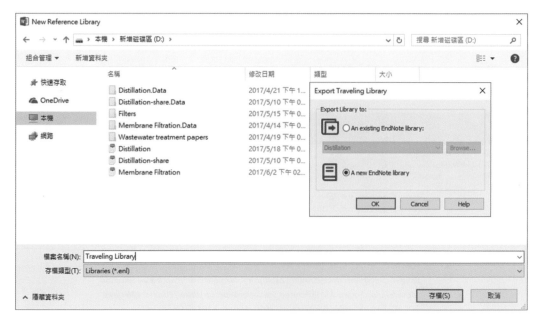

圖3-62　為新的圖書館命名

　　檢視新圖書館內的書目，正式文稿中所引用的所有書目資料都已經完整匯入。

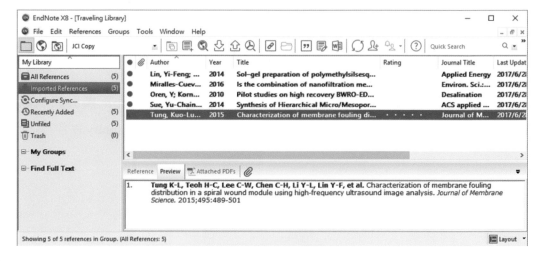

圖3-63　檢視新圖書館的內容

3-3-2 將稿件轉換為純文字檔

選擇Convert Citations and Bibliography選單上的Convert to Plain Text功能，此選項會將文稿內的EndNote功能參數移除並另成一純文字檔，點選後會跳出一確認視窗，按下確定選項即可。同時，原本帶有功能參數的檔案則會完整保留。檢視兩者之間的差異可以發現：用滑鼠點選純文字檔的引用文獻將不再出現反白的畫面，也就是不再具有自動排序、自動變更文獻格式的功能，將這個檔案另存新檔後，就是可以用於投稿。如果在這個純文字檔中用EndNote插入一筆引用文獻，不論加入的位置在哪，其編號都將由1號開始排序。

圖3-64　準備移除稿內參數

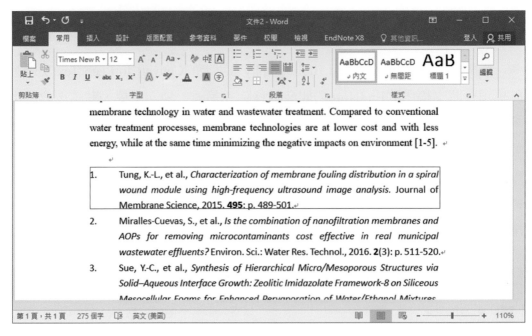

圖3-65　無參數的純文字檔

　　至於原本含有參數的檔案應該要繼續保留，因為從投稿到接受刊登通常都需要不斷修正內容，有時候必須回覆審查委員提出的問題並在原稿中補充，有時候可能面對必須改投其他期刊的狀況，若沒有保留原稿，那麼不論要更改引用格式或是加入新的引用文獻都必須手動一筆一筆的修訂。

Part I

EndNote 操作實務

　　ISI公司整合了Web of Science系統與EndNote，推出了EndNote Web。以往EndNote是於電腦中安裝執行軟體以進行書目管理的工作，但是Web版則提供使用者在線上操作的功能，解決了使用者被侷限在特定電腦的困境，即使出門在外，例如使用圖書館的公共電腦，一樣可以登入個人EndNote進行論文撰寫、管理的活動，同時也相當便於資料的分享。另外Web版也不會發生一般軟體常見的版本升級問題，只要用戶登入EndNote Web就一定是最新的版本。

　　這項服務提供給有權使用Web of Knowledge資料庫系統的用戶，例如台灣大學、成功大學、清華大學、中原大學等，且EndNote Web Library可以下載並且儲存來自各資料庫的書目資料，不限於Web of Science的SCI、SSCI等。現在我們可以由EndNote Web網站或是由Web of Science開始，認識並建立個人的線上圖書館。

　　要使用EndNote Web，首先必須先註冊EndNote網路帳號，填寫申請表格之後就可以立即開通。

圖4-1　由Web of Science 登入EndNote Web

點選登入然後依序填寫各項資料即可。

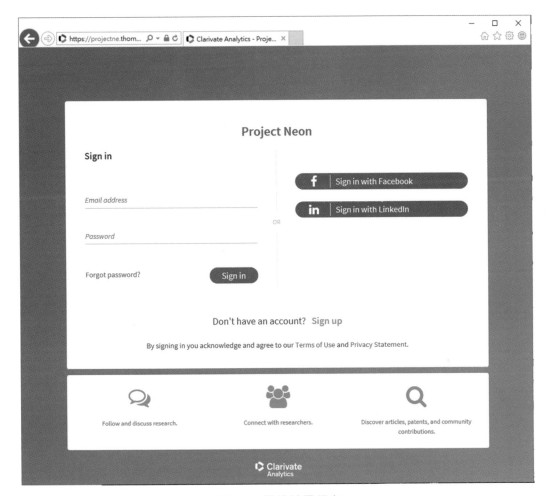

圖4-2　繼續註冊程序

　　取得帳號密碼之後，就成為正式的用戶，並可以立即登入EndNote Web。按下 Show Getting Started Guide 可以展開EndNote Web (Basic) 的功能一覽 (如圖4-3)。其中包括了Collect (收集資料)、Organize (組織資料) 以及Format (撰寫及輸出) 等三大部分。同理，若按下 Hide Getting Started Guide 則可以關閉此畫面。EndNote Web功能說明則整理於表4-1。

　　EndNote Web亦提供使用者繁體中文的介面，在畫面的下方按下「繁體中文」就可以快速切換語言介面。如果要切換回英文介面，只要按下「English」即可。

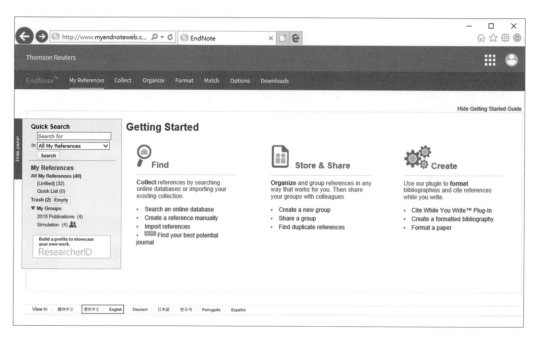

圖4-3　EndNote Web的功能一覽

表4-1　EndNote Web功能說明

Search online database	檢索線上資料庫。(需有權限)
Create a reference manually	手動建立新的參考書目。
Import references	從其他資料庫匯入資料至EndNote Web Library。
Create a new group	建立新的書目群組(相當於folder--文件夾)。
Share a group	與他人分享群組。
Find duplicate references	找出重複的書目。
Create a formatted bibliography	將儲存的書目資料轉成文獻引用格式，可匯出。
Cite While You Write™ Plug-in	下載CWYW程式。
Format a paper	將書目資料插入撰寫中的論文，並自動形成參考書目格式及列表。

4-1 建立EndNote Web Library

4-1-1 單筆鍵入書目

已經成功註冊了EndNote Web之後，就可以開始將資料存在EndNote中。首先，我們可以按下圖4-3中的 Create a reference manually (手動建立參考文獻)，或是按下圖4-4中的 Collect 標籤，再選擇New Reference將資料一筆一筆鍵入，這個步驟就如同本書「1-2自行鍵入書目資料」所介紹的方法。

EndNote Web與EndNote單機版本的不同之處在於Web版的圖書館無法添加附加檔案，也就是無法儲存PDF檔或是圖檔、簡報檔等等。解決方式是輸入資料全文所在的URL，要讀取全文時再連線到該網址，缺點則是無法離線閱讀。完成之後，按下 Save 存檔，回到主畫面，按下左方的「All My Reference」或是「Unfiled」都可以檢視這筆書目資料。

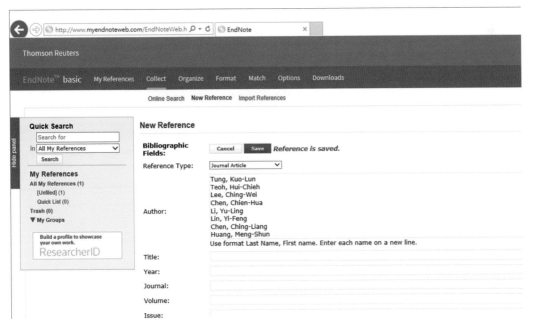

圖4-4　EndNote Web單筆輸入的功能

第四章　EndNote Web

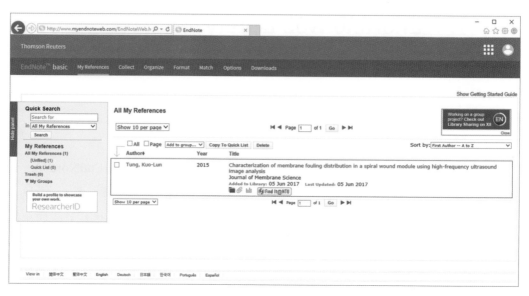

圖4-5　完成手動輸入

　　此時資料是置放在Unfiled (尚未歸檔) 文件夾中，我們可以透過建立群組的方式管理EndNote Web圖書館，例如在圖4-4的畫面中，按下Organize標籤後建立一個書目群組 (Group) ，回到書目畫面勾選書目至群組中即可。

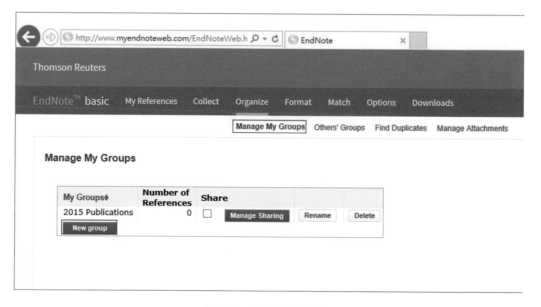

圖4-6　建立書目群組

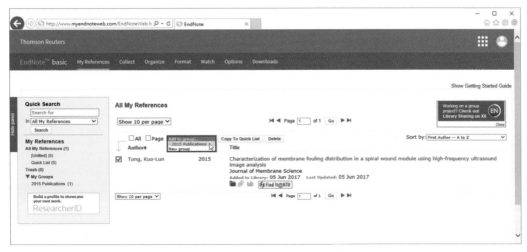

圖4-7　勾選資料並添加書目群組

如果要更改書目群組的名稱甚至要刪除整個群組，可由圖4-6的Rename (重新命名) 以及 Delete (刪除) 進行管理。

4-1-2　批次匯入書目

若要進行批次匯入，我們可以先由ISI Web of Knowledge的SCI資料庫查詢開始練習。先檢索SCI資料庫的，勾選要匯入EndNote Web的資料，然後按下 **儲存至 EndNote online** 將資料匯入EndNote Web。

第四章　EndNote Web

圖4-8　批次匯入SCI資料庫書目

已經匯入EndNote Web Library的資料前方會出現 🔳 的標誌。

圖4-9　產生已匯入標記

回到EndNote Web Library就可見到剛才勾選的10筆書目資料已經順利匯入了。

4-1-3 另存檔案匯入

除了SCI、SSCI資料庫外，EndNote Web一樣可以支援其它線上資料庫的匯入。以MathSciNet數學文獻資料庫，其資料匯入的步驟如下：

勾選需要的資料，由Batch Download的選單中，挑選EndNote選項，然後按下Retrieve Marked。

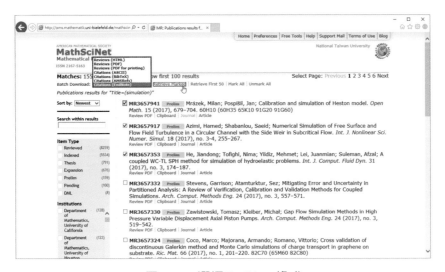

圖4-10　選擇EndNote格式

由於MathSciNet不支援直接匯入EndNote，因此我們選擇將資料儲存為純文字檔。

圖4-11　存檔類型為純文字檔

回到EndNote Web，由「Collect」選項中進入Import Reference的畫面，找出剛才資料存檔的路徑，並且挑選「EndNote Import」為匯入過濾器後，按下Import即可。如果這些資料想要直接放入書目群組中，可在「To：」的選項中挑選群組，或建立一個新的書目群組。

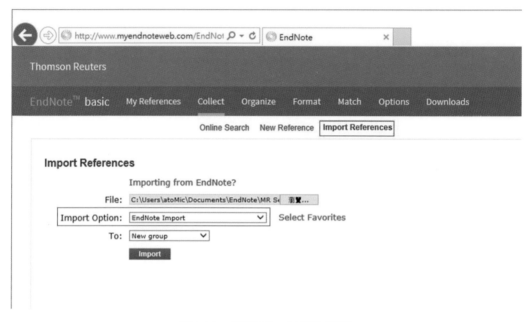

圖4-12 選擇Filter以匯入資料

4-1-4 Capture網頁擷取

另一種將資料匯入EndNote Web Library的方法是利用Capture的功能進行資料的辨識與擷取。它可以自動針對網頁中作者、刊名、出版卷期、時間、摘要等資料進行分類，並將這些資料儲存在Library中。要使用這項功能，首先可以點選「Format」→「Cite While You Write plug-in」，安裝之後在網路瀏覽器的工具列上會自動出現EndNote Web的工具列。(也可以自功能表列上方按右鍵，開啟EndNote Web的功能，如圖4-15所示)

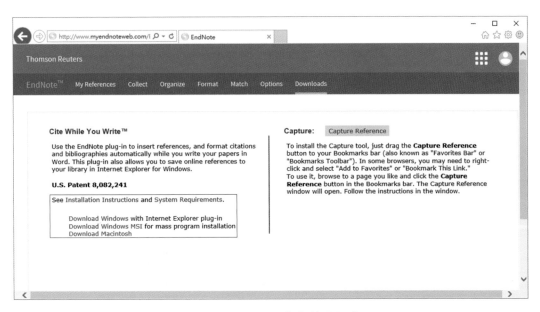

圖4-13　安裝CWYW進階附屬程式(一)

　　這項安裝可能會花相當長的時間於檢查系統上，務必耐心等待，待檢查完畢之後，請關閉所有Office軟體，例如IE、Word、Outlook等。安裝完成後，開啟IE視窗，其外觀將自動如圖4-14所示。

圖4-14　EndNote Web在IE工具列的位置

我們先以ACS資料庫為例，找出一篇論文進行擷取。要利用Capture功能時，必須開啟單篇論文，不可以一次擷取多篇論文。此外，在擷取之前，須確定已關閉工具列的快顯封鎖程式。

首先，進入了單筆資料的畫面中，按下 📄Capture 鍵。

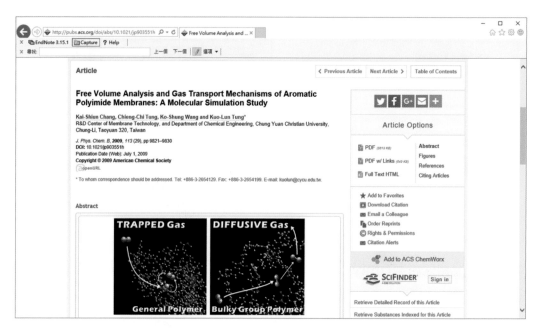

圖4-15　利用Capture功能擷取網頁資料

IE會自動開啟一個新視窗，並且將資料擷取到各個欄位之中，這項擷取功能可選擇將資料存入EndNote Web或是單機版的EndNote。同時可以選擇將資料匯入現有的書目群組或是新建一個群組。在此我們將此書目放入「Simulation」的群組中確認無誤後按下 Save To ，隨後選擇 Close window. 即可。

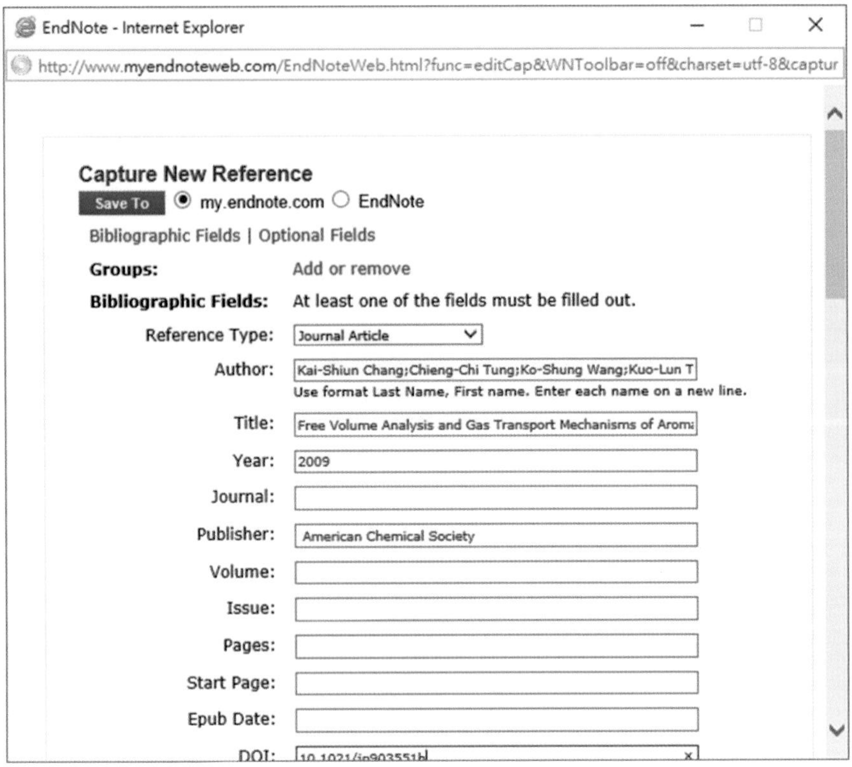

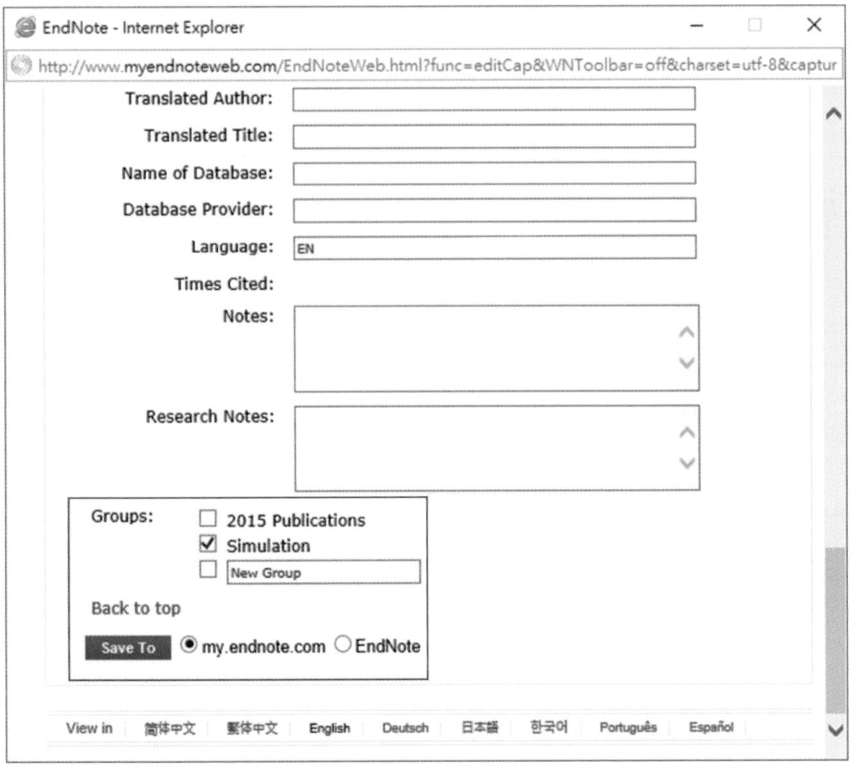

圖4-16　選擇存入的目的地

　　回到EndNote Web，在Unfiled的文件夾中出現了一筆新的書目資料，也就是剛才我們擷取的論文。若抓到的資料並不完整，可以自行填入，但是不足之處過多時，則需評估何種方式較為省力，例如改採前一節存檔再輸入的方式。

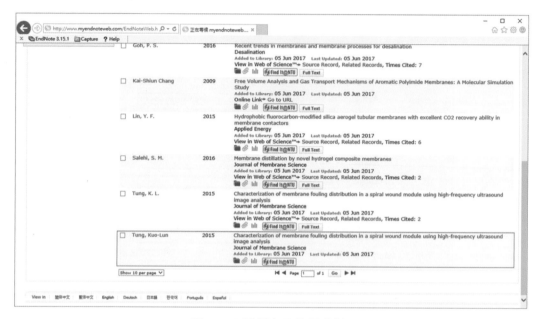

圖4-17　選擇存入的目的地

4-2　管理及應用

4-2-1　資源共享

　　EndNote Web建立在網路上，也可以在網路與他人共享。首先，由「Organize」標籤下的「Manage My Group」進入資源共享管理畫面，下方會出現不同的書目群組，點選要分享的群組右方的「Manage Sharing」。

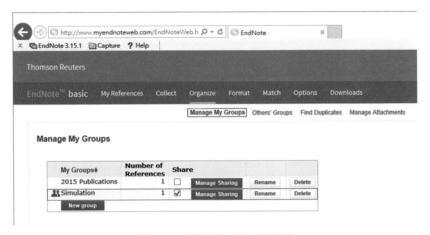

圖4-18　選擇存入的目的地

　　隨後按下「Start sharing this group」選項，設定要分享的對象。我們可以在空格內輸入他人的E-mail address，每輸入一筆E-mail就利用Enter鍵換行，再輸入下一筆。如果我們有現成的E-mail清單也可以直接匯入，按下「瀏覽」找出位置清單即可，前提是這份清單必須為純文字檔。

　　輸入完成之後，還可以進一步設定分享對象的權限。Read Only表示對方只能讀取不能更動資料，如不能新增、修改及刪除；若選擇Read & Write則讀寫均可。設定完成之後按下「Apply」即可。

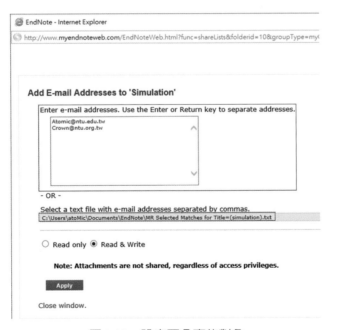

圖4-19　設定要分享的對象

經過授權的名單也能重新更改。圖4-20則可看出編輯授權的範圍等。

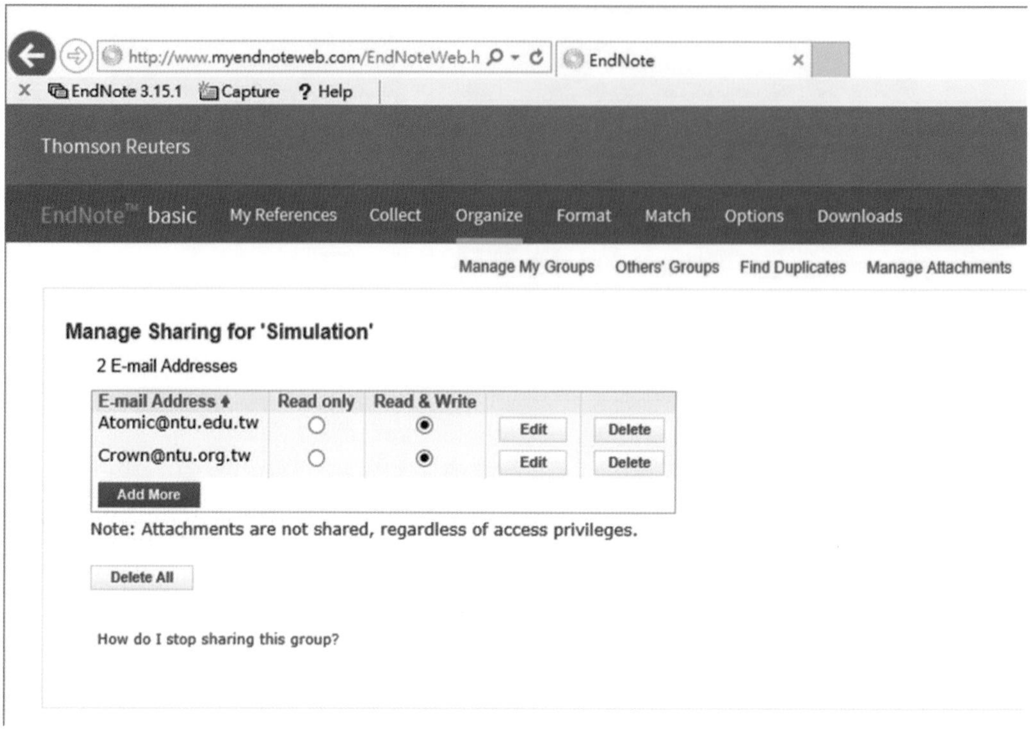

圖4-20　接受分享的名單

Edit ：更改Read Only或Read & Write權限後，按此確認。

Delete ：刪除資源分享人。

Add More ：增加資源分享人。

Delete All ：刪除所有資源分享人。

4-2-2　撰寫論文

如果我們的電腦已經安裝了EndNote單機版本軟體，那麼就可以直接利用
EndNote Web撰寫論文，如果沒有安裝EndNote軟體只是單純使用EndNote Web
的話，就必須先下載EndNote Web Plug-in程式。下載方法可以參考前一節的步
驟。

　　接著，開啟Word文件。如果電腦中已經安裝了軟體版的EndNote，那麼要使用EndNote Web時就必須先進行切換。首先在「EndNote X8」的標籤下開啟「Preferences」的功能，接著在新視窗的「Application」標籤中將「EndNote」換成「EndNote Web」，並輸入個人EndNote Web帳號密碼，接著按下「確定」即可。

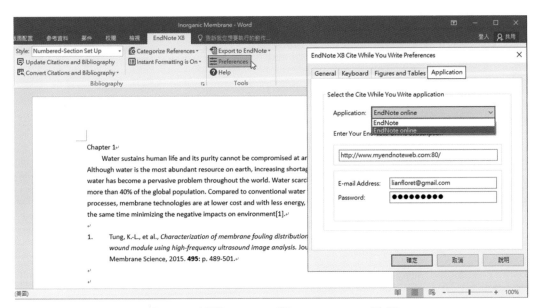

圖4-21　切換EndNote與EndNote Web功能

　　如此Word與EndNote Web即可結合，並搭配使用了。

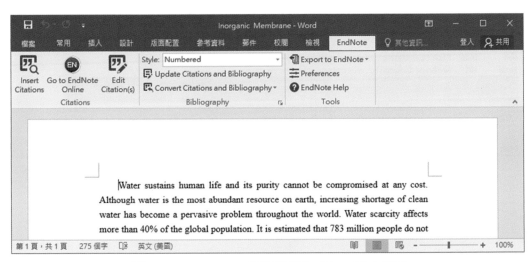

圖4-22　Word 2016工具列的EndNote Web標籤

第四章　EndNote Web

EndNote Web與EndNote的介面非常類似，不論是插入引用文獻或是移除功能變數都相同。以插入引用文獻為例，在文件上用滑鼠點一下插入定位處，按下「Find Citations」的功能。

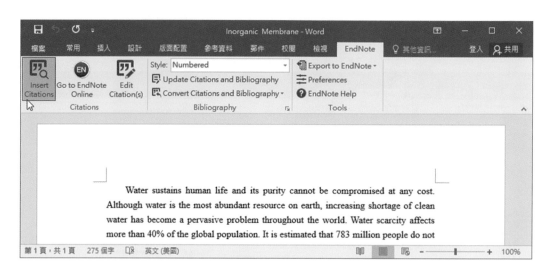

圖4-23　開啓Find Citations功能

在 Find 前欄位中填入檢索詞，例如文獻作者、年代或記錄編號。按下 Find 後，即出現符合條件的書目資料。選取要引用的書目後，按下 Insert 將文獻插入，書目資料就自動形成引用資料。

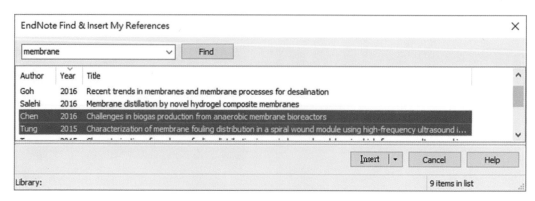

圖4-24　找出需要的書目

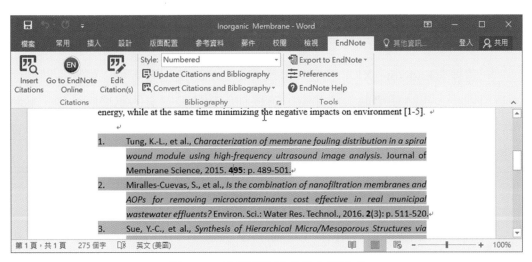

圖4-25　檢視自動形成的文獻格式

　　EndNote Web與EndNote的圖示與其代表的意義都是一樣的，差別在於Web版的功能較少，而只要瞭解單機版的EndNote就能夠輕易瞭解EndNote Web。完成論文撰寫之後，再移除文件內的EndNote的功能變數，這樣就大功告成了。

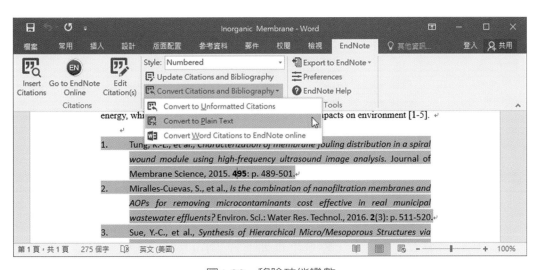

圖4-26　移除功能變數

4-2-3　EndNote與EndNote Web

　　同時擁有EndNote X8單機版本以及Web版本的使用者，可以輕鬆地將兩者的資料同步。平時使用個人電腦時，可以利用功能較齊全的單機版軟體，並將資料同步備份至EndNote Web；而出外使用公用電腦時，則可透過EndNote Web存取。當下次再次使用自己的電腦時，再將新增的資料匯入。

1.同步EndNote與EndNote Web

　　在進行同步設定前，必須先行確認單機版本的EndNote軟體是否已更新至最新版本。先點選工具列上「Help」選項，選取「EndNote Program Updates…」。若後依照提示確認版本及進行軟體更新。

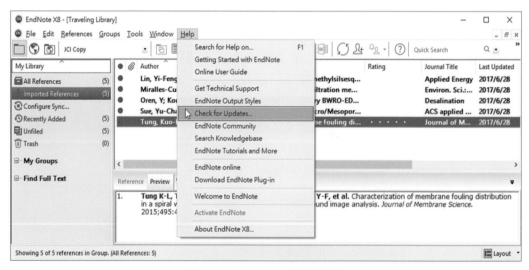

圖4-27　EndNote軟體更新

　　確認軟體版本及更新後，點選工具列上方「Tools」、「Sync」進入同步畫面。隨後軟體會出現一彈出視窗，可供使用者輸入個人的EndNote Web帳號及密碼。若先前並沒有註冊EndNote Web使用者帳號，可點選左下角「Sign Up」進行註冊。

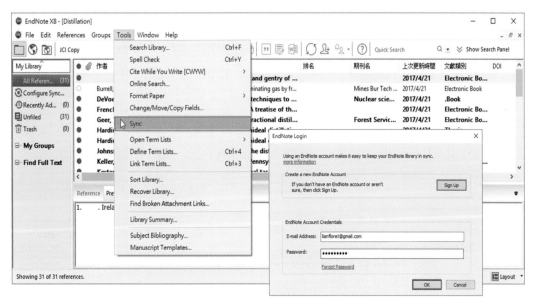

圖4-28　登入EndNote Web

　　在首次進行同步設定時，EndNote軟體會建議使用者對單機版中的EndNote
Library進行備份，使用者可自行決定是否先行備份。若要備份，點選是，便可
將Library文獻檔案壓縮成一.enlx檔，如本書2-1-8節所提。

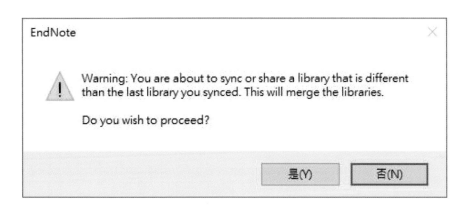

圖4-29　確認是否進行備份

　　單機版EndNote與EndNote Web同步時，會將兩者所包含的文獻資料一併整
合，即單機版EndNote內的所有資料會完整保留，並備份至EndNote Web中；同
時，EndNote Web中的資料亦會完整保留，並匯入電腦中的EndNote Library。
其中，EndNote單機版內的Group Set、Smart Group和From Groups三項並不會

一併同步至EndNote Web。此外，在EndNote Web中所建立的群組，在同步匯入EndNote單機版時，則會被歸納至Unfiled Group中，使用者可再自行歸納管理。

　　圖4-30比較同步前後的單機版EndNote Library文獻資料，我們可以發現同步後，EndNote Library中共有9筆書目資料，比同步前多了6筆，而Unfiled Groups中則新增了4個書目群組。另外檢閱EndNote Web中的文獻資料，也可以發現書目和群組資料則和單機版EndNote Library完全一致，如圖4-31所示。

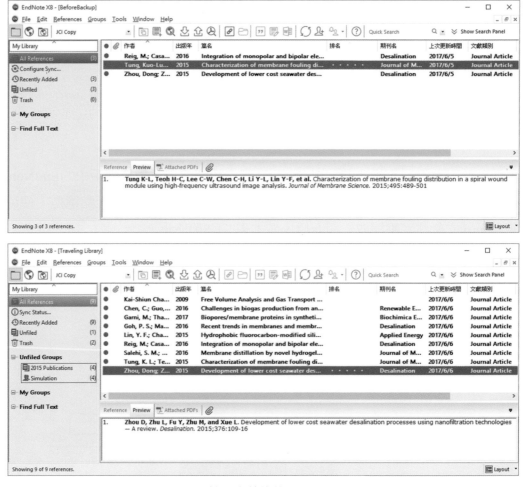

圖4-30　比較同步前後的EndNote Library

圖4-31　同步後的EndNote Web書目資料

　　如果我們要針對同步進一步的進行設定，可以在工具列中點選「Edit」、「Preference…」開啟程式偏好設定，點選左側「Sync」進行同步設定。在此，我們可以輸入EndNote Web個人帳號，並且設定當EndNote Library開啟或關閉時自動進行同步，或每隔15、30或60分鐘即自動同步。

圖4-32　同步相關設定

在同步時，有幾點必須特別注意：

■ 同步後，不管是在單機版EndNote Library或EndNote Web中進行任何編輯
或新增、移除等操作，再次同步後，兩方資料庫皆會進行同樣的動作。

■ 同步功能適用於單一EndNote Library與單一EndNote Web帳號使用。如使
用者在個人電腦上使用多個Library資料庫分批進行同步時，EndNote軟
體會出現一彈出視窗提醒使用者這些EndNote Library資料庫內的文獻資
料將會被合併。

■ 同步後，EndNote Library或EndNote Web並不會自動辨識重複的書
目資料。使用者可以自行比對。在單機EndNote Library中可選取
「References」、「Find Duplicates」功能比對，如本書2-1-3節所述。
在EndNote Web介面中，則可以選取上方工具列「Organize」、「Find
Duplicates」項目來尋找重複的書目資料。

圖4-33　在EndNote Web中尋找重複資料

■同步功能有總檔案大小的限制，最大可至5 GB。我們可以按下單機版
EndNote Library左側的 ⓘ Sync Status... 來確認同步的相關資訊。

圖4-34　確認同步的相關資訊

第四章　EndNote Web

2.選取特定書目資料批次匯出至單機版EndNote Library

　　EndNote Web也可以匯出特定的書目資料，並傳至EndNote單機版軟體中。假設我們現在要匯出「MD」群組內的所有文獻，則可點選網頁中「Format」標籤下的「Export References」功能，在網頁中References項目旁的下拉式選單選取「MD」項目，並將資料以EndNote Export格式匯出。

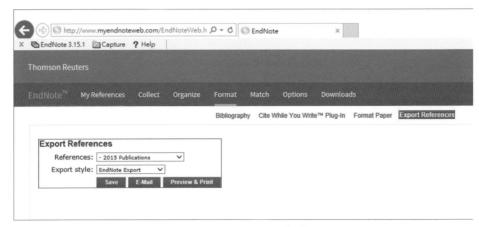

圖4-35　選擇匯出格式

　　隨後將匯出的資料存檔。開啟EndNote圖書館之後，由工具列上將書目資料匯入即可。

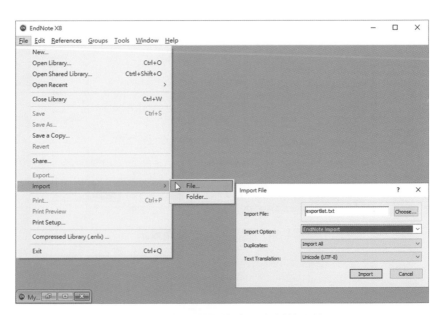

圖4-36　匯入選取的書目資料輸出檔

　　此外，由於EndNote Web架設於網路系統中，有儲存書目的上限，下表則列出EndNote因Web與單機版EndNote之差異，供使用者參考。

表4-2　EndNote與EndNote Web的差異

相 較 點	EndNote basic	EndNote X8
取得方式	免費註冊	免費試用
可運作之作業系統	線上瀏覽器	MacOS Windows iPad
參考文件儲存量	50,000	Unlimited
附加檔案的容量	2 GB	Unlimited
資料庫分享		100 使用者
私人資料群組分享	+	+
開啓資料庫共享		+
存取近期增加的資料群組		+
使用iPad同步資料庫	+	+
初稿與期刊文獻比對建議	+	+
自動更新線上文獻資料庫		+
進階組織智慧群組		+
可從線上資料庫搜尋之資料量	5	6000+
可以線上方式傳送之參考文獻量	9	500+
新建偏好引用文獻格式	+	+
新建自訂的資料庫分類群組	+	+
新建立即分類之智慧群組		+
一鍵快速取得全文		+
在PDF中標記期刊內文與註腳		+
在PDF中尋找標記的內文與註腳		+
PDF自動匯入資料夾		+
從DOI匯入並分類智慧群組		+
整合Microsoft Word 2016	+	+
可供使用之預設文獻引用格式	21	6000+
依據喜好客製化文獻引用格式		+
同一文件中使用多種文獻引用格式		+
使用副標題分類引用文獻		+
複合文獻		+
參考文獻中的欄位替換		+
標準化辨識期刊名稱		+
客製化選項增加資料庫提供者		+
參考文獻欄位的數量	53	56

相 較 點	EndNote basic	EndNote X8
參考文獻格式的數量	48	48
適用Unicode編碼	+	+
與iPad的app同步	+	+

資料來源：http://endnote.com/product-details/basic

Part II

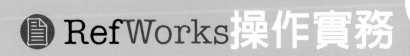 RefWorks操作實務

Part II

RefWorks 操作實務

RefWorks是一種架構在網路上 (Web-based) 的書目管理軟體，由CSA (Cambridge Scientific Abstracts) 所發展，使用者在RefWorks所建置的網站上設定帳號和密碼以開啟個人資料庫，進行書目資料的輸入、查詢與輸出，並可依據需求以適當的書目插入文章之中，在文末形成參考文獻。

我們可以將RefWorks的設計概念在於模擬一套屬於自己的資料庫，這座資料庫由原先空無一物開始，由我們將資料一筆一筆的或是一次多筆的放進文件夾中，這些資料包含圖書、期刊論文、影音媒體、法律文件等等。當資料庫內的資料多了起來，還可以透過文件夾將資料歸類，檢索的功能則可輕鬆調閱所需資料，方式就和查詢圖書館館藏目錄一樣的便利。到了撰寫論文的階段，透過RefWorks所整理的書目資料和自動形成引用格式的功能可以大幅地減少各項文書工作的時間。

5-1　RefWorks簡介

建立RefWorks個人資料庫，首先必須先設定一組帳號和密碼。通常大專院校圖書館或是研究機關會以團體購買的方式供研究人員使用，因此可以直接在特定的網域中進行註冊與登入。如果是個人用戶或者試用者的話，則可以連線到RefWorks的登入中心進行註冊登入。

此外，我們也會再登入中心的畫面看到所謂的「組碼」(Group Code)。這是當我們不在授權網域內時必須輸入的所屬單位代碼。例如交通大學代碼等。每個單位都有自己的單位代碼，除了可以詢問圖書館等單位以得知組碼為何之外，第一次註冊後，系統也會發送一封E-mail到我們的信箱，其中就會包括我們所屬單位的組碼了，如圖5-2所示。

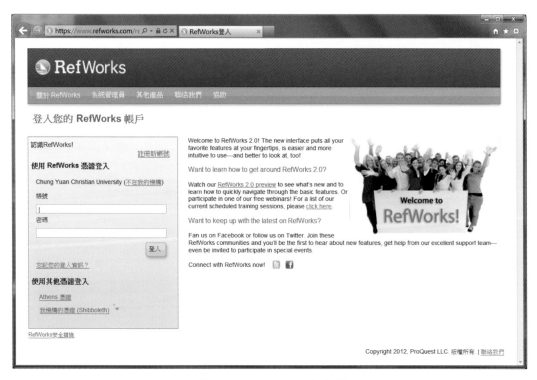

圖5-1　RefWorks登入畫面

以下是註冊資訊，請妥善保存。若你想更改登入帳號，密碼，更新電子郵件信箱，請連結<font color=red>用戶資料更新</font>。

組碼 = R　C

帳號 =

感謝你使用RefWorks。若有任何問題，請將寶貴的意見寄至twsupport@refworks.com.

RefWorks客戶服務

*組碼資訊：

機構用戶從經過認證的IP登錄RefWorks(不論是直接連線或是經由proxy伺服器)不需要使用組碼. 從您的機構網路外登錄，請到

圖5-2　RefWorks註冊成功通知

　　圖5-3是RefWorks的工具列，每項工具都有下拉式的選單，而右方還有一個快速檢索的功能，在空格中填入關鍵字，就可以搜尋資料庫中相關的書目資料。我們可以將這個資料庫視為個人專屬的數位圖書館，接下來我們將利用各種工具建立圖書館的目錄，並且豐富它的館藏。

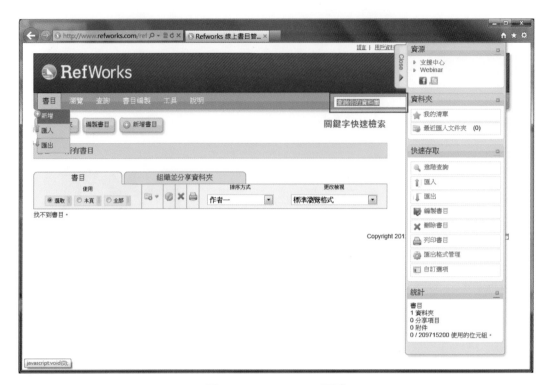

圖5-3　RefWorks工具列

5-2　建立RefWorks資料庫

5-2-1　新增／刪除書目資料

RefWorks提供了1. 自行鍵入書目資料，以及2. 自動匯入書目資料兩種方式建立資料庫，自動匯入又可以分為：由「資料庫匯入」、「同一查詢介面線上資料庫」、「以文字檔匯入」以及「網頁擷取」四種方式。其關係表示如圖5-4所示。

「自行鍵入書目資料」就是我們一筆一筆地將資料以Key-in的方式或是剪貼 (copy & paste) 的方式輸入，「自行匯入」則是將資料庫的資料自動匯入RefWorks中。

不論是自行單筆鍵入或是自動匯入，本書都詳列其步驟，這樣照著這些簡易的方法，絕對可以快速地建立自己的資料研究庫。

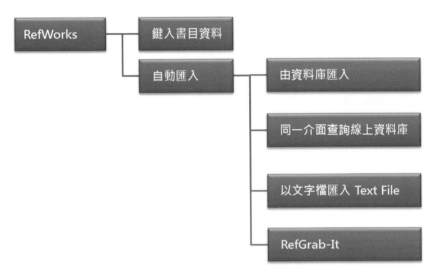

圖5-4　建立RefWorks資料庫的途徑

5-2-2　建立RefWorks文件夾

首先，我們先介紹如何在RefWorks資料庫中建立各種文件夾。建立文件夾是為了將資料分門別類。就像圖書館會有許多不同領域的資料一樣，我們可以依據資料的性質建立不同的資料夾，例如，圖書、期刊或專利；或是依據任務分類，如專題報告和學位論文；或者直接以休閒資料及研究資料區分。當然，也可以完全不建立資料夾，待將來有需要時再整理也不遲。

要建立文件夾，首先在RefWorks畫面中點選「新資料夾」即可建立及命名資料夾，如圖5-5所示。我們可以依據我們的研究領域或計畫名稱作為命名的依據。這樣對於將來的辨識與分享都有很大的幫助。例如，此處我們以*Molecular Simulations*做為文件夾的名稱。

圖5-5　為資料夾命名

　　這樣就成功的建立一個資料夾了。我們可以依據需求建立多個資料夾以方便管理資料。回到RefWorks，點選畫面中的「組織並分享資料夾」就可以看見剛才建立的文件夾了。

圖5-6　檢視剛建立的文件夾

5-2-3 鍵入書目資料

所謂自行鍵入書目資料是指RefWorks的「新增書目」功能，它將已知的資料填入相對應的欄位中，使用可以自行鍵入 (Key-in) 或是剪接 (Copy-Paste) 其它視窗或文件的資料。在建立資料庫的方法中，可表示如下：

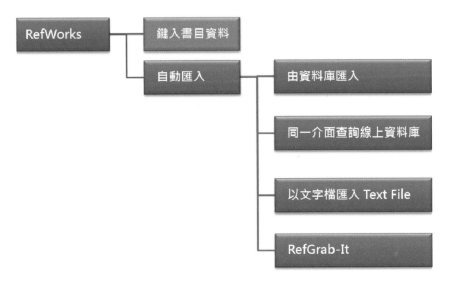

圖5-7　建立RefWorks資料庫的途徑(一)

要將資料鍵入RefWorks資料庫，首先點選工具列上的「書目」、「新增」。隨後，設定「欄位使用人」項目，這一個選項為設定書目資料的輸出格式，在此我們選用「Harvard British Standard」為顯示格式，而「Reference Type」(書目類型) 則選擇為「期刊文章」。欄位使用人項目也可以透過下拉式選單，依據個人需求予以更改；而Reference Type也可以依書目類型而做更換。

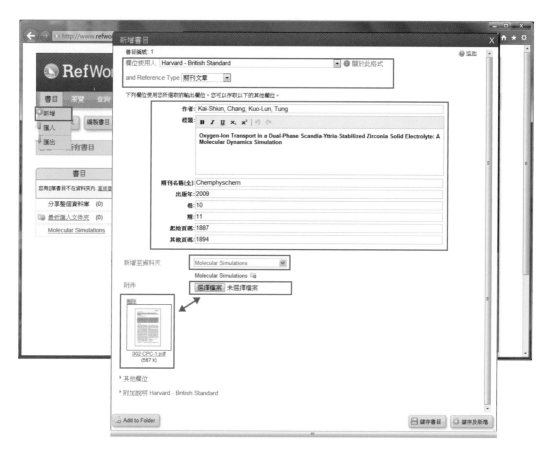

圖5-8　選擇書目資料類型並填入資料

　　接下來則繼續將已知的資料一一填入對應的欄位。作者輸入的方式為姓氏在前，名字在後。如有多位作者，則作者間應以分號逗開。例如：「Chang, Kai-Shiun; Tung, Kuo-Lun」；關鍵字部分亦然，詞與詞之間必須以分號區分開來。

　　如僅僅輸入篇名、作者及出處等資料只是將圖書館的「目錄」製作完成，但還缺少真正的「館藏」。因此，若能取得全文、圖片或影音檔等資料，亦可在「附件」的欄位中選取欲上傳的電子檔案，將附件存於書目資料中。完成資料輸入之後，按下「儲存及新增」就完成了存檔。隨後按下右上角的「☒」即可回到書目列表，或點選工具列上的「瀏覽」、「所有書目」即可瀏覽書目資料，如圖5-9所示。

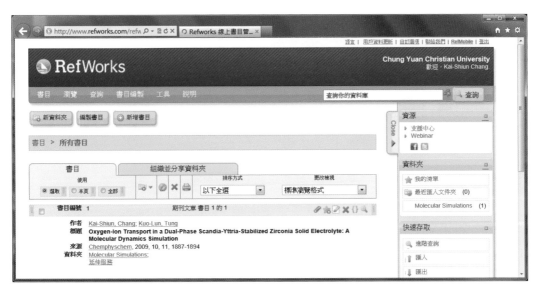

圖5-9 建檔完成的書目資料

拉下「更改檢視」的選項即可選擇不同的瀏覽方式。

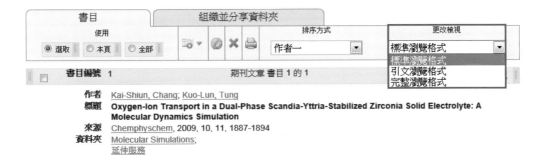

圖5-10 選擇不同瀏覽格式

若要修改資料，先切換瀏覽格式為「標準瀏覽格式」或「完整瀏覽格式」，然後按下右方的 (編輯) 即可進行編輯動作。如果有多筆資料要輸入的話，只要重複上述的步驟即可。

圖5-11 編輯現有的書目資料

反之如果我們不再需要某筆書目資料，先勾選要刪除的資料後，按下「✖」(刪除) 即可。為了避免資料被大量誤刪，如果我們選擇刪除「本頁」或是「全部」資料時，RefWorks會跳出一個確認欄，使用者必須填寫系統給予的文字後才會執行刪除。

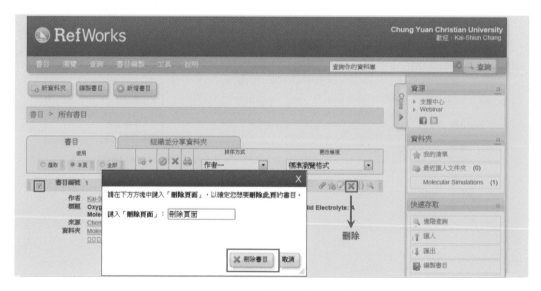

圖5-12 RefWorks 防止資料誤刪的機制

經由上述練習，我們可以發現：單是一筆書目資料，就具備相當多個欄位 (刊名、篇名、作者、摘要、關鍵字、…)，利用自行鍵入的方法非得要花上許多時間才可能完成，所以接下來要介紹的匯入 (Import) 方法就是直接透過RefWorks轉換器，讓資料自動找到正確的欄位並儲存，以匯入的途徑而言，它們是屬於「自動匯入」的位置。

5-3 由資料庫匯入書目資料

除了單筆輸入之外，許多的資料庫已經配合書目管理的出現，提供直接大量匯入的功能。以下我們將介紹幾個知名資料庫的書目匯入方式，並提供重要的資料庫匯入一覽表 (附錄C)。以供參考。

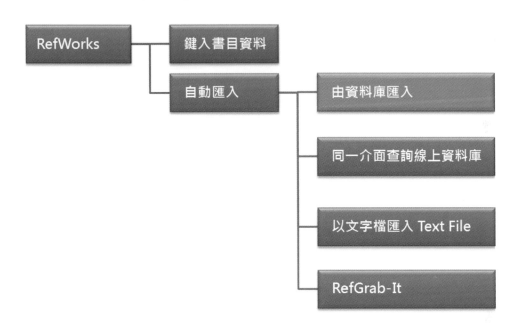

圖5-13 建立RefWorks資料庫的途徑(二)

5-3-1 以OCLC FirstSearch為例

OCLC FirstSearch檢索系統是由Online Computer Library Center (OCLC) 所建置，包含ECO、PapersFirst、ProceedingsFirst…等約80餘個資料庫，屬於一種綜合性資料庫檢索平台，收錄了期刊、圖書與會議論文等資料。其學科領域的資料相當廣泛，例如人文藝術、商業經濟、生命科學、自然及應用科學、法律和教育等領域。其知名的會議論文資料庫 (PapersFirst 及 ProceedingsFirst) 更是取得世界會議論文的最佳幫手。

在資料庫中檢索完資料後，勾選要匯入 RefWorks 的書目。按下 ⬚ 輸出。(中文版界面為 ⬚)。

圖5-14　選擇輸出書目資料

選擇 輸出到: ◉ RefWorks 後，按下 Export 。(中文界面為 輸出)

圖5-15　選擇RefWorks選項

選定的書目資料會自動匯入已經開啟的RefWorks資料庫當中。按下「X」即可切回RefWorks主畫面。

圖5-16　匯入完成

點選 最近匯入文件夾 即可檢視剛才匯入的數筆資料。

圖5-17　顯示最近匯入資料夾

　　由於匯入完成的資料並不會帶有全文PDF檔，因此盡可能在此時將資料補齊，置入附件時，下次開啟就不用再花時間尋找全文。此外，雖然RefWorks可以支援中文資料的匯入，但是萬一系統不穩定時發生無法顯示書目的情形時，建議至畫面最下方將OCLC介面換成英文介面重新匯入。

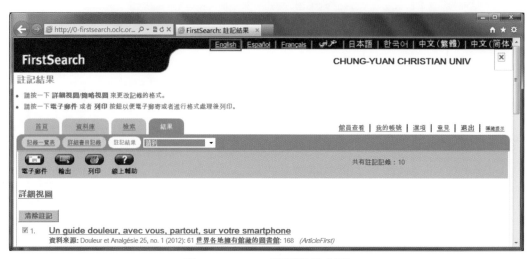

圖5-18　OCLC轉換語言介面

5-3-2　以EBSCOHost Web為例

　　EBSCOHost是由許多資料庫所組成的綜合性資料庫檢索平台，內容包括了Academic Search Premier / Elite綜合各領域資料、Business Search Premier商管財經類資料、ERIC教育類資料、EonLit經濟學資料、MLA International Bibliography當代全球語言文學資料…等資料庫。以下將介紹匯入RefWorks的方法。

　　點選 新增至資料夾 將需要的書目放入EBSCOHost的資料夾。

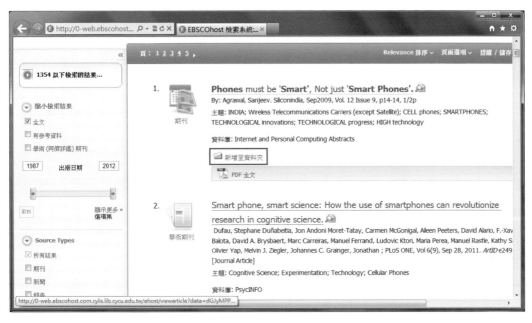

圖5-19　EBSCOHost檢索結果畫面

　　當資料進入資料夾後，右方會出現「資料內有文章的欄位」。按下「資料夾檢視」以進入資料夾。

圖5-20　前往資料夾檢視頁面

　　勾選要匯出的書目資料後，點選「匯出」。

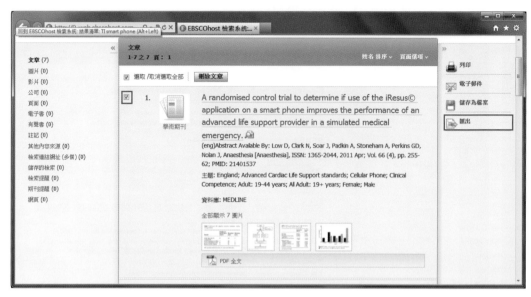

圖5-21　顯示最近匯入資料夾

點選「直接匯出至RefWorks」，隨後按下「儲存」以存入RefWorks。

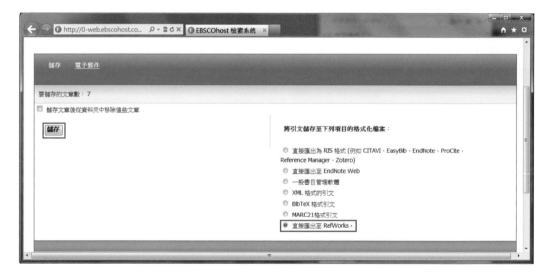

圖5-22　EBSCOHost資料庫支援直接匯入RefWorks

檢視最近匯入文件夾即可檢視剛才檢索的書目資料。

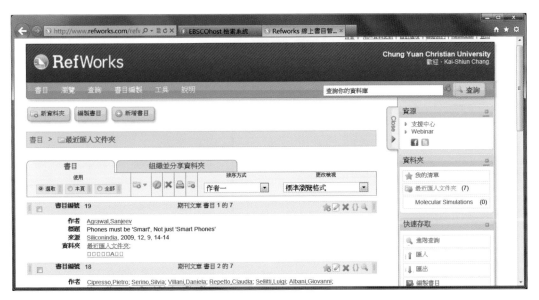

圖5-23　EBSCOHost資料庫支援直接匯入RefWorks

5-4　同一介面查詢線上資料庫

　　以上我們介紹了如何利用資料庫將書目資料匯入RefWorks的方法，除此之外，我們還可以直接由RefWorks連結到其他線上資料庫進行檢索和匯入。一般來說，各大學及公共圖書館的館藏目錄、以及NLM (美國醫學圖書館) 的PudMed資料庫是免費提供檢索的，在查詢上幾乎沒有什麼問題；至於我們所屬的大學、機關所購買的線上資料庫則因為擁有使用權，因此也可以進行查詢和下載。直接連結的優點是我們可以利用同一個介面檢索不同的資料庫，並直接儲存結果。而其缺點則在於它的檢索欄位可能有限，無法如同個別資料庫可能會有特殊的檢索欄位以供利用。

第五章　建立RefWorks資料庫

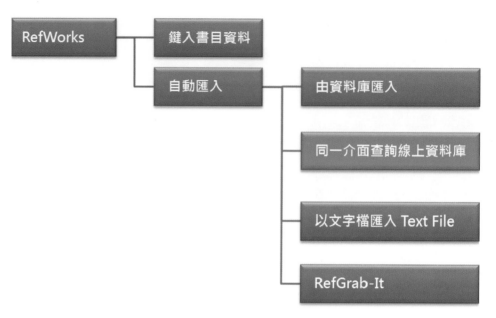

圖5-24 建立RefWorks資料庫的途徑(二)

點選「查詢」、「遠端資料庫」即可進入線上資料庫進行檢索。

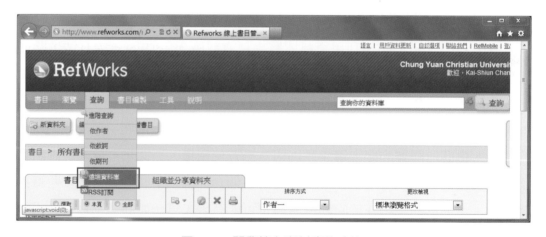

圖5-25 開啓線上資料庫的功能

以下拉式選單的方式選擇線上資料庫。RefWorks提供的連結除了PudMed之外，多為大學圖書館館藏。此處我們以PubMed資料庫為例在檢索欄位輸入關鍵字，然後按下「查詢」。

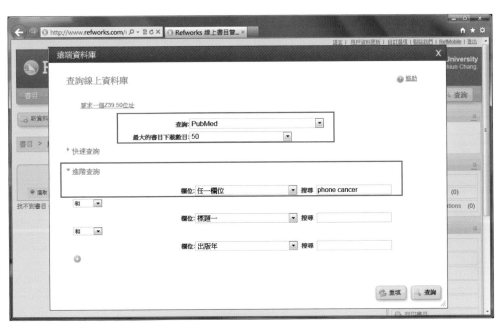

圖5-26　兩種查詢模式–快速與進階

　　RefWorks線上資料庫查詢結果會另開視窗顯示，其畫面如圖5-27，此時的視窗僅提供預覽結果，如果要真正將書目存入RefWorks中，則必須執行「匯入」的動作。隨後回到原視窗，檢視剛匯入的資料已經從RefWorks的預覽視窗移到文件夾中了。

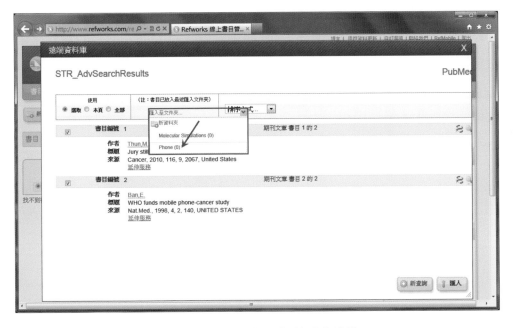

圖5-27　兩種查詢模式–快速與進階

第五章　建立RefWorks資料庫

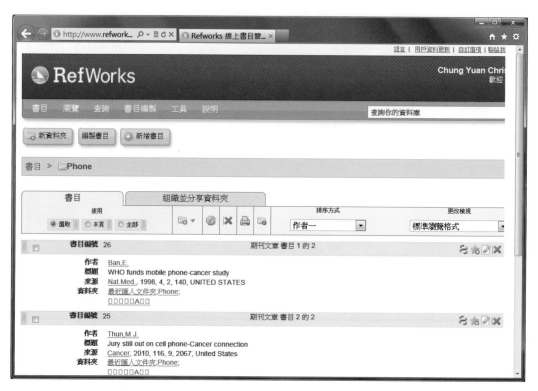

圖5-28 匯入的資料進入了RefWorks文件夾中

5-5 轉成文字檔形式匯入

　　能夠直接將資料匯入RefWorks資料庫固然好,但是並非所有的資料庫都提供直接匯入的功能,而是必須透過轉換的過程,其重要的環節是該書目資料具備RefWorks能夠辨識、匯入的格式,再利用轉換器將檔案匯入。以下我們將介紹這種間接匯入的操作過程。

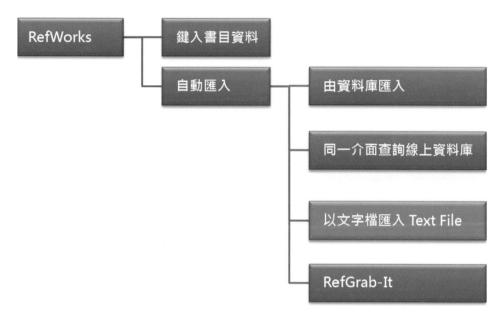

圖5-29　建立RefWorks資料庫的途徑(四)

圖5-30　以文字檔形式匯入RefWorks

5-5-1　以SDOS/EJOS電子期刊全文資料庫為例

此處我們以SDOS (ScienceDirect OnSite) 為例，示範兩種匯入RefWorks的方法：(1) 複製標籤資料以匯入；(2) 存為文字檔再匯入。

1.複製標籤資料以匯入

在檢索結果的畫面中，按下 Bibliographic Page ，檢視該篇論文的資料。

圖5-31　匯入書目檢視頁

隨後點選 Get citation export (Reference format) 。

圖5-32　匯入書目檢視頁

複製內容，包括標籤 (tag) 及文字。

圖5-33　複製SDOS書目內容

第五章　建立RefWorks資料庫

回到RefWorks，點選「書目」、「匯入」。其中匯入來源選擇「從文字」項目。並將匯入轉換器/資料來源設定為「Science Direct On Site」，接著將剛才複製的內容貼到圖5-34下方「由以下文字匯入資料」的空格中，接著按下「匯入」即可。

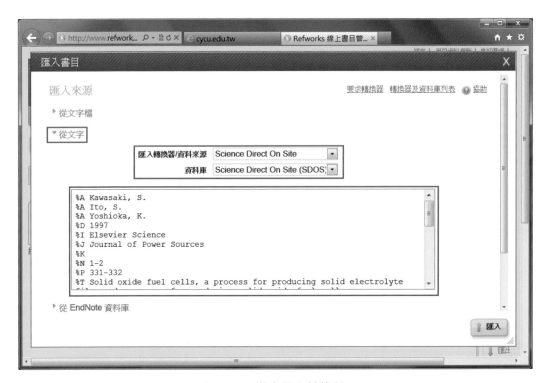

圖5-34　指定匯入轉換器

如此一來，資料的匯入就完成了。

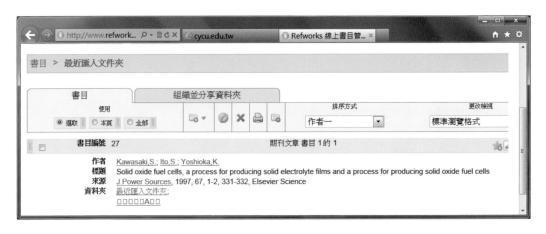

圖5-35　檢視匯入的資料

2.存為文字檔再匯入

另一個方式較為繁複，首先第一步驟與前述相同，找到需要的資料，按下。利用「檔案」、「另存新檔」的步驟將資料存成純文字檔(.txt)。

圖5-36　將資料存為純文字檔

回到RefWorks，在匯入來源中，選取「從文字檔」，並將匯入轉換器/資料來源設定為「Science Direct On Site」。接著，按下「瀏覽」，找出剛才儲存的文字檔，再按下「匯入」即可。

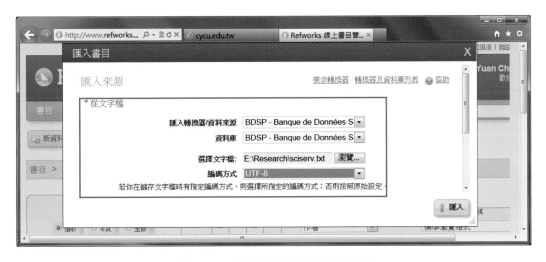

圖5-37　利用另存文字檔匯入資料

如果檢索的同時可以取得全文資料，則盡可能將其一併儲存在RefWorks當中。

圖5-38　找出全文資料並存檔

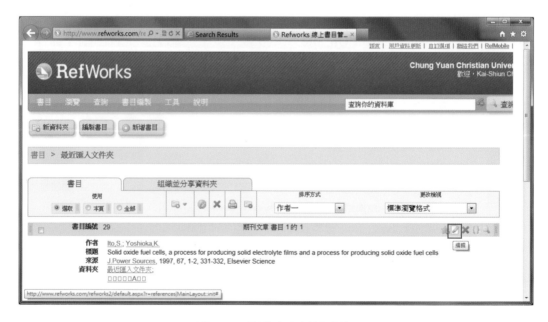

圖5-39　開啓書目編輯功能

　　將全文資料當作附件上傳，隨後按下「儲存書目」即可。將來在利用本資源時，也可以一併開啟PDF檔原文，相當便利。

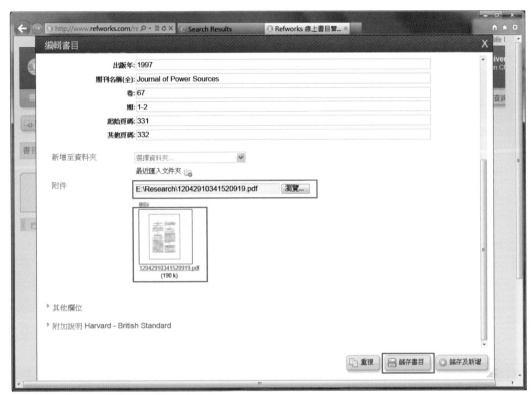

圖5-40　將全文資料視為附件上傳並儲存

5-5-2　以ACM資訊期刊全文資料庫為例

　　ACM全文資料庫是由Association for Computing Machinery (ACM) 所製作，主要收錄了資訊與電腦教育等方面領域的期刊以及會議論文，內容包括全文及索引摘要等近九千種，是電腦資訊領域中具權威的資料庫。由ACM Digital Library檢索後可得如圖5-41的畫面，點選圖中 BibTeX 選項輸出書目資料。

　　接著會跳出圖5-42的視窗，利用滑鼠拖曳功能選擇全部文字，然後進行複製。

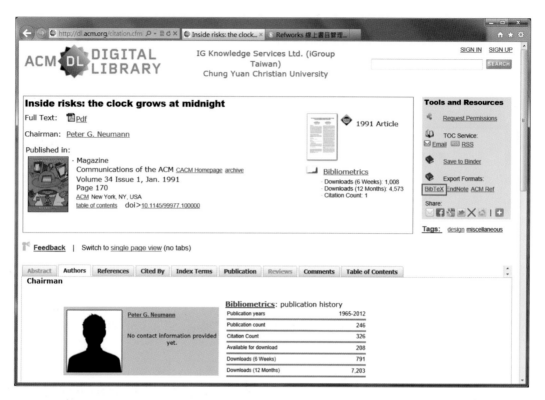

圖5-41 點選輸出格式

圖5-42 複製ACM書目內容

回到RefWorks,在匯入轉換器的部分選擇「BibTex」,在資料庫的部分選擇ACM Digital Library,將剛才複製的文字貼在下方的空格中,這樣的方式可免

去另存文字檔的步驟。隨後按下「匯入」即可。

圖5-43　ACM的匯入設定

　　同樣地，盡可能的將全文資料一併儲存至RefWorks附件欄。我們可以發現，不論是採用存成文字檔再匯入，或是複製文字的方式貼上的方式都可以匯入資料。以節省時間的觀點來說，複製/貼上的方式則較為方便。雖然這種間接匯入的方式無法向5-2和5-3所介紹的匯入來的快，但有些資料庫並不支援直接匯出，或有時會發生不穩定的狀況，例如暫時不支援直接匯出，所以必須要瞭解如何改用間接匯入資料的方式。

　　書末的附錄C整理了許多重要的資料庫匯入RefWorks的方法，讀者在實際操作時不妨加以參考。

5-6　網頁擷取功能–RefGrab-It

　　搜尋資料時，我們可以發現：除了線上資料庫、圖書館館藏目錄之外，我們經常瀏覽的網頁也有許多豐富的內容，要把網頁中的資料存入RefWorks中當

然可以利用新增書目的功能將資料儲存起來，但是RefWorks還設計了網頁擷取的功能，這項功能不但可以讓RefWorks自動辨識網路資料，還可以快速匯入RefWorks當中，是擷取網頁資料的利器。[1]

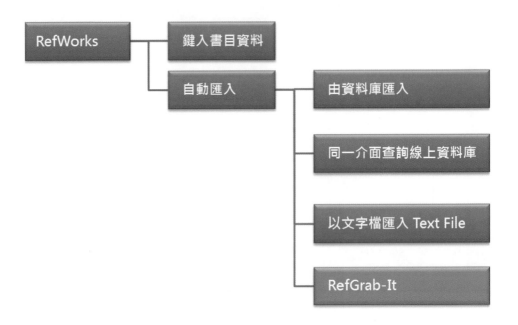

圖5-44　建立RefWorks的途徑 (五)

由RefWorks的工具列上的「工具」選單中按下「RefGrab-It」選項。

圖5-45　安裝RefGrab-It程式

1　RefWorks 2.0未支援IE 9瀏覽器。讀者可選用IE 8版本或隨時留意RefWorks是否有更新軟體版本。

接著會跳出一個視窗，在視窗中找到「RefGrab-It bookmarklet」的選項，並在右下角的位置選取「RefGrab-It」，按下滑鼠右鍵，在選項中選則「加到我的最愛」，這樣就安裝完畢了。

圖5-46　將RefGrab-It功能加到我的最愛

現在我們要利用RefGrab-It擷取*Science*期刊的論文。以圖5-47為例，檢索到要收藏的書目資料後，只要開啟我的最愛並點選「RefGrab-It bookmarklet」即可。

圖5-47　啟用RefGrab-It功能

　　RefGrab-It的程式會自動擷取網頁，並跳出一個對話窗，點選「顯示詳細資料」可觀看完整資訊。確定是我們需要的資料後，按下 匯入到 RefWorks 。

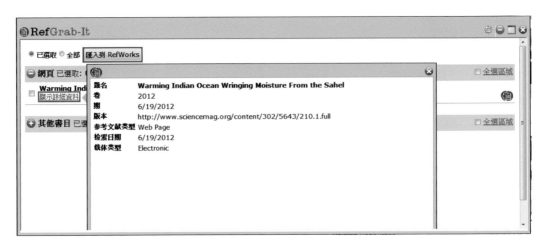

圖5-48　啟用RefGrab-It功能

　　這項功能無法支援同時抓取多筆資料的情況，假設我們在檢索結果的畫面中，企圖一次抓取數筆資料 (見圖5-49)，則抓取的結果將會是呈現所有書目的「網頁資料」，而非個別書目資料。

圖5-49　網頁中有數筆書目資料

除了可以擷取學術資料庫中的書目之外，即使是一般的網頁資料也可以自動擷取，例如我們在Google圖書中搜尋到一本書，利用RefGrab-It擷取。

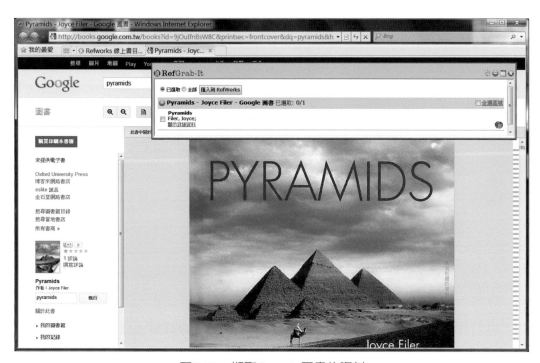

圖5-50　擷取Google圖書的資料

如此便完成書目的匯入。至於全文資料則必須視個人使用權限而定。Google圖書提供無版權的古籍或是公開版權 (public domain) 的圖書免費下載的功能。

5-7　RSS供稿

RSS是Really Simple Syndication的縮寫，也稱做「簡易供稿系統」、「聯合供稿閱讀器」利用RSS可以同時追蹤多個主題，可說是以逸代勞的重要工具。RSS與電子報的相同之處在於都是讓資訊源主動提供資料，訂閱者無須定期追蹤就能收到最新消息；但不同之處在於電子報需要訂閱者提供email address，而RSS則可保有隱私，而且不會在工作時不斷被新到信件打擾，可以自行安排查看時間。

　　現在有許多媒體、資料庫、部落格都提供RSS訂閱服務，而RefWorks則直接以Reader閱讀器的角度提供學術使用者另一項選擇，其異於其他閱讀器的優勢在於：撰寫論文時還可將RSS資料自動轉換成引用文獻格式。

圖5-51　開啓RSS功能

　　許多網站都提供RSS服務， 📶 或是 RSS 等圖示都表示該媒體提供RSS服務。以訂閱*Wall Street Journal*為例，找出想要訂閱的資料，按下代表RSS的圖示，然後複製訂閱網址。

圖5-52　Wall Street Journal的RSS訂閱畫面

　　又以BBC Learning English的課程為例，找出提供訂閱的圖示。

圖5-53 BBC網站的RSS訂閱畫面

之後會開啟新的網頁，複製上方的網址。

圖5-54 複製資訊來源的網址

第五章 建立RefWorks資料庫

將網址貼至RSS供稿網址的空格中，按下 新增 。

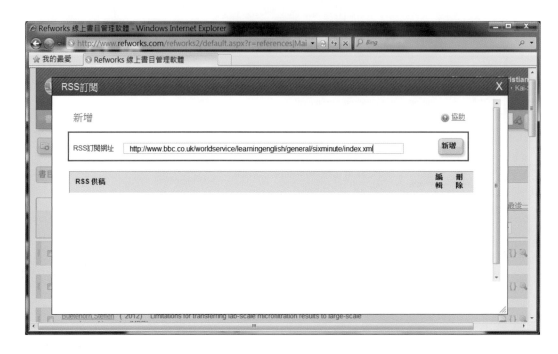

圖5-55　設定RSS來源

接著，RefWorks 會將訂閱的來源顯示於下方。我們可以訂閱多個資訊源。

圖5-56　完成BBC Learning English訂閱

當我們設定好RSS訂閱後，可以點選想要檢索的資料，按下連結將開啟新的視窗，可勾選想要匯入的資料，按下 匯入 或 匯入至文件夾... 將其匯入RefWorks資料夾。

圖5-57　匯入內容

匯入後，點選 🔍 檢視匯入的詳細內容。如果要閱讀資料，只要按下圖5-58的「網址名稱」也就是各筆資料下方的網址就可以連結到原始網站。這些內容尚未被儲存至RefWorks資料庫中，如果當中出現需要保存的資料，我們可以勾選它並將其匯入RefWorks文件夾。

圖5-58　檢視RSS內容

　　許多學術資料庫也提供RSS的訂閱，例如ScienceDirect資料庫就提供了四種訂閱功能：

1. Search Alerts：檢索條件快訊
2. Topic Alerts：專題快訊
3. Volume/Issue Alerts：最新卷期快訊
4. Citation Alerts：引用快訊

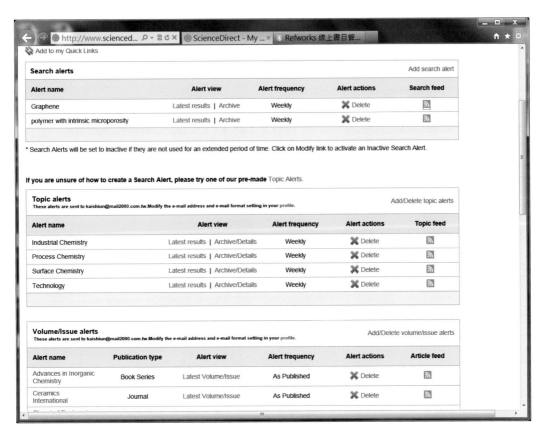

圖5-59　ScienceDirect提供多樣RSS訂閱選項

　　按下所需的選項後，出現新的視窗，按下 [Continue] 後，只要複製網址並貼在 RefWorks的RSS供稿網址欄即可。

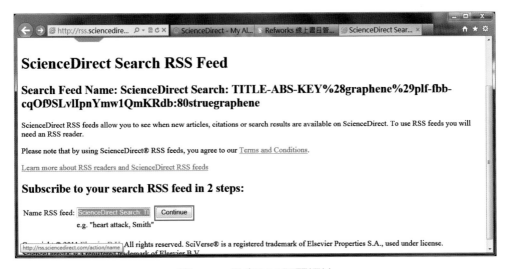

圖5-60　設定RSS訂閱網址

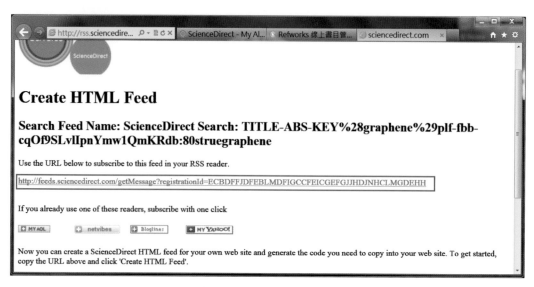

圖5-61　複製ScienceDirect RSS來源網址

　　而RSS訂閱中，編輯的功能可以讓我們編輯訂閱的名稱和增加說明，以第一筆資料為例，按下編輯。

圖5-62　RefWorks可訂閱多個RSS來源

接著填入更容易辨識的名稱和描述。完成後按下儲存，並回到RSS供稿畫面。

圖5-63　編輯RSS資訊源的資料

於是這筆訂閱資料就如同圖5-64般更簡潔易懂。

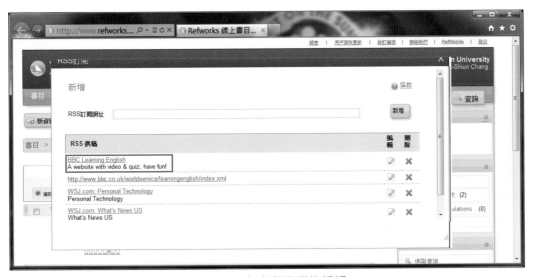

圖5-64　完成資訊源的編輯

Part II

🗎 RefWorks 操作實務

由第五章我們學習到了如何將資料匯入RefWorks資料庫中，接著要介紹整理與編輯RefWorks資料庫的各種技巧，經過整理的資料庫，才能夠易於參考、利用，本章將分為兩個部份，首先是書目的管理，接著是資料庫的管理。

6-1　書目的管理

利用自行鍵入以及自動匯入的方法，使我們具備了建立資料庫的能力，而書目資料也累積出相當可觀的數量，如果只知道不斷的累積資料、卻不懂得整理、分析、利用，那收集到的書目只是一堆無用的資料，無法轉換為有用的資訊。本節將說明管理書目資料的技巧，讓資料庫去蕪存菁，成為真正幫助研究順利進行的助力。

6-1-1　找出重複的資料

點選工具列中的「瀏覽」、「重複書目」，這樣可以找出相似度高的書目資料。如果我們挑選的是精確比對，那麼就會找出所有欄位完全相同的資料。

圖6-1　開啓重複比對功能

先利用書目右方的「更改檢視」檢視資料的完整程度，以決定要保留何者，接著勾選欲刪除的資料，再按下 ✖ 就可以了。

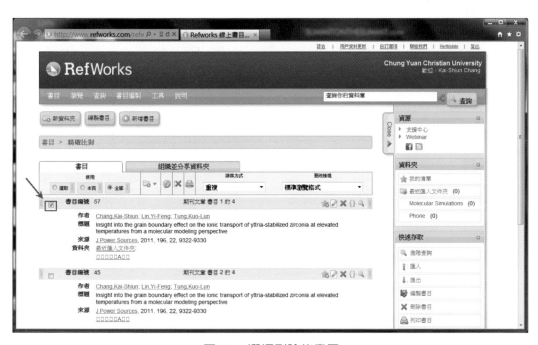

圖6-2　選擇刪除的書目

如果利用「一般比對」來查核書目是否重複，也需先確認哪一筆資料較為完整，將完整的資料留下，刪除較不完整的書目。

6-1-2　查詢書目資料

如何在眾多書目中，找出特定的資料呢？這時我們可以利用RefWorks提供的查詢功能。它分為「快速查詢」及「進階查詢」兩種。

同一欄位的檢索詞如果有兩個以上，而我們又沒有設定其相對關係的話，系統會預設其為"or"。例如：「membrane separation」，在RefWorks表示為「membrane」or「separation」。此外如果我們輸入的是separation，檢索的結果將包括gas separation，也就是所有包含該關鍵字的資料都會出現。

(1)快速查詢

快速查詢即直接在RefWorks的查詢欄位中輸入檢索詞，當結果出現時，關鍵字會以顯眼標示 (High-Light) 出現以增加辨識度。

圖6-3　快速查詢欄位

(2)進階查詢

　　至於RefWorks的進階查詢功能則提供限定欄位的搜尋。這樣可以節省搜尋時間並使得結果更加精確。

圖6-4　進階查詢功能

　　我們可以限定查詢欄位，例如：作者、ISBN、出版年等等，輸入完畢之後只要按下 查詢 就會列出 RefWorks 資料庫中所有相符的書目。

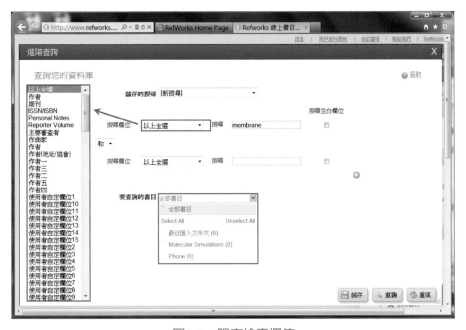

圖6-5　限定檢索欄位

此外若將來想用同一組條件進行相同的搜尋，那麼我們可以儲存搜尋條件，例如我們將圖6-5的搜尋條件儲存為「Search A」，按下，將來我們要再次檢索時就無需重新設定搜尋條件。

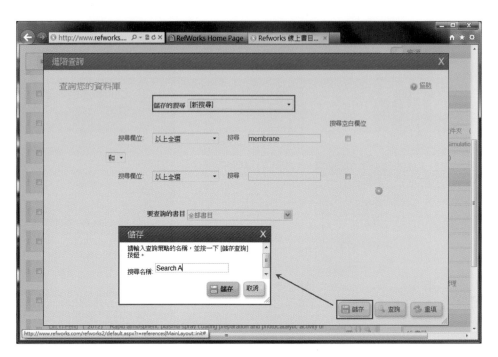

圖6-6　為搜尋條件命名

未來要以同樣條件搜尋資料庫時，只要選擇「儲存的搜尋結果」，並選擇「Search A」就可以了。

圖6-7　儲存搜尋結果

6-1-3　組織文件夾

　　組織文件夾的目的，是利用「文件夾」將不同的資料整理得更井然有序，如果我們在開始匯入資料的時候，並沒有設計出良好的文件分類方式，或是在使用多時之後，發現需要更動原本的設計時，就可以利用「組織文件夾」的功能再調整。

圖6-8　開啓「組織文件夾」功能

　　圖6-9是目前資料庫的現況。目前資料庫中只有一個名為「Molecular Simulations」的文件夾，夾內僅有一筆書目，另外有11筆書目不在任何文件夾中。至於 最近匯入文件夾 在RefWorks 中並非實體文件夾，而是一個暫存處，每次有新的書目匯入RefWorks時--即使它已經被匯入其他的文件夾中--亦會同時顯示在此文件夾中，當下次有新資料匯入時則又顯示最新的內容。如果我們需要新增文件夾以管理資料，只要按下工具列的 新資料夾 即可進行命名並新增，此處我們新增一「Gas Separation」資料夾。

　　接著，點選 您有11筆書目不在資料夾內 進入管理畫面，並勾選要移動的書目至文件夾中，按下確定就完成了 (見圖6-11)。

第六章 RefWorks 整理與編輯

圖6-9　資料庫現況

圖6-10　新增資料夾

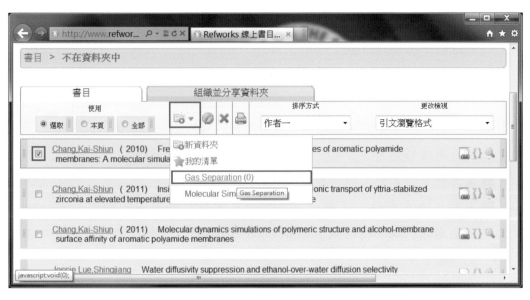

圖6-11　移動書目至文件夾

6-1-4　全域編輯 Global Edit

全域編輯的特色在於能夠一次編輯大量資料，包括「增加」、「移動」、「刪除」及「取代」等四種功能，如圖6-12所示。

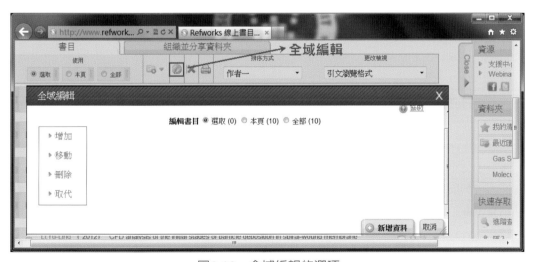

圖6-12　全域編輯的選項

1. 「增加」。

如果我們希望某文件夾中的論文都具有某些條件，就可以利用全域編輯的「增加」功能將這個條件加入。例如將關鍵字「aviation」增加至所有的論文中。

■ 附加到已存在資料：同一欄位 (例如敘詞欄) 中的「現有詞」不變，再附加「新增詞」。

■ 重寫現有的資料：以「新增詞」取代「現有詞」。

■ 不管已存在資料：「新增詞」與「現有詞」分屬不同欄位，因此加入「新增詞」與「現有詞」無關，但如果選擇了重複的欄位，則新的資料無法輸入。

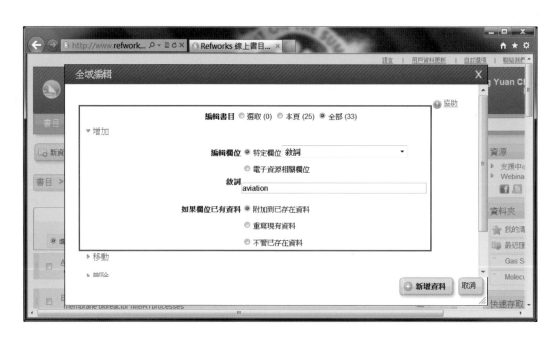

圖6-13　輸入新的敘詞

完成之後，任意開啟一個書目檢視「敘詞欄」，可發現已經多了「aviation」一詞，同時在搜尋RefWorks資料庫時，如果輸入「aviation」就會找到這些論文。

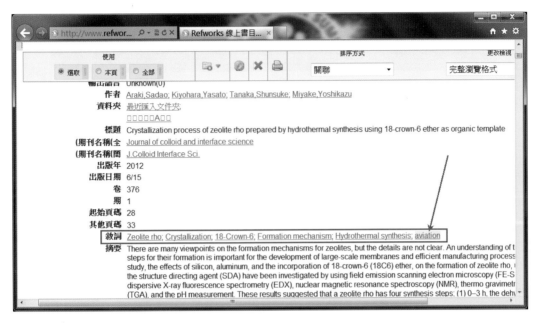

圖6-14　敘詞欄位出現新增詞彙

2. 「移動」。

將某欄位的資料「移動」至另一個欄位，例如將「出版商」、「出版地點」的資料移動到「備註」欄。

3. 「刪除」。將某個欄位的內容完全刪除，例如將「登錄號」從書目記錄中刪除。

4. 「取代」。

「取代」等同Office Word的「尋找」及「取代」功能，它讓所有需要更新的項目一次完成，同時也避免發生忘記或時遺漏修改的情形。當期刊變更刊名、學會變更名稱時，都是很好的使用時機。

假設我們希望資料庫中所有「Molecular Dynamics」改為「MD」，方法一是開啟單筆書目後進入編輯頁，然後自行手動更改；但更好的方法是利用全域編輯中的「取代」功能將資料庫中所有「Molecular Dynamics」文字改成「MD」。如果畫面呈現亂碼，則將語言模式更改為英文重試一次。

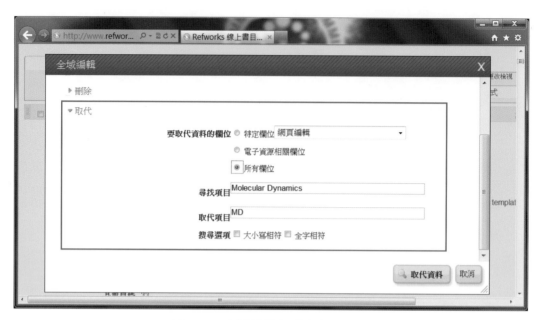

圖6-15　全域編輯之「取代」功能

6-2　資料庫的管理

　　6-1介紹的是書目資料的管理，在6-2當中我們要介紹的是整個資料庫的管理，包括資料的匯出以及備份等等工作。

6-2-1　匯出資料 Export

　　我們知道RefWorks是一個雲端（Web-based）資料庫，也就是說無法使用網路的地方就無法利用RefWorks，如果我們所屬的機關學校不再訂購RefWorks，那麼我們辛辛苦苦儲存的資料，也會在轉眼間不復存在；為了避免這樣的情況發生，我們可以藉由匯出書目資料當作備份。

　　此外透過匯出資料，我們也可以和他人共享資料庫的內容。因為RefWorks提供許多種資料匯出的格式，使用者可以將資料儲存在磁碟中或是Email到個人信箱。而對方就可以將它匯入到書目管理軟體，達到共享的目的。

　　按下工具列的「書目」、「匯出」。

圖6-16 開啓「匯出」功能

　　畫面會出現各種匯出的格式。我們可以依據需要，將資料以不同的形式存檔或是轉到其他的資料庫 (例如 EndNote) 中。

圖6-17 指定匯出來源和格式

現在我們希望將資料夾「Gas Separation」的書目資料匯到EndNote中，因此選擇第一種格式。按下 匯出 。接著會跳出一個視窗，內容為EndNote可以接受的tagged文字檔，按下「檔案」、「另存新檔」將資料儲存為.txt文字檔。

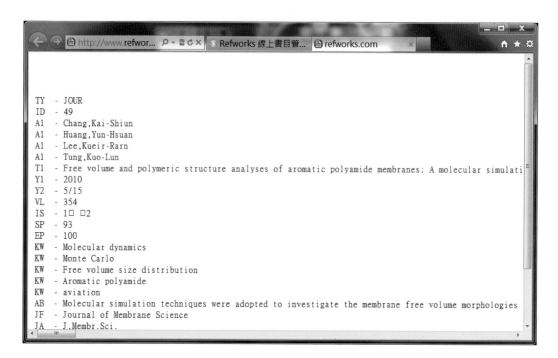

圖6-18　指定匯出來源和格式

利用EndNote的Import功能，將檔案匯入EndNote Library中。

如果我們希望將資料與他人分享，而對方也是使用RefWorks書目管理軟體的話，就選擇將資料以RefWorks Tagged Format的形式匯出就可以了，其餘格式也是一樣，端視使用者的需要而定。

6-2-2　備份/還原 Backup / Restore

　　「備份」的功能雖然和前一節所介紹的「匯出」類似，都是將資料另作儲存，但是「備份」的格式只能選擇RefWorks的格式，而不能選擇其他書目軟體能辨識的格式。經過備份後的資料，可以幫助資料庫進行還原。例如當我們發現資料被誤刪，或是因為多人共用而變得雜亂時，只要利用還原的功能，將所有的資料回復到備份時的樣子就可以了。

圖6-19　開啓「備份／還原」功能

圖6-20　進行資料備份

　　下載動作開始進行後，可以看到這樣的字樣：

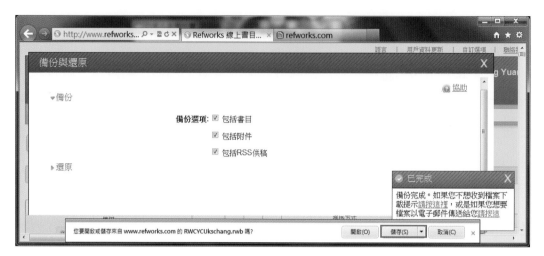

圖6-21　備份成功

　　按下，下載的檔案會自動命名為 「(組碼 + 使用者名稱) .rwb」，這個附檔名「.rwb」是RefWorks的檔案形式，所以無法用一般程式開啟及瀏覽，但只要保留這個檔案以備匯入和還原時使用即可。萬一系統出現錯誤訊息無法下載，可以試著將「快顯封鎖程式」關閉。

　　反之，當我們要還原資料庫的時候，只要找出原本備份的位置後按下 還原 即可。

圖6-22　利用備份資料進行還原

Part II

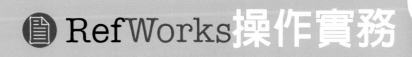

RefWorks操作實務

　　這一章我們要介紹的是如何利用RefWorks的Write-N-Cite功能撰寫論文、如何匯出書目，以及如何編輯新的書目格式。我們會使用到幾項重要的工具，其一是Write-N-Cite，其二是書目編製，其三是輸出格式編輯器。

7-1　利用RefWorks線上資料庫撰寫論文

7-1-1　在文稿中插入引用文獻

　　RefWorks支援論文的撰寫功能，主要是在書目的編製方面，不過並不提供類似EndNote的各種期刊投稿範本，使用者可以參考各出版社對於稿件的要求，自行編製範本，其方法可以參考本書第四章的說明。如果我們經常會投稿某幾種期刊，就可以試著依據該期刊要求的格式製作範本，以便將來節省排版的時間。

　　我們知道，撰寫學位論文或是期刊論文必須要依照規定的格式撰寫，以期刊*Food Biotechnology*為例，它要求作者在投稿時必須遵照一定的格式投稿 (如圖7-1)，除此之外每一種期刊為了因應其學科資料的特色，對於書目格式都會有一定的要求。

Instructions for Authors

SCHOLARONE MANUSCRIPTS™

This journal uses ScholarOne Manuscripts (previously Manuscript Central) to peer review manuscript submissions. Please read the guide for ScholarOne authors before making a submission. Complete guidelines for preparing and submitting your manuscript to this journal are provided below.

Aims and Scope. *Food Biotechnology* is an international, peer-reviewed journal that is focused on recent developments and applications of modern genetics as well as enzyme, cell, tissue, and organ-based biological processes to produce and improve foods, food ingredients, and functional foods. Other areas of strong interest are manuscripts that focus on fermentation to improve foods, food ingredients, functional foods, and food waste remediation. In addition, modern molecular and biochemical approaches to improving food safety are strongly encouraged.

Food Biotechnology receives all manuscript submissions electronically via their ScholarOne Manuscripts website located at: http://mc.manuscriptcentral.com/lfbt. ScholarOne Manuscripts allows for rapid submission of original and revised manuscripts, as well as facilitating the review process and internal communication between authors, editors and reviewers via a web-based platform. ScholarOne Manuscripts technical support can be accessed via http://scholarone.com/services/support/. If you have any other requests please contact the journal's editor at kalidas@foodsci.umass.edu.

References. Cite in the text by author and date (Smith, 1983). Prepare reference list in accordance with the APA Publication Manual, 4th ed. Examples:

Journal: Hecker, M., Volker, U. (2001). General stress response of *Bacillus subtilis* and other bacteria. *Adv. Microb. Physiol.* 44:35-91.

Book: Harold, F. (1986). *The vital force: A study of bioenergetics.* New York: Freeman, pp. 71-110.

Contribution to a Book: Eggeling, L., Sahm, H., de Graaf, A. A. (1996). Quantifying and directing metabolic flux: Application to amino acid overproduction. In: Scheper, T., (Ed.), *Advances in Biochemical Engineering/Biotechnology.* Vol. 54(1-30) Berlin, Germany: Springer.

Illustrations. Illustrations submitted (line drawings, halftones, photos, photomicrographs, etc.) should be clean originals or digital files. Digital files are recommended for highest quality reproduction and should follow these guidelines:

- 300 dpi or higher
- Sized to fit on journal page
- EPS, TIFF, or PSD format only
- Submitted as separate files, not embedded in text files

Color Reproduction. Color art will be reproduced in color in the online publication at no additional cost to the author. Color illustrations will also be considered for print publication; however, the author will be required to bear the full cost involved in color art reproduction. Please note that color reprints can only be ordered if print reproduction costs are paid. Print Rates: $900 for the first page of color; $450 per page for the next three pages of color. A custom quote will be provided for articles with more than four pages of color. Art not supplied at a minimum of 300 dpi will not be considered for prints.

Print + Online Reproduction: $900 for the first page of color; $450 per page for the next three pages of color. A custom quote will be provided for articles with more than 4 pages of color.

Tables and Figures. Tables and figures (illustrations) should not be embedded in the text, but should be included as separate sheets or files. A short descriptive title should appear above each table with a clear legend and any footnotes suitably identified below. All units must be included. Figures should be completely labeled, taking into account necessary size reduction. Captions should be typed, double-spaced, on a separate sheet. All original figures should be clearly marked in pencil on the reverse side with the number, author's name, and top edge indicated.

Proofs. Page proofs are sent to the designated author using Taylor & Francis' EProof system. They must be carefully checked and returned within 48 hours of receipt.

Complimentary Policy and Reprints: Authors for whom we receive a valid email address will be provided an opportunity to purchase reprints of individual articles, or copies of the complete print issue. These authors will also be given complimentary access to their final article on *Taylor & Francis Online*.

圖7-1　Food Biotechnology期刊刊載之Instructions to Authors

　　假設我們已經著手撰寫了部份 (或全部) 的文字，現在希望加入引用文獻，此時就可以開啟RefWorks。在RefWorks每一筆書目後方可以看到 {} 「引用」的功能，按下之後會跳出圖7-2的視窗，我們必須將大括弧內的文字複製並貼在稿件中。如果要同時引用多筆書目資料，只要連續點選各書目前方的「引用」即可。

第七章 利用RefWorks撰寫論文

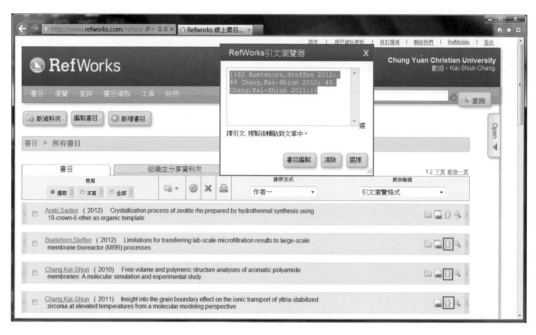

圖7-2　連續點選引用功能

　　以圖7-2為例，假設我們要引用兩篇或兩篇以上的論文，則將{{　}}及其內的文字複製或剪下之後，再將它貼到Word文件上，也就是要插入引用文獻處。其外觀會顯示為圖7-3。

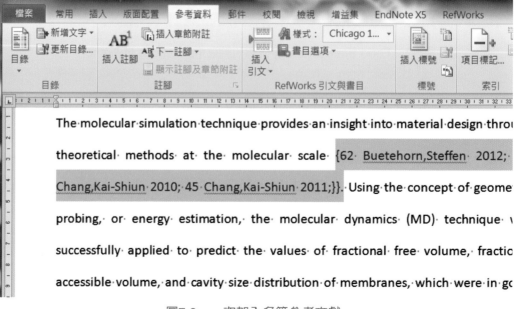

圖7-3　一次加入多筆參考文獻

這樣的記號會一直存在，直到我們將資料進行「書目編製」之後，功能變數才會變成正式的引用文獻格式。

7-1-2　利用RefWorks進行書目編製

當我們完成文稿，並插入所有的引用文獻後，如果要透過RefWorks網頁資料庫將引用文獻轉換成引用及書目資料，可將貼上引用書目記號的Word檔案(見圖7-3) 存檔，並上傳至RefWorks資料庫進行書目編製，其方法如下。

首先，先將編寫好的文件存檔，隨後在RefWorks中點選「編製書目」選項。在此可以先透過「匯出格式」的選項選取或預覽想要使用的書目格式。

圖7-4　進入文稿之書目編製

圖7-5　選取及預覽匯出格式

　　選取「文稿之書目編製」並在格式化文稿的欄位中選取要編製的檔案後，按下 編製書目 ，系統即會自動的將文件中帶有 {{ }} 內的文獻資料自動編製，完成後即可下載文件檔案(見圖7-6、圖7-7)。

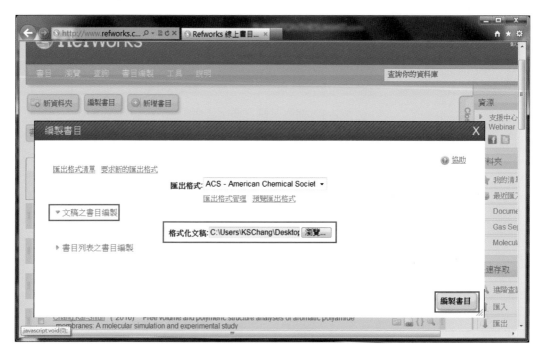

圖7-6　將選取的文稿上傳以編製書目

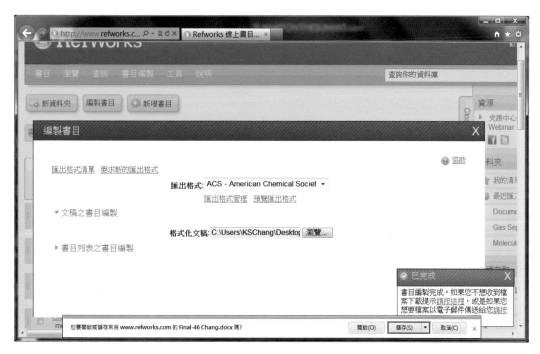

圖7-7　儲存編製完成的文檔

　　開啟編製完的檔案,並和未編製的文檔比較可發現,帶有 {{ }} 功能變數的資料已經成功的轉換為特定格式的引文與書目資料了。而所有我們引用的書目資料都完整的出現於文末供讀者參考。

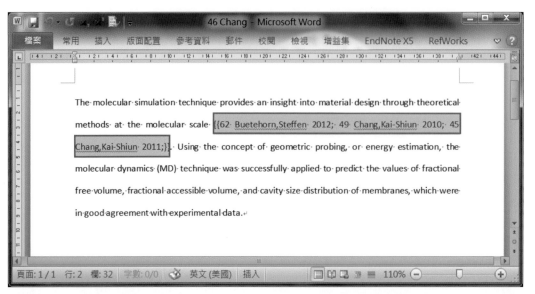

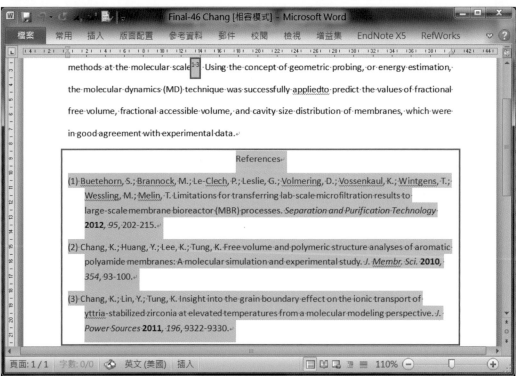

圖7-8 儲存編製完成的文檔

　　如果我們想要使用不一樣的引文與書目格式，也可以點選「匯出格式管理」來挑選想使用的匯出格式。在清單中選取好書目格式後，點選 ➡ 即可將書目格式放進我的最愛中。

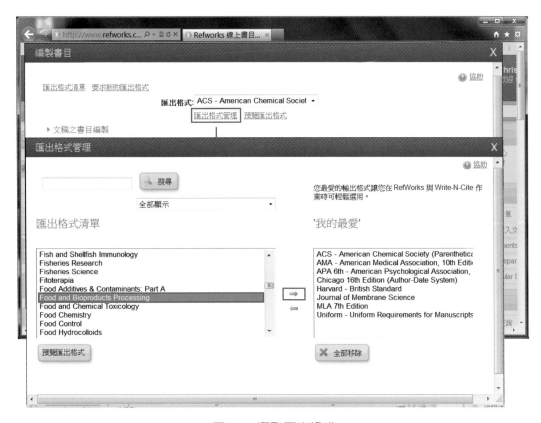

圖7-9　選取匯出格式

往後如果想使用時，可直接在「匯出格式」的下拉式選單中，到我的最愛內直接選取，即可快速選用。

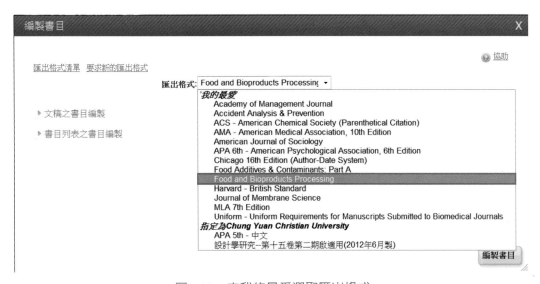

圖7-10　由我的最愛選取匯出格式

　　而另外一項「書目列表之書目編製」（見圖7-11）則可以匯出我們在RefWorks資料庫中所儲存及管理的書目資料。RefWorks所支援的輸出種類共有HTLM、RTF文字檔、Mac版Word、Windows版Word及Open Office文件，而我們可以依照管理的書目資料夾分批輸出或是一次輸出全部書目。選定好輸出格式與書目之後，點下 編製書目 後即可取得書目文件檔。

　　透過參考文獻列表的編製，我們可以將書目做為備份；也可以與他人交流、便於分享。此外，教師還可以輕鬆列出補充教材清單讓學生延伸閱讀。

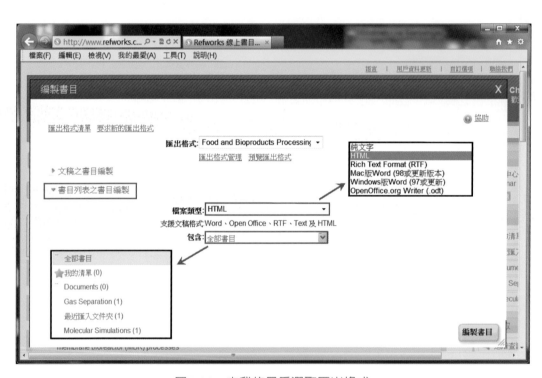

圖7-11　由我的最愛選取匯出格式

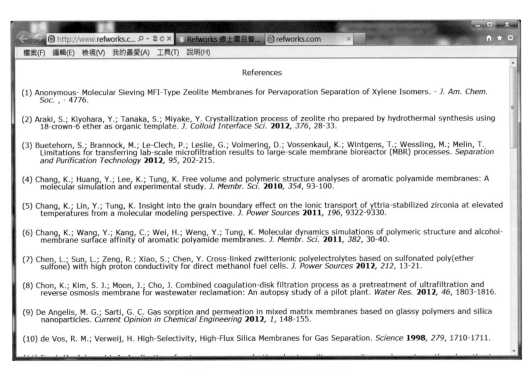

圖7-12　匯出的書目資料檔

7-2　利用Write-N-Cite撰寫論文

7-2-1　安裝並使用Write-N-Cite

　　除了RefWorks可以插入引用文獻之外，另一項工具「Write-N-Cite」也是文獻管理幫手。由於RefWorks是網路版的應用軟體，標榜的是無論身在何處，只要能夠連上網路，資料的取用就能夠無遠弗屆，但是使用者的另一個聲音是：希望電腦在離線時一樣可以引用文獻、撰寫論文，而RefWorks聽到了，也提供離線處理的選擇。只要使用者下載一個小程式Write-N-Cite至電腦，就可以享受到這種便利性。首先，要安裝新版的Write-N-Cite 4請確定電腦滿足以下條件：

・Windows XP或以上的版本。

・隨機存取記憶體至少64 MB。

‧ 硬碟空間至少70 MB 以上。

‧ 網路連線功能。

‧ Internet Explorer 6 或更高。

‧ Microsoft® Word 2007 或更高 (Microsoft® Word 2003 請下載Write-N-Cite III)[1]。

在RefWorks的工具列選擇「工具」、「Write-N-Cite」。之後會出現一個新視窗，並要求我們下載應用程式，按下開啟即可自動安裝。Windows及Mac使用者各自有其下載連結。在進入安裝「Write-N-Cite」畫面後，請留意畫面中的「Write-N-Cite 登入代碼」項目，用戶必須先行複製此一代碼，並在啟動Word後，進入RefWorks Write-N-Cite功能時輸入以便登入，如圖7-13、圖7-14所示。

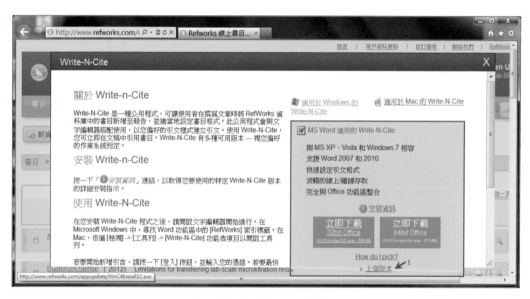

圖7-13　下載Write-N-Cite

1　Word 2003版本使用者請選取"上個版本" (見圖7-13箭頭處)，下載Write-N-Cite III。

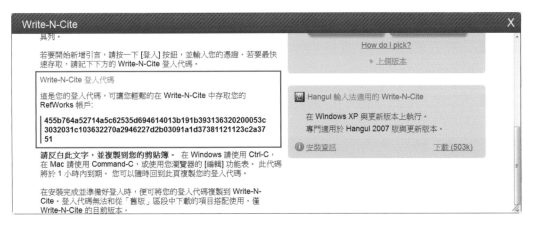

圖7-14　複製登入代碼

　　在Word 2010的操作環境中，可直接點選工具列上的RefWorks啟動功能，或經由點選「檔案」、「選項」、「增益集」進行設定，以開啟功能。點選後，會出現一個登入視窗，分別輸入剛才所儲存的啟動代碼以及組碼、使用者名稱與密碼即可登入。

Write-N-Cite™ 登入

使用以下資訊登入 Refworks...

登入代碼：　51651303f266e13311b46100a313871

您可以在 Refworks 的 Write-N-Cite 下載頁面
上找到您的代碼

—————— 或 ——————

組碼：

使用者名稱　ksc

密碼：　*******

登入

取消

就緒。

圖7-15　登入Write-N-Cite™

　　登入後，可見到Wrtie-N-Cite的工作環境，如圖7-16所示。Wrtie-N-Cite 4的功能設定已完整嵌入Word使用介面，其介面與EndNote相當類似，亦相當便利。其工作區塊分為三類：

第七章 利用RefWorks撰寫論文

■ 「引文與書目」：插入並管理引文及書目資料。

■ 「額外項目」：資料同步、移除功能變數代碼和開啟網頁進入 RefWorks。

■ 「設定」：進行個人化的設定，如語言選取或同步化設定。

圖7-16　Write-N-Cite™工作環境

一般網頁上RefWorks的功能與RefWorks Write-N-Cite並不相同。在Write-N-Cite的視窗中，我們已經不再對書目內容做更動，例如輸入、校正，而是開始引用這些資料到我們撰寫的文章中，所以原先的工具列就不再出現。

現在我們就來看看要如何使用這項Write-N-Cite的功能。首先開啟稿件，在需要插入引用文獻的地方點一下滑鼠定位。回到Write-N-Cite工具列，點選「引文與書目」、「插入引文」、「插入新項目」。

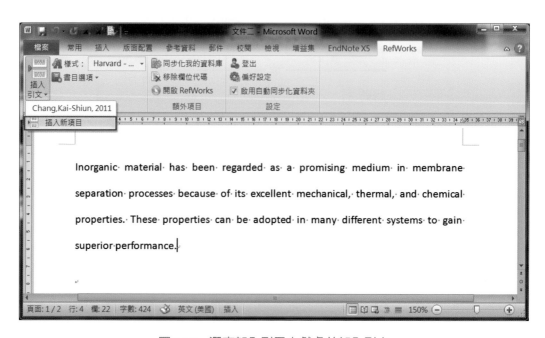

圖7-17　選定加入引用文獻處並加入引文

　　隨後，會出現一個新視窗，其中含有我們在RefWorks資料庫中所有引文資料 (見圖7-18)。在有網際網路的環境下，每一次開啟時，Write-N-Cite都會立即與使用者的RefWorks線上資料庫做同步更新，以便使用者可以隨時使用到最新的文獻資料。在右上方的檢索窗格可以鍵入想引用的書目資料資訊，如作者、標題或年份等，利於檢索；在「選取書目」項目下分為資料夾清單與書目清單兩類，使用者可依尋管理的規則找到想要插入的書目資料；在「編輯書目」中，則可以設定要插入本文當中的資料完整度，如作者或年份，並輸入前置詞或後置詞；在「預覽引文」中則可預覽插入後的引文形式；在「撰寫引文」中，如果選取兩個或兩個以上的書目資料，則可以移動書目的順序或增減書目資料。

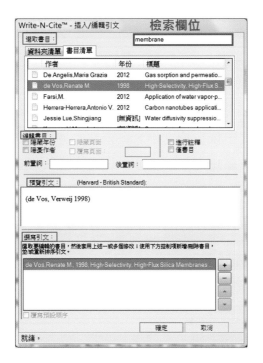

圖7-18　選定加入引用文獻處並加入引文

　　確認欲插入的書目資料後，可雙擊滑鼠左鍵以選取並編輯需要引入的書目資料。完成後，按下確認即可回到Word編輯環境。接著就可以看到在剛才游標停下的地方多出 (de Vos, Verweij 1998) 的項目，這是帶有功能變數的引文，這個步驟其實與圖7-2、圖7-3的意義相同，只是Write-N-Cite會替我們將功能變數置入文件中，並且直接轉換成預設的引文格式，為我們節省複製、貼上的步驟。

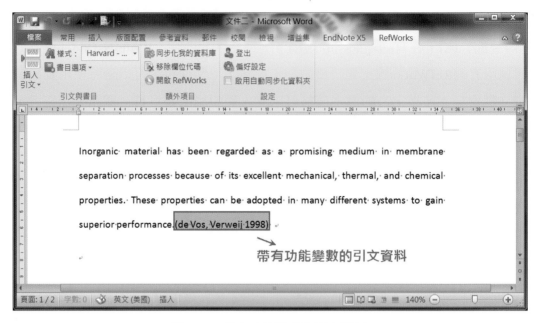

圖7-19　帶有功能變數的引文資料

　　這個記號的出現，代表我們已經將一筆書目資料連結到內文之中了，目前它是以功能變數的形式出現在論文中，在撰寫的過程中，引用文獻就是依照這樣的方式進行，直到整篇論文完成為止。如果要加入多筆參考文獻，只要在圖7-20的書目清單中連續雙擊書目資料，並按下確認即可。

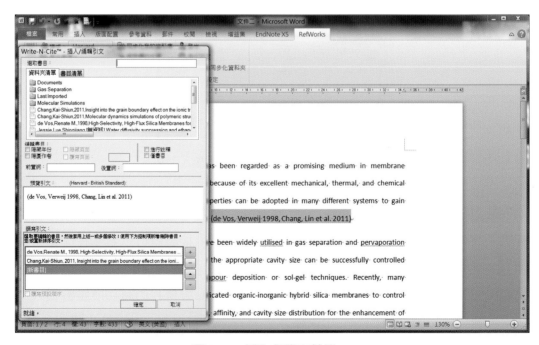

圖7-20　插入多筆文獻例一

　　如果不是連續按下「引用」，而是移動過游標後再插入一筆新的文獻，則引用方式會如圖7-21所示。如果將來選取不同的引用格式，也會形成不一樣的樣式，如圖7-22。

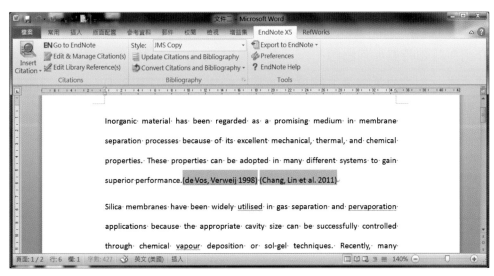

圖7-21　插入多筆文獻二

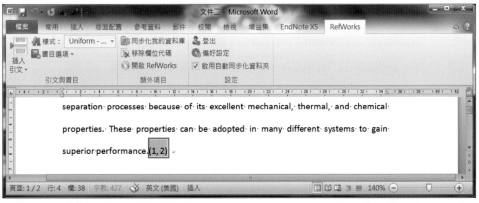

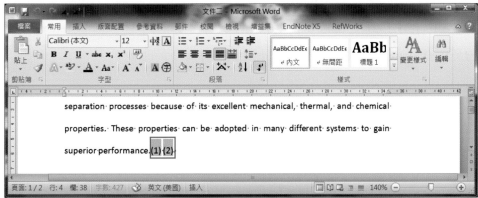

圖7-22　兩種引文的顯示方式

7-2-2　離線使用Write-N-Cite撰寫論文

　　當我們在撰寫文稿需要利用RefWorks插入引用文獻時，Write-N-Cite都會需要即時與網路資料庫進行連線，以便我們使用最新的RewfWorks書目資料。前兩節 (7-1和7-2-1) 介紹的是資料庫在連線狀態下插入引文的方法，而這一節則要介紹在離線時要如何繼續工作。在目前Write-N-Cite 4的作業環境中，新增了一項「同步化我的資料庫」的選項。當我們想要離線使用RefWorks資料庫前，可以點選此一選項，RefWorks會自動將整個資料庫的書目進行複製，成為一個「離線資料庫」。

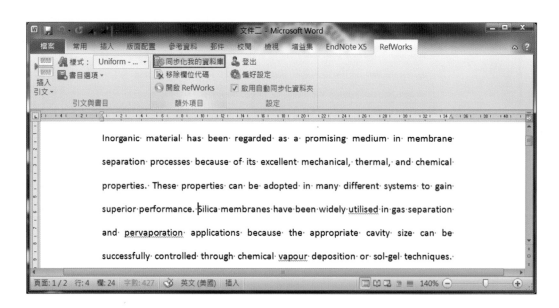

圖7-23　勾選同步化我的資料庫

　　進行資料庫同步化時，Word上方的RefWorks工具列會被鎖定無法使用，而下排位置則會出現「正在同步化RefWorks資料庫」的字樣。當同步化結束時，Word及RefWorks工作環境會恢復，外觀上不會有任何改變。

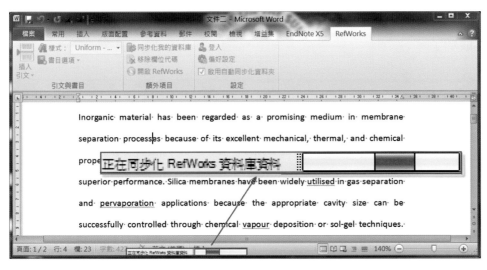

圖7-24　同步化RefWorks資料庫

　　現在，即使不是網路連線的狀態也可以使用資料庫內的書目。將來如果RefWorks有任何變動，例如有新的書目加入，那麼就必須再次連線，並重複圖7-23、圖7-24的步驟以更新離線資料庫。若要新增引文資料至文稿中，可利用前面介紹過的引用方式，點選RefWork工具列上的「插入引文」、「插入新項目」將引用文獻加至文件當中。

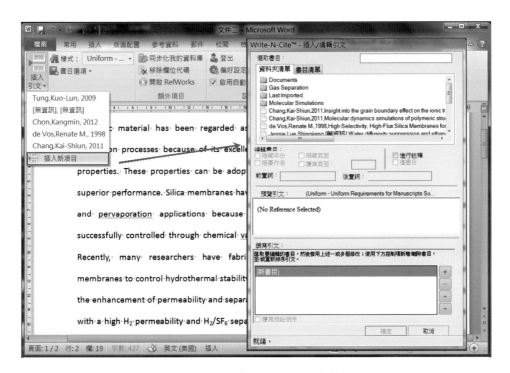

圖7-25　文件中加入引用文獻

離線作業的引文外觀與連線作業時無異，可順利插入引文就表示離線作業已經成功了。

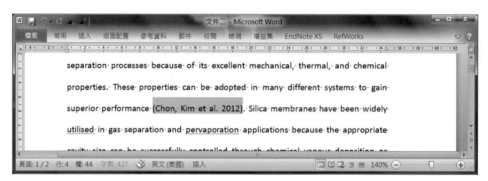

圖7-26　加入參考文獻

7-2-3　選取或更換引用書目樣式

在RefWorks網路資料庫提供了許多的書目匯出格式供使用者選取利用，Write-N-Cite也將此功能整合至Word工作環境中。當我們想更換引用文獻的樣式時，可以點選「引文與書目」，拉下　樣式：旁的下拉式選單，即可選取書目樣式。

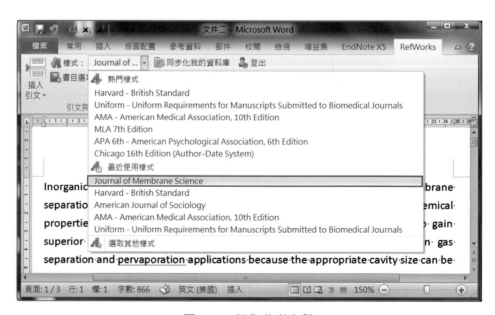

圖7-27　加入參考文獻

　　除此之外，我們也可以點選最下「選取其它樣式」開啟「選擇輸出樣式」
的功能欄位。此處的篩選器分為可用樣式、我的最愛、群組最愛與常用樣式四
種供使用者選取。

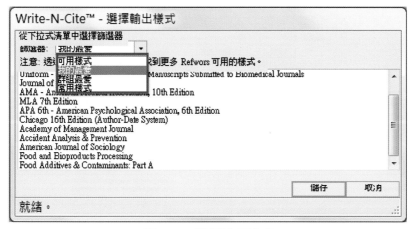

圖7-28　選擇輸出樣式

　　但如果在這些選單中都沒有看到我們想要使用的書目樣式時，則必須先登
入RefWorks網路資料庫，新增想選用的書目樣式到「我的最愛」。隨後，再透
過同步更新的步驟，將書目樣式同步至電腦中。

　　首先，進入「編製書目」功能，再點選「匯出格式管理」進入「匯出格
式清單」。此處我們以圖7-29為例，假如我們想要在Write-N-Cite的書目樣式
中新增*Nano Letters*期刊的書目樣式，則先使用上述方式將*Nano Letters*的書
目樣式中加入至「我的最愛」。隨後回到Word的Write-N-Cite環境中，點選
同步化我的資料庫 更新書目樣式。

圖7-29　加入參考文獻

圖7-30　加入參考文獻

　　當同步化的動作完成後，再次開啟「選擇輸出樣式」(見圖7-27與圖7-28)可發現*Nano Letters*的選項已經在「我的最愛」中出現了。隨後，我們就可以選用*Nano Letters*樣式作為為文稿的書目樣式。

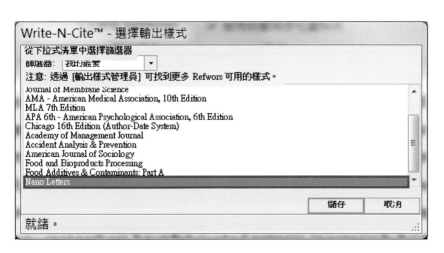

圖7-31　更新後已出現Nano Letters書目樣式

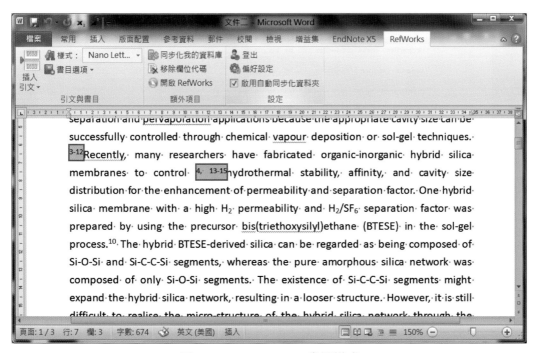

圖7-32　Nano Letters書目樣式

7-2-4　引用文獻的增刪、移動

　　如果插入書目後，發現書目的次序需要移動，或是引用文獻前後需要加上註記文字，這時可以利用Write-N-Cite的「引文與書目」的功能進行編輯。首

先將滑鼠移標點至想要修改的引文位置，並點選工具列上的「引文與書目」、「插入引文」、「插入新項目」即可編輯該筆引文資訊。這項功能允許離線作業。

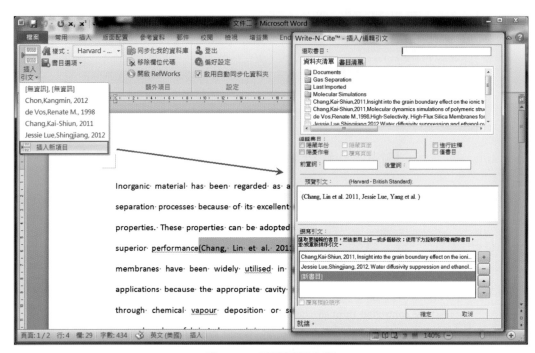

圖7-33　編輯引用文獻

1.移動書目的次序

按下「插入新項目」，之後會跳出引文編輯器 (Citation Editor) 的視窗，視窗內顯示RefWorks資料庫中的書目資料與游標插入點位置的引用文獻。圖7-34表示我們選定的游標插入點位置上，有兩筆參考文獻。而右方的操縱按鈕分別為：

■「＋」：表示新增一筆選定的書目資料。

■「－」：表示移除一筆存在的書目資料。

■「▲」：表示將選定書目資料往上移動。

■「▼」：表示將選定的書目資料往下移動。

如果要移動書目資料，只要按下這幾個功能鍵即可。以圖7-34為例，若要將第一筆資料往下移，只要選取該筆資料後按下「▼」，完成之後按下

確定 ，原本在前方的書目就被移動到後方，且在「預覽引文」區可以直接預覽引用文獻的變動情況。

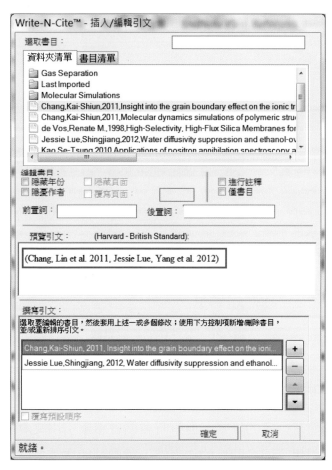

圖7-34 編輯引用文獻

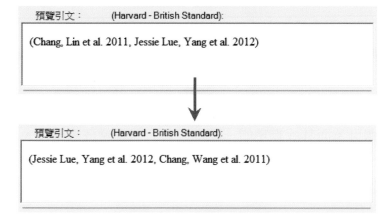

圖7-35 觀察預覽區的變化

至於Word文件中的功能變數也會產生變化。

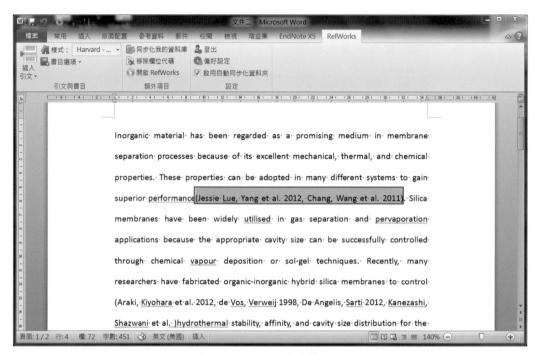

圖7-36　文件中的功能變數

2.新增書目前後的註記文字

　　引用文獻雖然有一定的格式，但有時我們會希望引用文獻能夠包含更多的訊息，例如同時引用了同名同姓的作者時，我們可能會需要註記作者的頭銜、國籍或者生卒年等，以免讀者誤會了引用的對象。

　　現在以圖7-37為例，選取第一篇引文，在前加上「Dr.」，不要顯示年代；而第二篇引文則在引文後加上「,TAIWAN」，同時隱藏書目的頁碼，勾選「隱藏頁面」選項。其中，「隱藏頁面」或「覆寫頁面」的功能必須是會顯示頁碼的引用格式，例如圖7-37的預覽處所示。設定的填寫方式可由圖7-38中間的紅框中看出。在變更的同時，我們可以在預覽處看到所有的變化，確定之後按下　確定　即可。而其餘設定如「覆寫頁面」則是隱藏頁碼後，自定覆寫文字；「進行註釋」則是在該頁下方插入文獻的註釋資料；而「僅書目」則只會顯示出基本的書目資料。

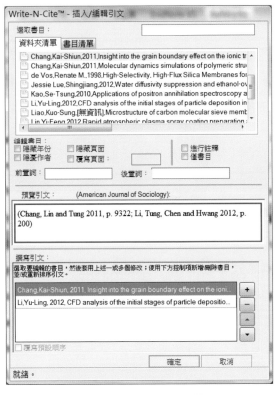

圖7-37　引文細節原貌

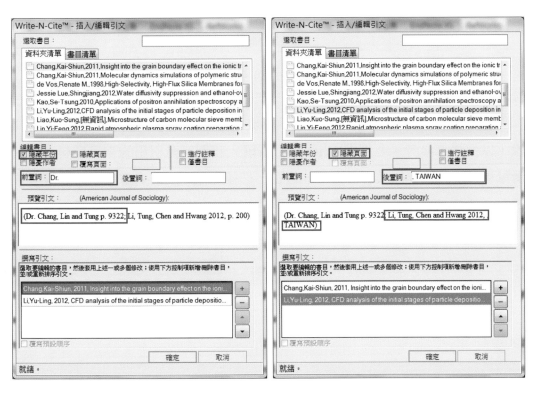

圖7-38　檢視引文細節變更

7-3　定稿及書目編製

　　當整篇論文撰寫已經告一段落，作者可能需要將文章定稿、列出參考書目，如果對於參考書目的格式不滿意，也可以參考7-3-3「輸出格式編輯器」製作出符合需求的書目格式；自行製作的格式還可以儲存在資料庫中以利反覆使用。

7-3-1　文稿之書目編製Format Paper and Bibliography

　　利用RefWorks撰寫完畢的論文，一定要經過「書目編製」之後才形成正式的論文。因為插入的引文目前仍是一堆功能變數，以圖3-39來表示移除功能變數的過程：原稿經過移除變數的程序後，將無法再使用Write-N-Cite進行編輯，因此建議先另存備份。

圖7-39　RefWorks文件移除參數

　　當我們的文稿都已編輯完成，下一步則是在文末或章節末端加入參考文獻，以便讀者參考。要經由Write-N-Cite匯入我們所有引用的書目資料，先將滑鼠移標放置於要插入書目資料的位置，然後點選「引文與書目」、「書目選項」、「插入書目」即可將書目資料匯入文稿中。圖7-41即為插入書目資料後的文稿。

圖7-40　插入參考文獻資料

圖7-41　插入參考文獻後的文稿

在書目編排過程中，我們可以利用7-2-3的方式更改書目樣式，選取我們所需的格式。圖7-42則是比較不同樣式的書目資料。

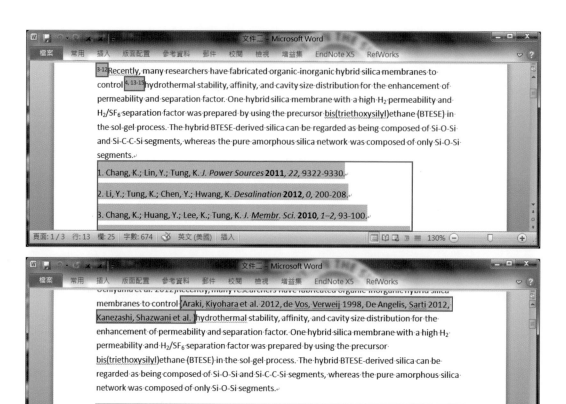

圖7-42 不同格式的書目樣式

　　除了直接更改書目樣式之外，我們也可以以選定的樣式作為基礎，進一步的修改書目資料的顯示規則。按下「引文與書目」、「書目選項」、「設定書目格式」可以開啟格式設定。在書目格式設定中，我們可以進一步的修改書目的排序依據、順序、段落設定等格式。

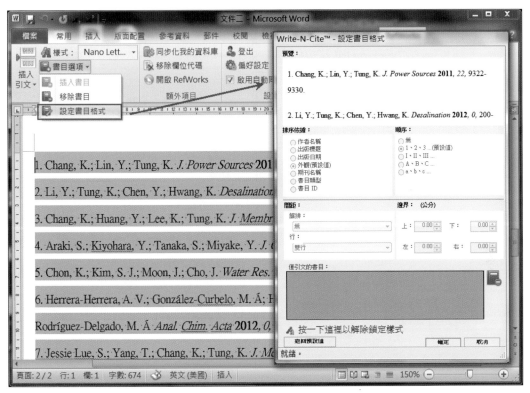

圖7-43 書目格式設定

在變更設定之前，先點選下方的 _🔒 按一下這裡以解除鎖定樣式 以解除鎖定。解除之後可以看到排序、順序、間距、邊界等設定都可以直接進行編輯了。如果想要取消變更，可以直接按下左下角的 返回預設值 即可回到預設格式。

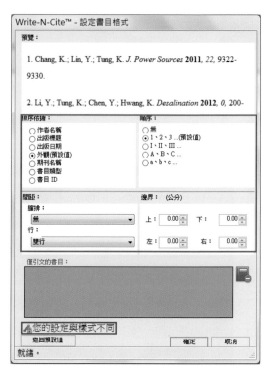

圖7-44 書目格式設定—解除鎖定

　　如果我們想要將書目排列依照作者名稱，順序標號以「羅馬符號」排序，行距設定為1.5倍行高，左右邊界設定2公分，可依照圖7-45的設定方式進行修改。修改後的形式可在上方的預覽窗格中看到，確認後按下確定即可變更。我們可以由圖7-46比較修改前後的書目樣式。

圖7-45 書目格式設定

圖7-46 書目樣式比較

現在這份稿件的引用格式是基於Nano Letters的投稿格式再略做變更，假設我們要改投其他期刊，也可以隨時變更格式。只要依照7-2-3的方式進行變更，或是使用上述的方式進行微調，就可以重新編製書目。圖7-47是以MLA格式重新編製後的外觀。因此，只要透過書目管理軟體，要更改投稿格式是輕而易舉的。

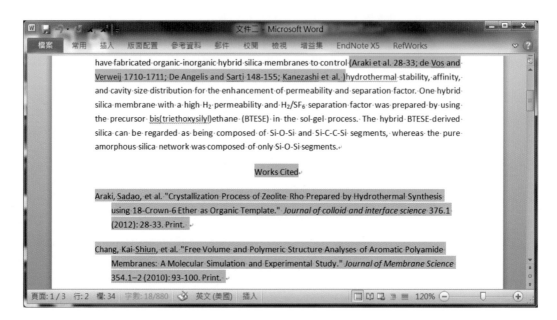

圖7-47　重新選擇MLA格式編製書目

編製完成的文件當中仍含有功能變數，亦即我們仍然可以隨時增刪文獻、重新編製書目格式等等，但是如果整份稿件已經完成、準備要投稿了，那麼我們必須將稿件轉換成不帶功能變數的文件。在Write-N-Cite中，移除代碼後所有帶有功能變數的引用資料都會完全被消除，而且無法再做任何功能性的編修。因此，為了方便日後的編輯與修改，在移除功能變數前，請確認已經存好備份的文稿，以供編修之用。

欲移除功能變數，請按下Write-N-Cite工具列上的「額外項目」、「移除欄位代碼」。

圖7-48　移除欄位代碼

　　按下後會出現一彈出視窗提醒使用者：一旦移除功能變數後，Write-N-Cite
將無法再編輯這些文字。隨後按下確定即可移除所有功能性函數。

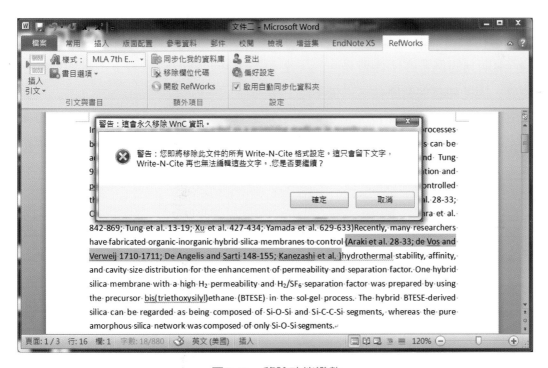

圖7-49　移除功能變數

　　按下「移除欄位代碼」後，原來的文件將會變成不帶變數的文件，可用以
投稿、印刷。Write-N-Cite建議使用者保留原始檔案，並將清除代碼後的文件另
存新檔，同時，這是為了將來可能再度修改原稿所作的準備。

原始檔案
(帶有功能變數)　　　　　　新檔案
(不帶有功能變數)

圖7-50　將文件另存新檔

　　由於投稿學術期刊並非將稿件寄出後就開始等待「刊登」或「拒絕」，而是需要經過審查與修改。評價愈高的期刊審查標準愈嚴謹，投稿者需回覆二至三位或更多為審查委員 (reviewer) 所提出之不同問題和意見，而在審查員同意刊登前，通常需要一次以上的溝通和修改。甚至本來投稿到A期刊，之後又改投至B期刊的例子亦比比皆是。為了避免將來回頭修改時只剩下不帶變數的新文件，因此建議保留原件，以備不時之需。

　　如果我們沒有將原檔案留下的話，那麼移除變數的新文件雖然仍然可以再次連結Write-N-Cite，但是它的章節、引用文獻等編號會從「1」開始，這是因為原本包含在文件內的變數已經不復存在之故。

7-3-2　參考文獻列表之書目編製

　　RefWorks提供兩種書目編製功能：其一是7-1-2所介紹的：利用RefWorks進行書目編製，將文章中的書目依照選用的書目樣式編製並編成References；或是將資料庫中某個文件夾、或是整個資料庫編製成為書目列表，以清單的方式呈現並輸出。其二則是7-3-1中，利用Write-N-Cite將文稿內的功能參數移除，並將文章中的書目編成References。使用者可以由不同需求選擇書目編製方式。

7-3-3　輸出格式編輯器 Output Style Editor

　　7-3-1和7-3-2已經說明了如何利用「書目編製」功能編製書目列表 (references)，其中有移除文章中的功能變數並且在文末形成格式化的參考文獻

的「文稿之書目編製」，另外還有將資料庫中的書目依照指定格式編製成書目列表的「書目列表之書目編製」。

事實上，世界上有許多種書目格式，而書目管理軟體是不可能毫無遺漏的提供所有格式，因此如果找不到適合的書目格式時，RefWorks特別設計了「要求新的匯出格式」(Request new output style) 的功能，讓使用者提出書目格式的申請，同時也設計了「匯出格式編輯器」(Output Style Editor)，目的就是在於彌補不足的書目格式，讓使用者可以自行修改格式，並且經過修改的書目格式還可以儲存到個人的資料庫中，將來仍然可以重複利用。

1.要求新的匯出格式 （Request new output style）

首先確認輸出格式清單中，沒有符合需要的輸出格式，接著我們可以向RefWorks技術服務單位提出「要求新的匯出格式」的要求。

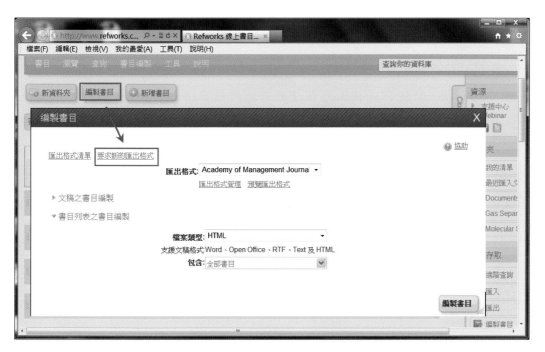

圖7-51　要求RefWorks提供格式

接著會出現圖7-51的「要求匯入過濾器／請求匯出格式／要求一個Z39.50位址」對話框。如果在中文畫面下出現亂碼時，請將界面改成英文。

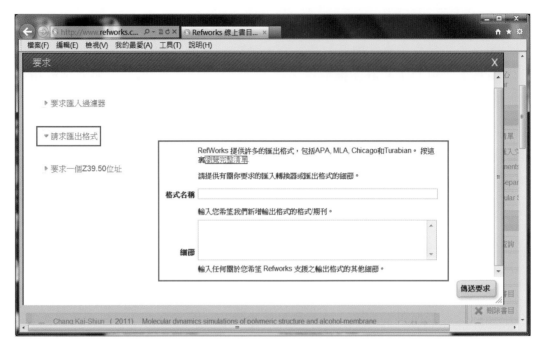

圖7-52 請求書目格式的畫面

　　點選「請求匯出格式」，以請求Journal of the Electrochemical Society的期刊投稿格式為例，首先在「輸入您希望我們新增輸出格式的格式／期刊。」下方空的格輸入該期刊的名稱，再找出該期刊對於書目格式有何要求，例如許多期刊會提供作者須知 (如圖7-54)，或是在該期刊的網站上也可以找到格式的相關規定 (例如Guide for Authors、Author's Gateway)，將其複製到「輸入任何關於您希望Refworks支援之輸出格式的其他細節。」下方的空格中即可。當然，也可以舉出範例供其參考。

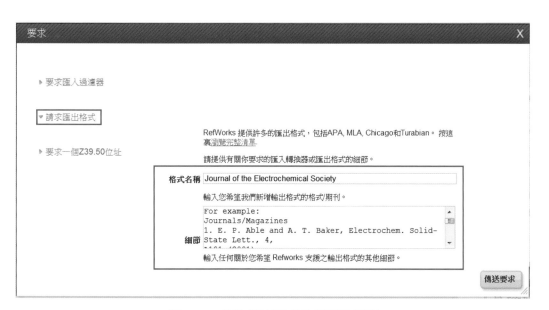

圖7-53　Journal of the Electrochemical Society網站之Guide for Authors

圖7-54　填入輸出格式的名稱及細節

第七章　利用RefWorks撰寫論文

除了輸入格式名稱和細節，最好也將該文件的出處 (網址) 一併提供給RefWorks參考，接著按下 傳送要求 就完成格式請求了。我們也可以採用一樣的方式來要求匯入過濾器及Z39.50位址。其中匯入過濾器可便於書目的匯入；而Z39.50之目的主要在定義Client (用戶端) 與Server (伺服器) 間 資料庫查尋與檢索之服務及語法，以便能以一套標準方式存取各種異質電子資源。

2.自行編製書目格式

即便請求格式的服務相當的方便，但還必須花費時間等待對方回覆。事實上描述書目格式並不容易，其中包括太多的細節，一個不注意還是會得到不滿意的結果，因此倒不如自己動手修改書目格式來的簡單、快速。以下將介紹如何修改現有的書目格式，使其成為符合需要的新格式。

首先，在匯出格式選單中選取格式並按下 預覽匯出格式，找出最符合理想的書目格式，假設*Biochemical Journal*的輸出格式與我們理想中的輸出格式最接近，我們就選擇它作為修改的範本。

圖7-55　輸出格式預覽畫面

　　回到RefWorks書目編製的畫面，選擇「書目編製」、「匯出格式編輯器」，並選取*Biochemical Journal*項目以開始編輯。

　　由於資料庫中已經有了名稱為「*Biochemical Journal*」的輸出格式，因此我們必須先為新格式取一個名稱。按下右下角的 ⊟另存... 以新增及儲存一個新的格式。

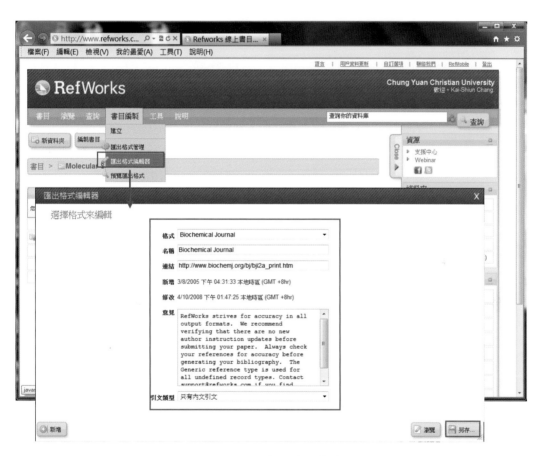

圖7-56　另存一書目格式

重新命名格式名稱，例如「*Biochemical Journal -new*」，按下 ⊟儲存 。

圖7-57 重新命名書目格式

　　儲存成功的新格式會以紅字標示，點選 ✐ 修改 並予以編輯。新的格式也會同時被儲存到RefWorks個人帳戶中，將來不論何時我們都可以隨時取用它。

圖7-58 新增格式命名完成

現在開始介紹如何修改書目格式，先點選 "[預設]"的書目類型 以讀取基本的書目形式。假設我們要將新格式修改成：

1. 增加「檢索日期」，並且置於「期刊刊名」之後。

2. 作者姓名以「粗體」顯示。

由於我們要修改的是期刊論文的格式，因此在複製類型的選單中，先選擇「期刊」。

圖7-59　選擇書目類型

接著，我們就要依據上述條件進行修改。在 符合此欄位的類型 找出「檢索日期」，按下 ⇒ 將「檢索日期」增加到右方空格中。

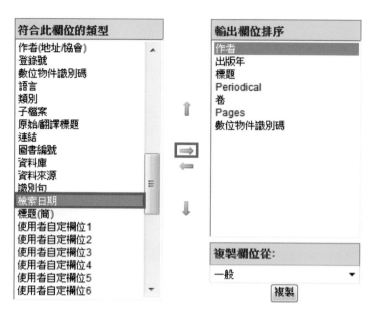

圖7-60　增加新欄位

接著再利用 ⬆ 、⬇ 鍵將「檢索日期」調整至「Periodical」(即「期刊名稱」)之後。

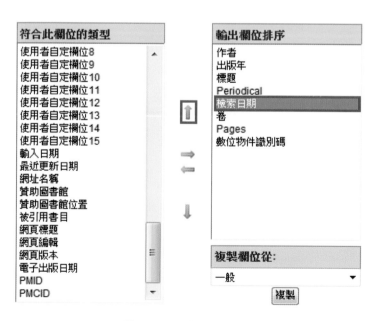

圖7-61　調整欄位順序

按一下下方預覽窗格的 更新... ，可以看到「檢索日期」已經被排列在刊名之後。

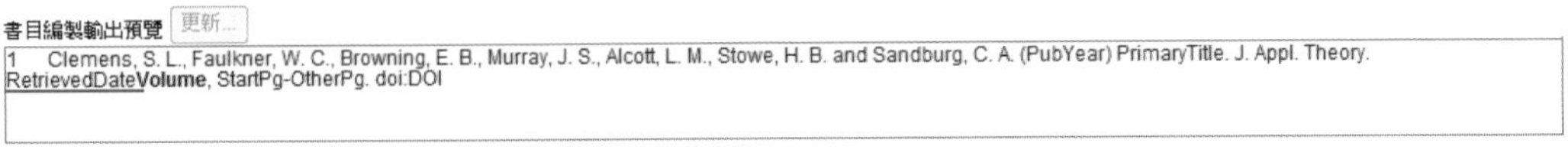

書目編製輸出預覽 更新...
1 Clemens, S. L., Faulkner, W. C., Browning, E. B., Murray, J. S., Alcott, L. M., Stowe, H. B. and Sandburg, C. A. (PubYear) PrimaryTitle. J. Appl. Theory. RetrievedDateVolume, StartPg-OtherPg. doi:DOI

圖7-62　即時書目格式預覽

接著，將作者的姓名以粗體的方式呈現，先點選「作者」，再勾選「粗體」。

輸出欄位排序
作者
出版年
標題
Periodical
檢索日期
卷
Pages
數位物件識別碼
複製欄位從:
一般
複製
欄位說明
此書目類型中特別的欄位說明
欄位設定
使用\n針對傳回值或\t標籤
包括欄位 永遠
粗體 底線 斜體 上標 下標
之前以 跟著
作者設定
不顯示 6 如有更多, 顯示第一個 3
包括全部或
沿伸 , et al 使用
粗體 底線 斜體 上標

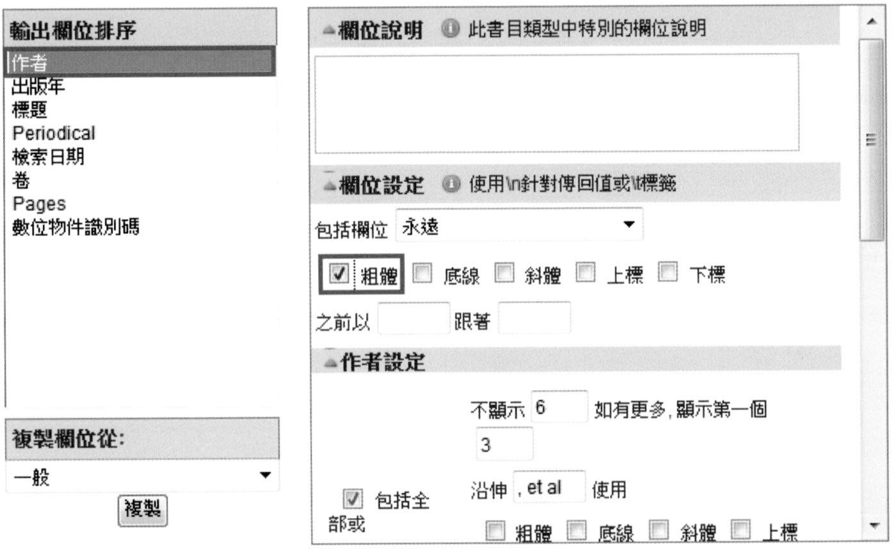

圖7-63　更改欄位設定

按下下方預覽窗格的 更新... ，就可以看到作者姓名已經變成粗體字了。

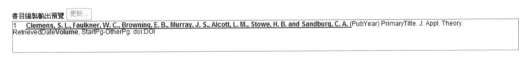

書目編製輸出預覽 更新...
1 Clemens, S. L., Faulkner, W. C., Browning, E. B., Murray, J. S., Alcott, L. M., Stowe, H. B. and Sandburg, C. A. (PubYear) PrimaryTitle. J. Appl. Theory. RetrievedDateVolume, StartPg-OtherPg. doi:DOI

圖7-64　由預覽視窗確認書目格式

確定所有要更改的部分都已經修正了之後，接著就可以按下 儲存 將新格式儲存起來。下一次當我們要編製書目的時候，選項中就會多出以紅色標示的

新格式了。

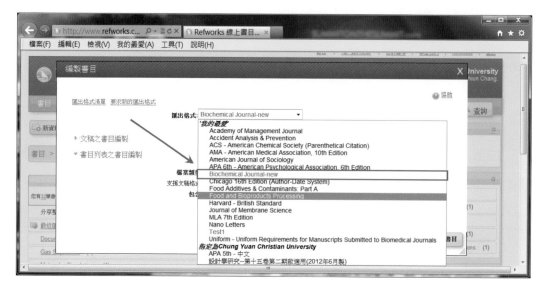

圖7-65　自製書目格式完成

　　由於在RefWorks中修改書目格式可以經由下方視窗即時預覽，屬於一種
「所見即所得」的設計，不論任何欄位的修改都很便利。

Part III

論文排版要領

Part III

論文排版要領

8-1　簡介Word 2010介面

　　Word 2010/2007與之前的版本 (Word 2003之前) 最大不同處在於其指令的平面化。由圖8-1可以看到新版本的工具是以標籤形式出現，例如點選「常用」標籤，下方的功能區就會列出與「常用」指令有關的各類功能，如果點選「版面配置」標籤，下方的功能區就會列出與「版面配置」有關的各類功能。

圖8-1　Word 2010採功能標籤

　　若是覺得功能區所占的螢幕空間太大，也可以讓功能區最小化。首先，在工具列上按下滑鼠右鍵，點選「最小化功能區」，如此便可隱藏功能區，當要使用時只要按下工具標籤即可。

圖8-2　將功能區最小化

　　另外一個重要的工具區就是「快速存取工具列」。在快速存取工具列上我

們可以自己將常用的工具固定其中。按下右方的箭號會展開下拉選單，上面有備選的工具，如果我們需要的工具不在其上，則可按下「其他命令」然後挑選需要的工具。

圖8-3　開啓更多命令選項

在這邊我們可以點選需要的命令之後按下 新增(A) >> 將其新增至快速存取工具列。

圖8-4　新增命令至快速存取工具列

或在所需的命令位置上按滑鼠右鍵，選取「新增至快速存取工具列」亦可。

圖8-5　新增命令至快速存取工具列

接著是「檔案」按鈕，按下這個按鈕可以新增文件或對整份文件檔案進行儲存、列印、傳送等工作。至於按下「選項」則會開啟圖8-4的畫面。

圖8-6　「檔案」按鈕

回到Word畫面，右方的  是尺規鍵，按下該鍵可開啟尺規工具。下方的 是各種版面模式， 為整頁模式， 為閱讀模式， 為Web版面配置， 為大綱模式，而 則是草稿模式。至於版面模式的右方為「縮放滑桿」，用來調整稿件畫面的大小。

圖8-7　版面模式與縮放比例

開始撰寫文章的時候，首先是開啟新檔案，並且制定版面、設定大綱等等，本節主要是讓Word 2010的使用者能快速的了解各種功能的配置。

利用「檔案」按鈕開啟新檔案時可以開啟不同類別的文件範本。

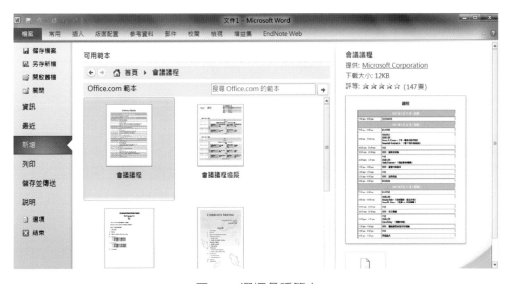

圖8-8　選擇各種範本

　　由於本書是以撰寫學術論文為主，因此我們以開啟空白文件作為說明。接下來的步驟便是以空白文件為示範，並以學位論文為介紹的重點。

8-2　版面設定

　　開啟一份空白的文件，預設的版面如圖8-9所示，邊界上下為2.54公分，左右為3.18公分，而行距為單行行距，但為了滿足閱讀的舒適度、便於裝訂、符合投稿規定或是為了版面美觀等各種因素，我們可以對此加以修改，以下我們將就幾種較常用的設定進行說明。

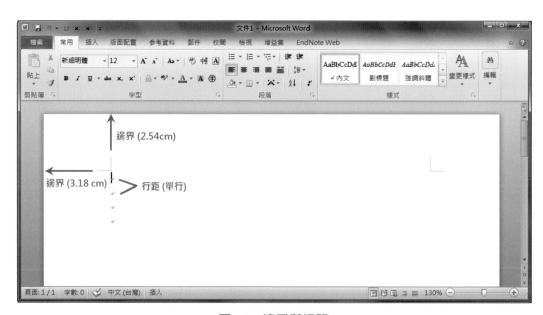

圖8-9　邊界與行距

8-2-1　邊界設定

　　如果撰寫學位論文，那麼還必須要注意邊界的寬度，由於學位論文將會進行裝訂，因此需在稿件左側預留較大的邊界，若是雙面印刷時則必須另行設定，其方式將於本節敘述。

　　設定邊界的方式如圖8-10，在工具列上按下「版面配置」的標籤，然後選擇Word預設的邊界或是自訂邊界。

圖8-10　設定邊界寬度

　　以自訂邊界為例，我們可以在「裝訂邊」的欄位填入預留裝訂的寬度，之後再將上下左右的邊界依據正常寬度填入，或是將「裝訂邊」的寬度設為0，然後將寬度加入左側邊界內，兩者呈現的版面是相同的。

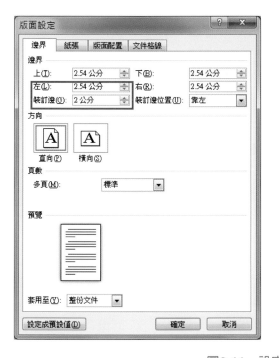

圖8-11　設定邊界寬度

圖8-12　預留裝訂邊的設定方式

　　如果論文係以雙面印刷，則須在「頁數」的選單中選擇「左右對稱」，如此到了偶數頁時較寬的邊界將會自動更改至畫面的右側。

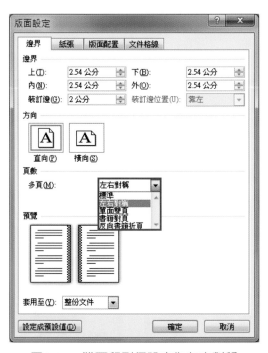

圖8-13　雙面印刷須設定為左右對稱

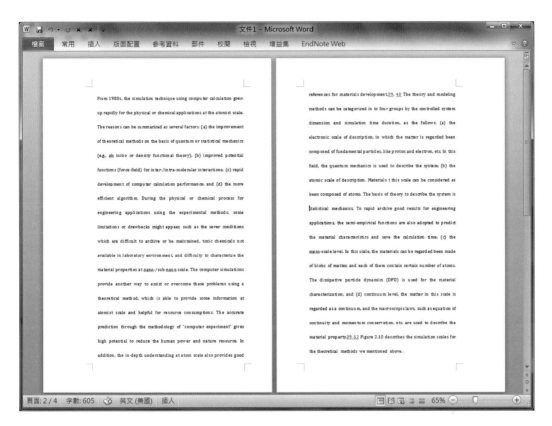

圖8-14 檢視左右對稱的版面

版面設定的其他考量因素尚有頁碼、Running title (書眉標題) 的預留空間等等。

8-2-2 行距與縮排

投稿至學術期刊時，我們可以經由Guide for authors等投稿須知得知撰寫稿件的規定，以*Journal of Applied Physics*為例，其投稿規定就說明必須採用double-spaced (兩倍行高) 的格式撰寫，此外尚有頁碼的編號方式、參考書目的引用格式等等規定。

Manuscript Preparation Checklist

A sample manuscript is available for download.

Use this checklist to avoid the most common mechanical errors in submitted manuscripts:

1. The manuscript must be double-spaced throughout.
2. Number *all* pages in single sequence.
3. Type *references* in the style used by this journal.
4. Submit cover letter, manuscript file, illustration files, and any supplemental files via Peer X-Press®, the journal's online submission system, located at http://jcp.peerx-press.org.
5. The original figures must be in the final published size, not oversized.
6. When submitting your original or revised manuscript to the journal's online submission site (http://jcp.peerx-press.org), please provide electronic consent to the Transfer of Copyright Agreement.
7. Obtain permission for reuse of any previously published material and include proper citation information within manuscript. For guidelines and blank form click here.

Back to Top

View archive for *Information for Contributors* pages

圖8-15　節錄Journal of Applied Physics投稿規定

設定行距的方式有二：1.在「常用」標籤下，按下「段落」右下方的箭號；或是2.在「版面配置」標籤下，按下「段落」右下方的箭號以展開完整功能，如圖8-17。

圖8-16　展開段落設定的功能

在「行距」選單中選擇「2倍行高」表示行與行的距離為原本的兩倍，也就是圖8-15所規定的double-spaced。下方的「預覽」窗格可事先了解設定後的行距與原本單行行距的差別。若是選單中沒有所需的行高，我們可以選擇選單中的「多行」，並在右方的「行高」處調整所需的數字。

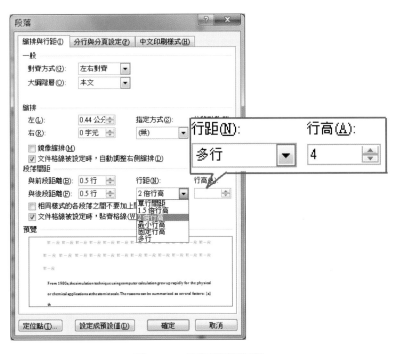

圖8-17　自行調整行距

由圖8-18可以比較不同行距在外觀上的差異。

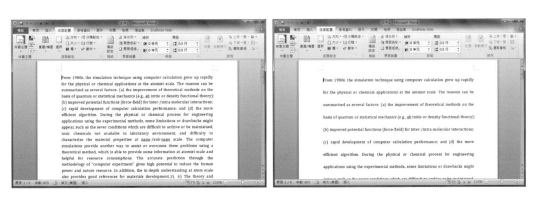

圖8-18　不同行距的外觀

　　撰寫中文論文時可以事先為每個段落的第一行進行縮排,如此只要按下
Return Enter 鍵換行就會自動讓出縮排的空間。此外段落與段落之間如果保持一
些空間,閱讀起來將會更加清楚美觀。以下是設定的方式:

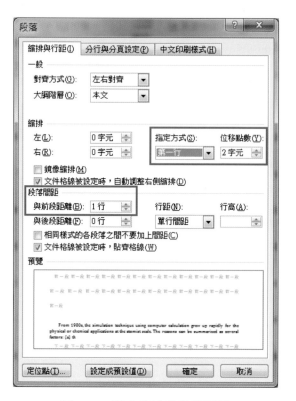

圖8-19　設定縮排及段落距離

　　檢視縮排以及段落間距的設定結果，可以發現圖8-20右方的效果比左方清楚舒適許多。

圖8-20　比較設定前後的差異

　　如果我們並非指定只針對首行縮排，那麼整個段落的每一行文字都會縮排，結果將如圖8-22、8-23所示。

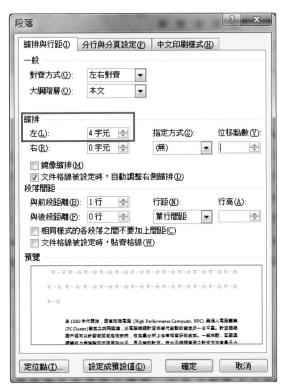

圖8-21　為整個段落設定左邊縮排

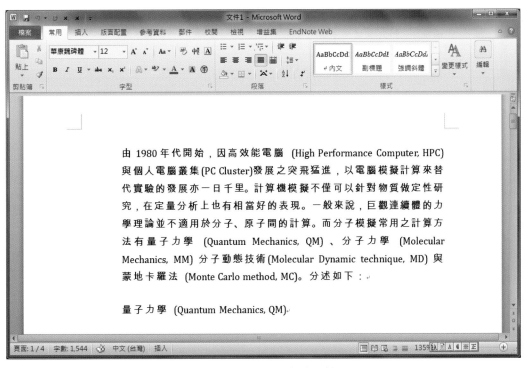

圖8-22　檢視整段縮排的結果

8-2-3　尺規工具

　　以上介紹了版面設定及縮排等工具都是排版時不可或缺的技巧，其實利用尺規工具也可以輕鬆完成這些動作，以下將簡單介紹尺規工具的用法。

　　按下右方的 ▣ 可開啟尺規工具。將滑鼠移動到尺規區且變成雙箭號 (↔) 時，表示可以對邊界進行調整，除了左右邊界外，亦可調整上下邊界。

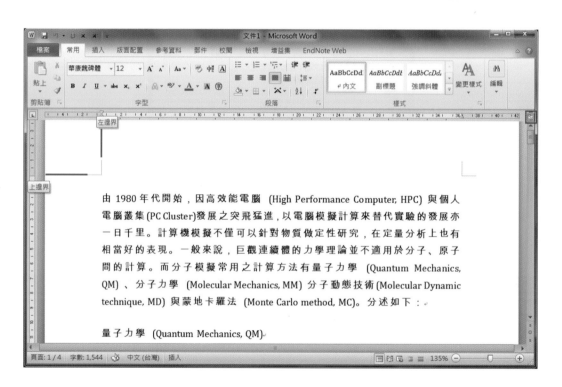

圖8-23　利用尺規調整邊界距離

　　接下來則以圖片說明其他拖曳工具的意義。當我們要調整某個段落的邊界或縮排，首先必須先選取該段落；如果整份文件都要套用相同的設定，就利用工具列上的「選取」及「全選」選取所有內容。

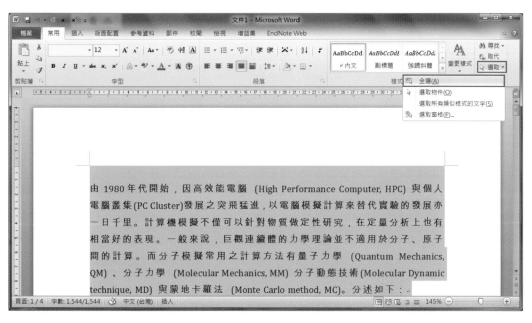

圖8-24　選取要編輯的段落

　　左上方的倒三角形「▽」為「首行縮排」的定位點，拖曳此三角形可以對段落首行文字進行縮排。

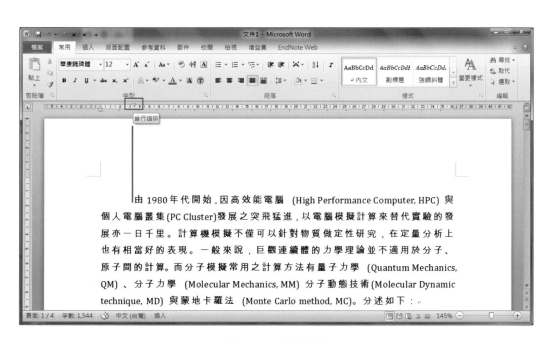

圖8-25　首行縮排

至於「△」則為「首行凸排」的定位點，表示除了每段第一行之外的各行文字都將被限制至指定位置。

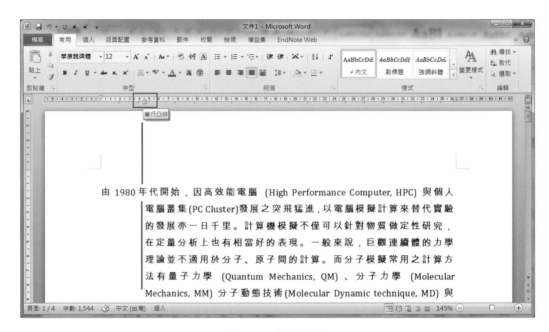

圖8-26　首行凸排

如果拖曳代表左邊縮排的「□」時，會將整個段落的所有文字向指定方向移動。

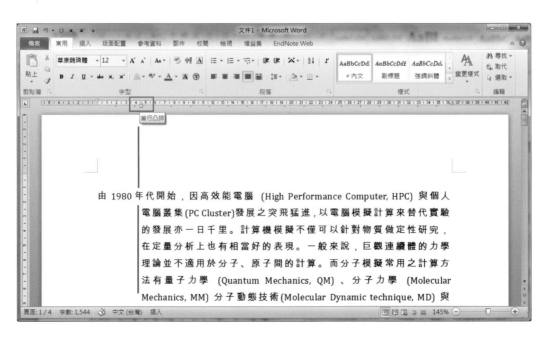

圖8-27　左邊縮排

另外尚可延伸應用在圖、表等編排上，讓整個段落更加清晰易讀。

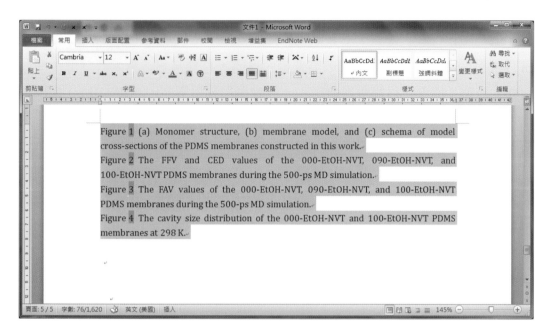

圖8-28　選取要變動的文字

利用「首行凸排」的△鍵將首行以外的文字移動至適當位置即可。

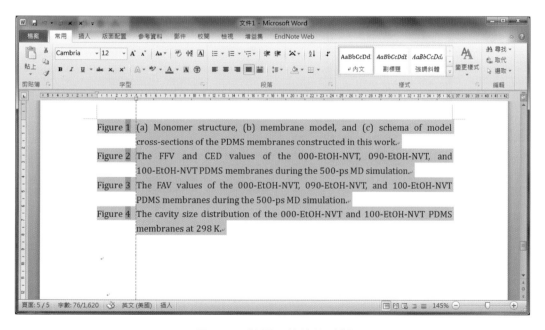

圖8-29　檢視調整後的外觀

8-2-4 頁碼設定

　　某些期刊會要求作者標示頁碼，例如*Journal of Applied Physics* (見圖8-15)就有本項規定，而學位論文則更需要標示頁碼，且通常包含兩大部分前半部為封面、致謝、摘要、目錄等等資料，一般會採用羅馬數字 (I、II、III…) 編碼，後半部為緒論、文獻回顧、研究方法、結果與討論、結論、參考文獻及索引等資料，一般會採用阿拉伯數字 (1、2、3…) 編碼。

　　要加入頁碼，首先在「插入」標籤下選擇「頁碼」功能，系統以阿拉伯數字為預設用字，如果要羅馬數字或是中文數字、英文字母、天干地支等編碼方式則需先進入「頁碼格式」進行設定，之後再如圖8-30所示挑選頁碼所在的位置，例如「頁面底端」，再挑選頁碼靠左、靠右或是置中、圖形等選項。

圖8-30　選擇頁碼的形式

選定之後，整份文件都自動加入了頁碼。

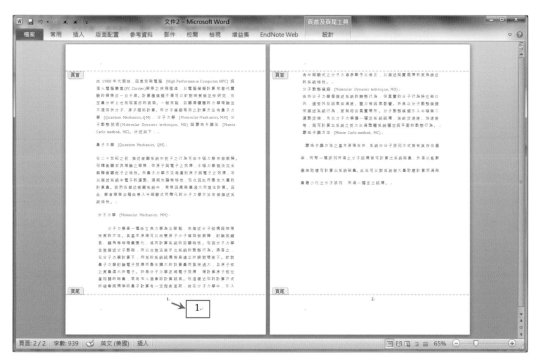

圖8-31　整份文件自動加入頁碼

至於前面提到一份稿件可能需要兩種以上的編碼方式，例如前半部為羅馬數字，後半部為阿拉伯數字等，或是各章節都重新編碼，那麼首先需要在文件中插入「分節符號」讓整份文件分割成數個部份，由於一般都是以章節為分割點，故稱為「分節」。其步驟如下：

在預定插入分節符號處按一下滑鼠定位，點選「版面配置」標籤，選擇「分隔設定」並在選單中選擇「分節符號」的「下一頁」，將分節處逐行換頁。如果要檢視分隔設定的格式化標記，可以點選工具列上的「檔案」、「選項」、「顯示」、「顯示所有格式化標記分節符號」，則可以看到分節符號的標記，如圖8-33所示。

圖8-32　插入分節符號

　　在插入分節符號的頁面下方可以看到一條橫線標記，此即為分節線，橫線之前為前一節，之後為後一節。

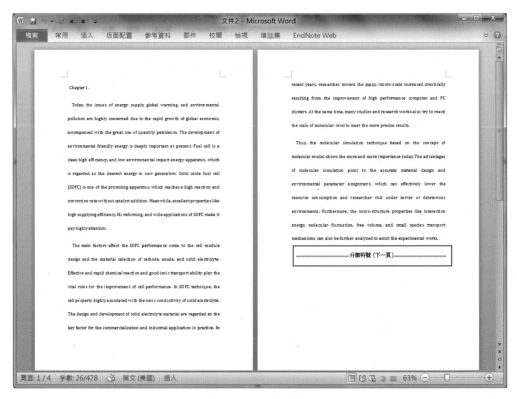

圖8-33　插入分節符號

接著為整份文件插入頁碼，利用圖8-30的方式將數字格式訂為羅馬數字，此時整份文件皆以羅馬數字連續編號。

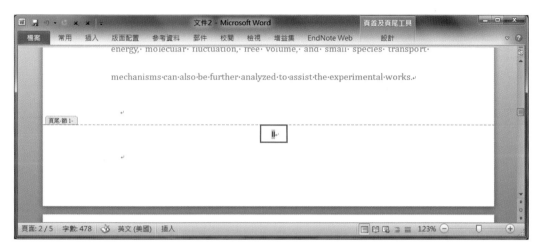

圖8-34　整份文件皆以羅馬數字標注頁碼

接著前往次一章節首頁，也就是分節符號後的首頁，並且選取下方的頁碼，按下工具列的「頁碼格式」，將數字格式調整為阿拉伯數字，並設定頁碼編排方式為「啟始頁碼：1」，表示由此頁碼開始將以阿拉伯數字編號，並且將本頁視為第1頁。

圖8-35　設定次章節的起始頁碼

圖8-36　檢視新頁碼的外觀

　　如果這份文件分成許多章節且各需不同的頁碼格式，只要重覆上述步驟即可。完成之後按下「關閉頁首及頁尾」便可結束頁碼編輯並回到文件編輯畫面。

　　要在既成的頁碼上進行修改，其步驟如下：

　　選擇工具列上的「插入」、「頁尾」並在選單中選擇「編輯頁尾」，如此即可回到頁尾編輯畫面。

圖8-37　重新編輯既成頁碼

8-2-5 雙欄格式

在編輯版面時常須節省版面而採用雙欄格式編排，因為許多圖片並不大，如果使用單欄 (一般) 格式排版會占去大量空間，圖8-38說明了同樣數量的文字和圖片，採用不同的分欄格式編排所需的空間大不相同。

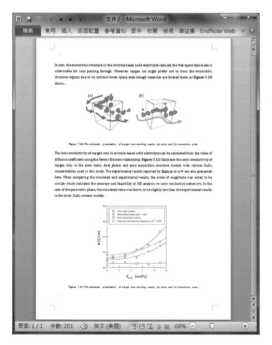

圖8-38　單雙欄格式之比較

又例如在文中需列出物品、原料、專有名詞等等各種一覽表，如果一項物品就要用去一行，那麼不但會占去許多頁數，同時也相當不利於閱讀。但是將這些資料以適當的欄數顯示，得到的視覺觀感和節省的版面都有很好的效果。

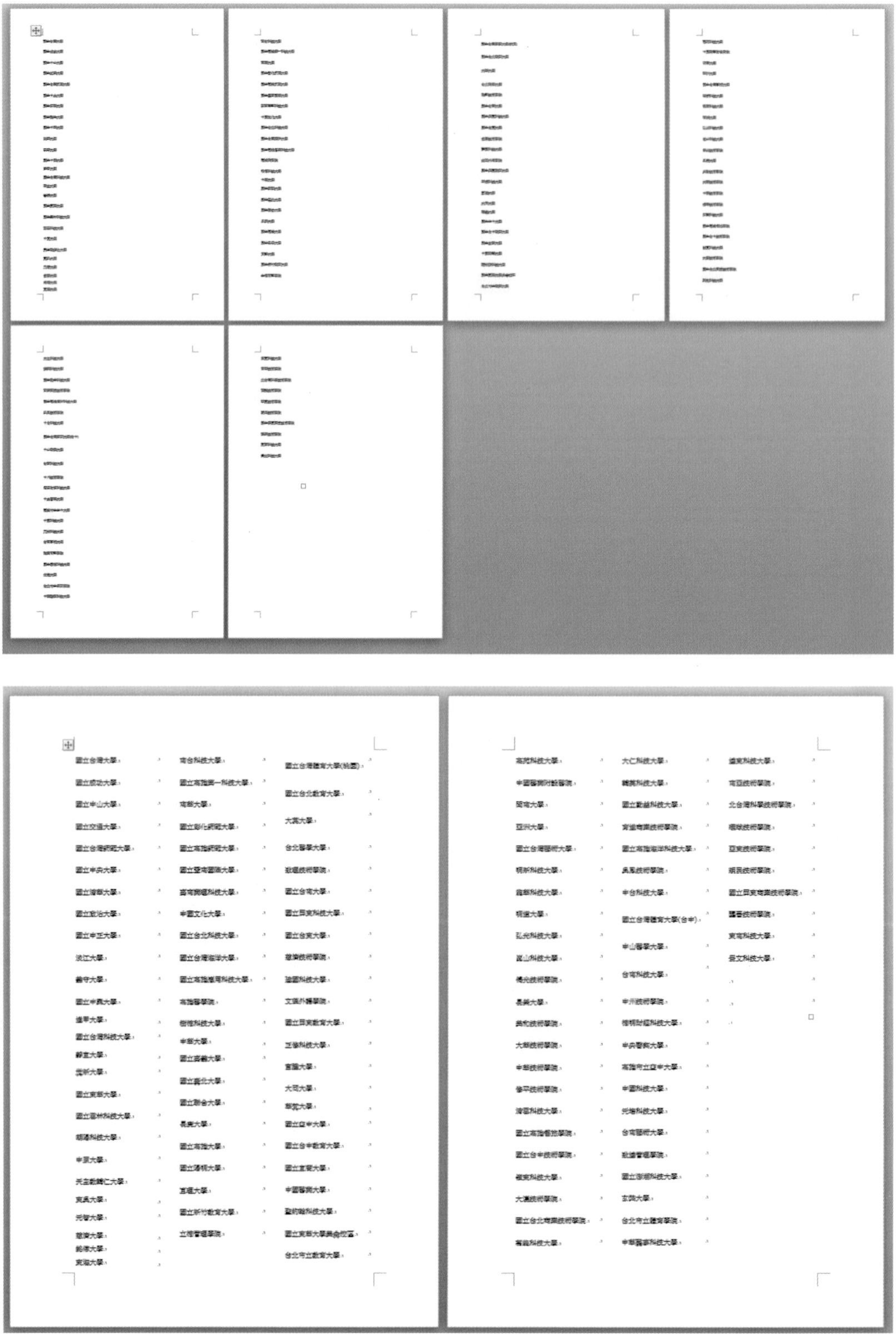

圖8-39 利用分欄節省版面並便於閱讀

　　要將資料改為雙欄格式須先選定要變動的範圍，接著按下工具列上的「版面配置」的「欄」，接著選擇欄數。

圖8-40　選擇欄數

　　或是按下選單中的「其他欄」進行設定，例如寬度不等的兩欄，或是調整欄與欄之間的間距等進階功能。

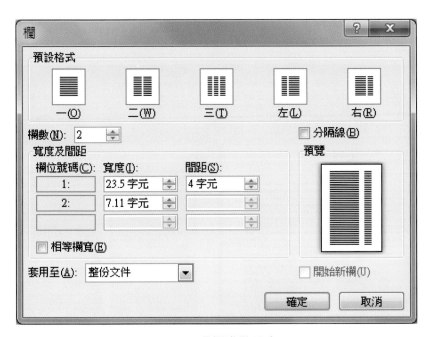

圖8-41　分欄進階設定

若僅文件中某段落需要分欄，我們可以依據下列步驟處理。首先，選取要更改的部分，再挑選適合的欄數。

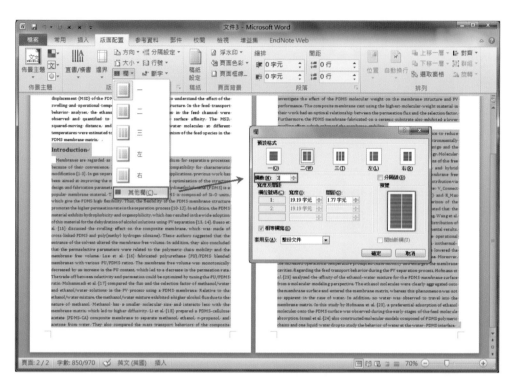

圖8-42 選定變動的範圍並設定條件

接著就可以看到選取的部分已經自動依照設定完成分欄顯示。

圖8-43 完成部分內容分欄顯示

要取消分欄設定也很容易，只要選取要更動的部分，再以同樣的方式將欄數設定為1欄，之後把分節符號刪除即可。

8-2-6　中英雙欄對照

另一種常見的「雙欄」格式是中英對照。

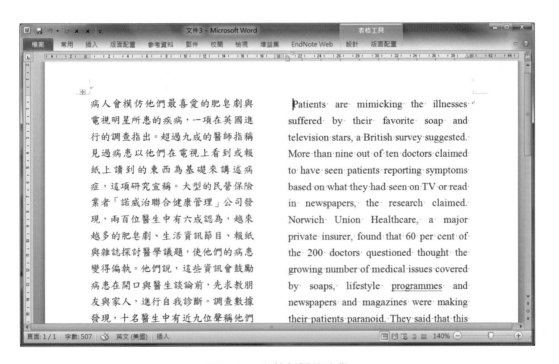

圖8-44　中英對照的文件

這和前述的雙欄格式不同，因為雙欄格式是將整組文字以左右兩欄方式排列，當左欄文字到達頁尾時會自動於右欄接續。而中英對照的格式是兩組文字，一組在左、一組在右，彼此互不干涉。當左方文字到達頁尾時並不會自動換到右方，而會延伸到下一頁。因此，雙欄格式並不適用於此特殊情況。要解決這個問題只要利用表格功能即可。首先，在文件中插入2欄1列的表格 (橫者為欄、直者為列)。

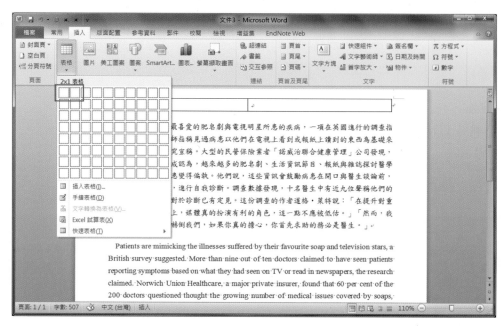

圖8-45　插入2欄1列之表格

選取中文文字，拖曳至左欄，再選取英文文字拖曳至右欄，完成後再表格左上角連按2次 ⊞ 以選取整個表格並進入「表格工具」的「設計」標籤。在「框線」的選單中挑選「無框線」，也就是表格依舊存在，但框線則以無色彩取代原本的黑色。

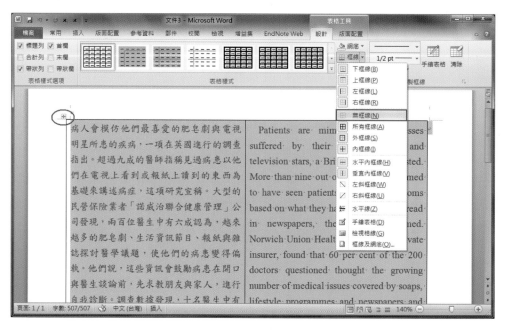

圖8-46　更改框線格式

如此便完成了中英雙欄對照的格式。若是兩者文字長度有差距，可以利用8-2-2的段落設定功能調整行距，將版面調整至相仿的長度即可。

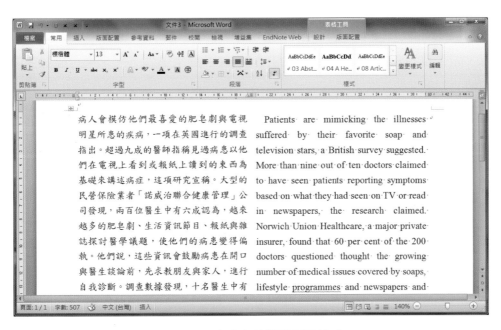

圖8-47　完成中英雙欄對照格式

如果我們希望兩欄之間能保留較大的空間，可以利用8-2-3所提到的尺規工具調整左邊或是右邊縮排。

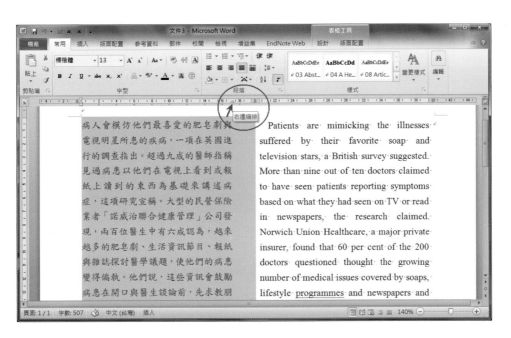

圖8-48　利用尺規調整左右縮排

8-2-7 表格工具

利用表格工具除了可以製作中英雙欄的格式之外，還可以做為圖表及說明文字的定位輔助工具。以圖8-49為例，圖片旁邊有說明文字，上方有該物質的名稱，如果我們僅依靠「Enter」鍵和「Space」鍵來處理，將來極可能發生圖文不相鄰的問題。

ACTIVATED CARBON

Physical characteristics:

Color: black

Density: 27.5 pounds per cubic foot

Mesh size: 8x30 mesh   12x40 mesh

There are many applications for our various grades of carbons. They may include point of entry-point of use (POE/POU) water filters for removing chlorine and organic contaminants from tap water, extruding carbon block for drinking water cartridges and color and taste removal in water purification processes.

AWWA Standard B604 and NSF Standard 61 approved.

圖8-49　帶有文字說明的圖片

此時透過表格工具可以將文字和圖片連結在一起，其步驟如下：
首先建立一個2行2列 (直者為行、橫者為列) 的表格。

圖8-50　建立適當行列的表格

按下選定上方兩欄儲存格並使之合併成為一欄。

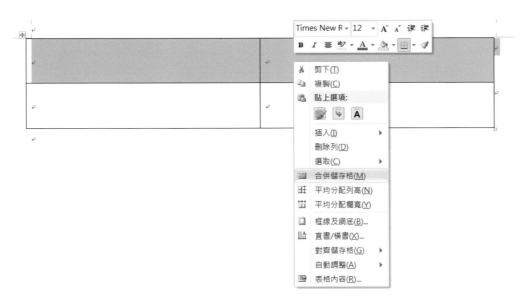

圖8-51　合併儲存格

接著在各個儲存格中填入文字並插入圖片，此時整個格式已經非常接近我們需要的外觀。

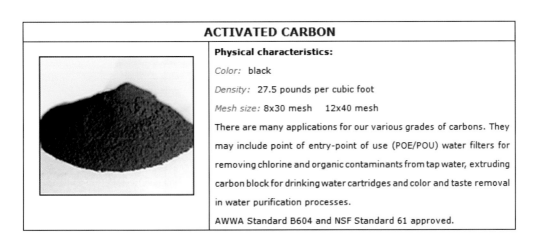

圖8-52　將資料填入表格

接下來只要去除表格的框線就是我們需要的效果。要去除框線首先須選取整個表格後按下滑鼠右鍵，開啟「框線及網底」的功能。

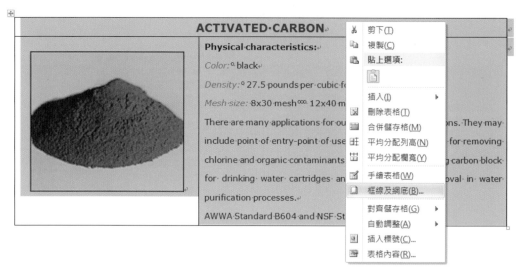

圖8-53　開啓框線及網底功能

　　將框線的設定改為「無框線」，也就是表格依舊存在，但在畫面上及列印時不要顯示框線。

圖8-54　將表格設定為無框線

　　完成之後可以看到成果如圖8-81所示。若覺得毫無框線的表格不易於重複編輯，那麼可以透過工具列上的「常用」標籤中選擇「段落」工具中的 🖩▾ 圖示，或由下拉選單中開啟「檢視格線」的選項，讓原本沒有框線的表格以淡淡的虛線標示出來，便於編輯，但在列印的時候卻可不被印出。

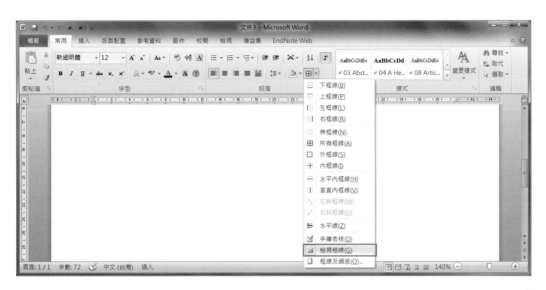

圖8-55　檢視表格格線

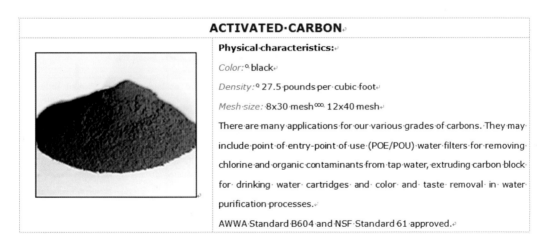

圖8-56　無格線的表格以虛線表示

　　除此之外，其他各種複雜的例子也可以透過表格加以整理。當然，在同一組表格內亦可同時將「框線」和「無框線」並行使用，目的都是為了讓讀者更能了解作者要表達的意思。

(有框線)　　　　　　　　　　　　　　　　(無框線)

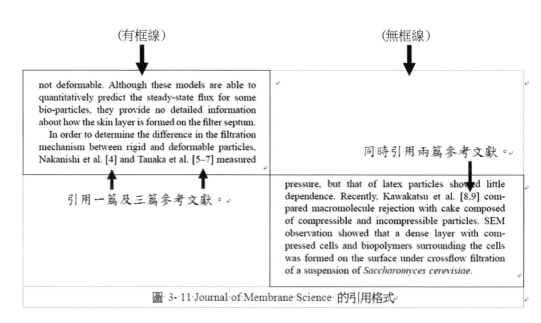

not deformable. Although these models are able to quantitatively predict the steady-state flux for some bio-particles, they provide no detailed information about how the skin layer is formed on the filter septum.

In order to determine the difference in the filtration mechanism between rigid and deformable particles, Nakanishi et al. [4] and Tanaka et al. [5–7] measured

同時引用兩篇參考文獻。

pressure, but that of latex particles showed little dependence. Recently, Kawakatsu et al. [8,9] compared macromolecule rejection with cake composed of compressible and incompressible particles. SEM observation showed that a dense layer with compressed cells and biopolymers surrounding the cells was formed on the surface under crossflow filtration of a suspension of *Saccharomyces cerevisiae*.

引用一篇及三篇參考文獻。

圖 3-11 Journal of Membrane Science 的引用格式

圖8-57　混用框線的應用

列印時的外觀為：

not deformable. Although these models are able to quantitatively predict the steady-state flux for some bio-particles, they provide no detailed information about how the skin layer is formed on the filter septum.

In order to determine the difference in the filtration mechanism between rigid and deformable particles, Nakanishi et al. [4] and Tanaka et al. [5–7] measured

同時引用兩篇參考文獻。

pressure, but that of latex particles showed little dependence. Recently, Kawakatsu et al. [8,9] compared macromolecule rejection with cake composed of compressible and incompressible particles. SEM observation showed that a dense layer with compressed cells and biopolymers surrounding the cells was formed on the surface under crossflow filtration of a suspension of *Saccharomyces cerevisiae*.

引用一篇及三篇參考文獻。

圖 3-11 Journal of Membrane Science 的引用格式

圖8-58　檢視混用框線的列印外觀

8-3　多層次清單

　　撰寫論文或長篇著作最常遇到的難題就是章節次序的維護，有時明明只更動一個小細節，卻必須將整份文件從頭到尾修改一遍，讓人不勝其煩，例如目錄、索引等資料得更新。而透過大綱製作的技巧可輕鬆解決所有的問題，只要在撰寫論文之前將論文的層次、格式先行設定即可。首先須認識多層次清單的設定環境。

　　開啟Word文件，前往工具列「常用」標籤的「段落」功能，按下 圖示，並由選單中挑選「定義新的多層次清單」。

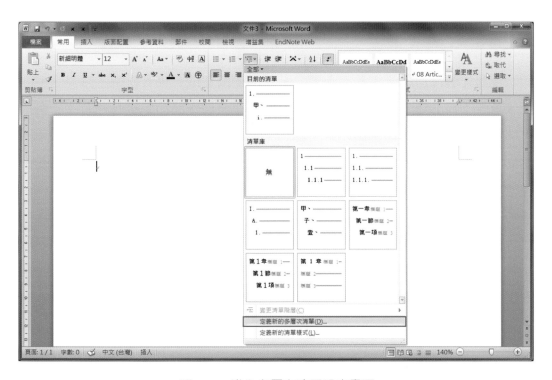

圖8-59　進入多層次清單設定畫面

　　按下 更多(M) >> 以展開右方紅框內的功能。

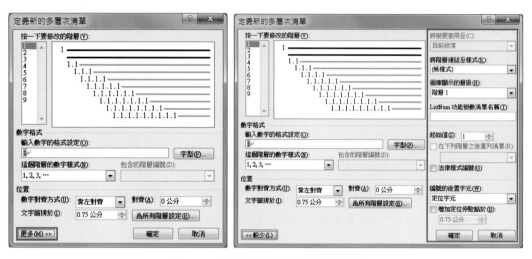

圖8-60　在此畫面定義多層次清單

第八章　版面樣式與多層次清單

　　在此先解釋何謂「多層次清單」。在閱讀論文或長篇著作時，常見「部、章、節、小節」等分類架構，透過章、節可讓整部作品的編排井然有序，有前後關係、也有上下關係。例如第一部和第二部是前後的關係，而第一部和第一章則是上下的關係。如此層次分明的架構就是「多層次」之意，而清單則是指這些層次的集合，也就是一覽表。現在我們要設定多層次清單，使其結構符合我們的撰寫要求。

　　首先，我們必須先為稿件規劃一個適當的架構，例如是否採用「章、節、小節」來安排內文？另外，也必須思考所採用的文字及格式，例如中文數字或阿拉伯數字？定案之後就可以開始設定「多層次清單」了。

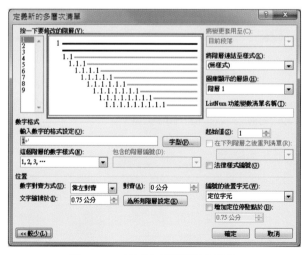

圖8-61　多層次清單預覽視窗

8-3-1　設定多層次清單

假設我們需要的格式為三階層的結構，其文字形式如圖8-62：

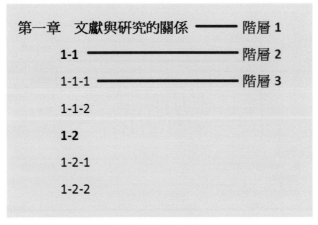

第一章　文獻與研究的關係 ——————— 階層 1
1-1 ——————————————————— 階層 2
1-1-1 ——————————————————— 階層 3
1-1-2
1-2
1-2-1
1-2-2

圖8-62　預先規劃文章架構

首先，點選階層1，表示我們現在要設定階層1的格式。由於我們需要的文字形式「第一章」，因此先在數字格式的欄位內填入中文的「第」與「章」，然後將數字樣式更改為中文數字「一、二、三」。我們也可以利用「字型」鍵將「第、章」的字型更改為標楷體等其他字型。

圖8-63　設定第一階層格式

接下來將「階層1」連結到「標題1」，表示這個階層代表一個「標題」；此處的「標題」係與「內文」等樣式相對，表示「第一章」之後的文字是標題的性質，而非內文、副標題、引文等等性質。

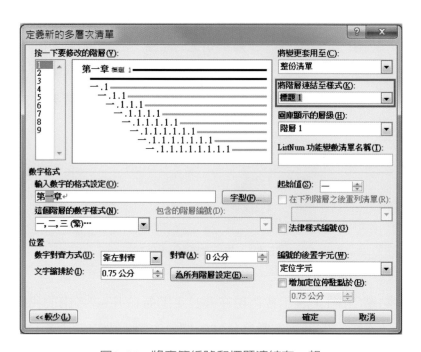

圖8-64　將章節編號和標題連結在一起

接著點選「階層2」進行下一階層的設定。由於階層1使用的是中文數字「一」，所以會沿用至階層2、階層3等。如果要將首字改變為阿拉伯數字「1」，只要勾選「法律樣式編號」即可。然後1.1的「.」(點)換成「-」(橫線)即成我們需要的格式「1-1」。

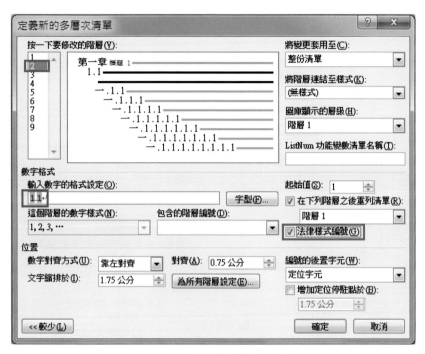

圖8-65　對階層2進行設定

同樣地，將階層2連結到「標題2」，表示本階層也是屬於「標題」的樣式。

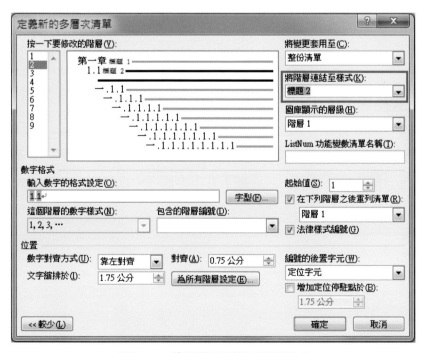

圖8-66　將階層2定義為標題樣式

　　階層3與階層2的設定方式相同。

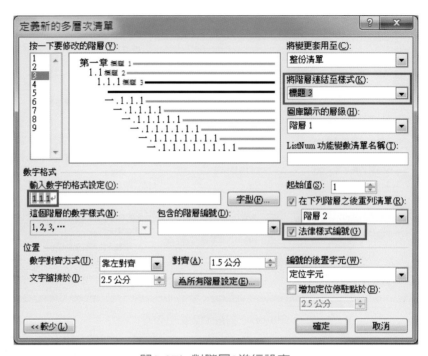

圖8-67　對階層3進行設定

　　現在我們所需要的三個階層都已經設定完成，按下「確定」鍵回到Word文件便可以開始撰寫的工作。

8-3-2　撰寫標題及內文

　　經由8-3-1的設定之後各層次的標題都已經定義完畢，回到Word文件按下工具列「常用」標籤的「樣式」，並按下右下方的 ⌞ 以展開完整的樣式功能。

圖8-68　展開完整的樣式功能

在「第一章」的後面輸入標題文字。

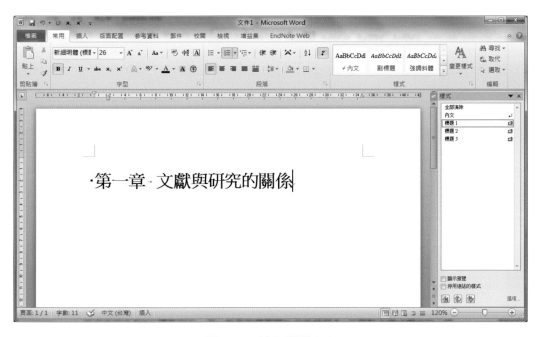

圖8-69　輸入標題文字

完成後按下「Enter」鍵換到下一行。如果我們要開始編輯標題2，只要點下樣式欄內的「標題2」就會自動出現「1-1」的字樣，同樣地，我們可以在此編輯1-1的標題文字。

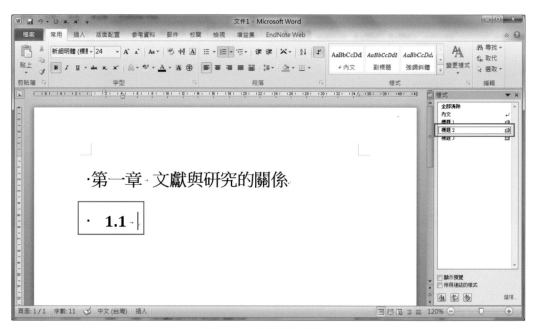

圖8-70　切換至標題2

如果我們要開始編寫內文，只要按下「Enter」鍵換行之後再按下右方樣式欄內的「內文」就會自動切換到內文樣式。

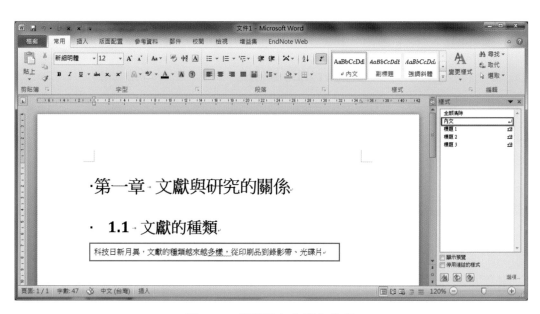

圖8-71　標題與內文層次分明

　　利用這樣的方式便可撰寫一篇條理分明的文章。不論我們在撰寫的途中想要刪除或是新增某些章節都不必擔心牽一髮動全身的問題，因為所有的標號都會自動重新排序無須逐項修改。由於Word所設定的內文樣式為靠左對齊、無縮排、與前段距離為0、單行行距，如果要進行修改，可在內文的字樣上按下滑鼠右鍵，並選擇「修改」就可進入「修改樣式」的選項。

圖8-72　修改內文樣式

　　將設定更改成需要的格式。

第八章 版面樣式與多層次清單

圖8-73　調整段落設定

如此，只要撰寫內文文字就會自動套用設定完成的格式。

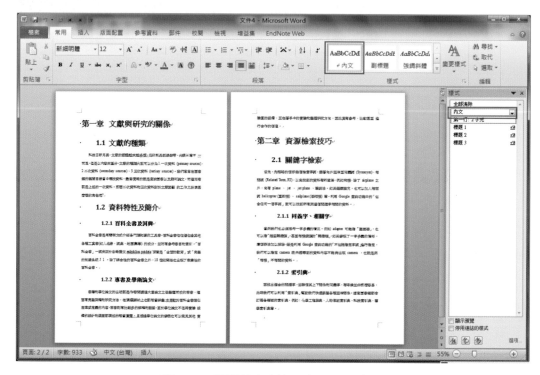

圖8-74　標題與內文皆可自由調整格式

　　而透過「功能窗格」可以得知目前所在位置，並且可以輕鬆地跳躍到某章、某節，節省寶貴時間。要開啟此模式，只需在工具列的「檢視」標籤下開啟「功能窗格」即可。此外，透過功能窗格，可以直接移動某章或某節，例如將1-1-1與1-1-2的內容對調。

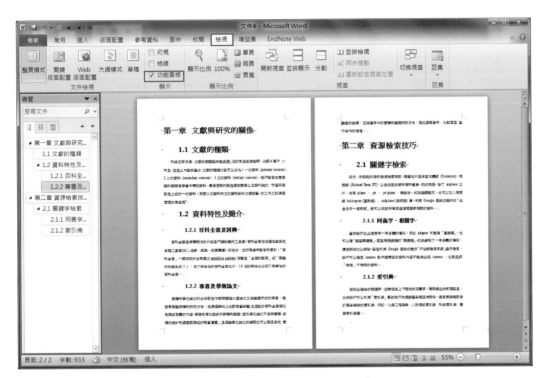

圖8-75　開啓文件引導模式

8-3-3　製作目錄

　　透過多層次清單的設定而撰寫的文章，其另一個很大的優勢就是可以自動形成目錄。不但任何標題細微的更動都可以自動追蹤更新，同時還可以將頁碼一併顯示其上，其效益不言可喻。

　　在工具列上的「參考資料」標籤中，點選「目錄」，並由選單中挑選「自動目錄」。

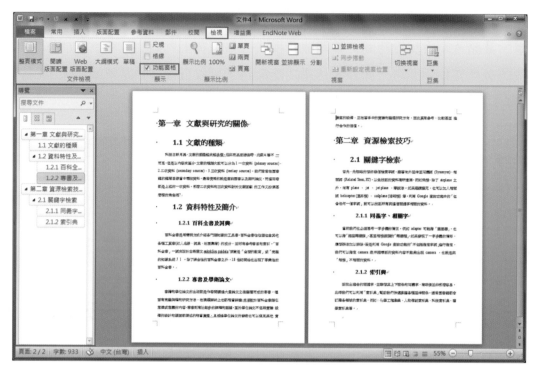

圖8-76　開啟自動目錄功能

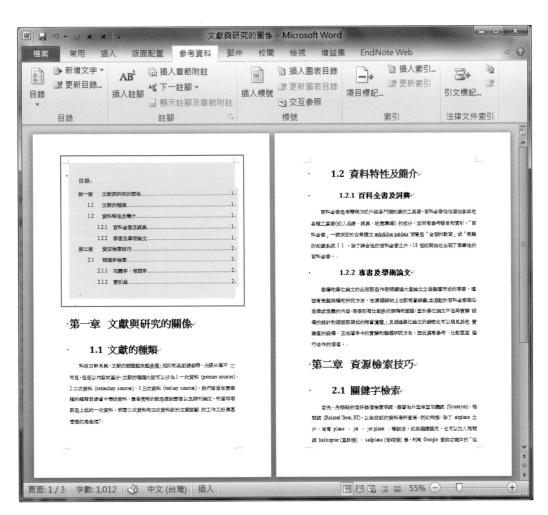

圖8-77　自動產生目錄

　　「自動目錄1」的顯示文字為「內容」，「自動目錄2」的顯示文字為「目錄」，這些文字都可以日後再行修改，例如更改為Table of Contents等。

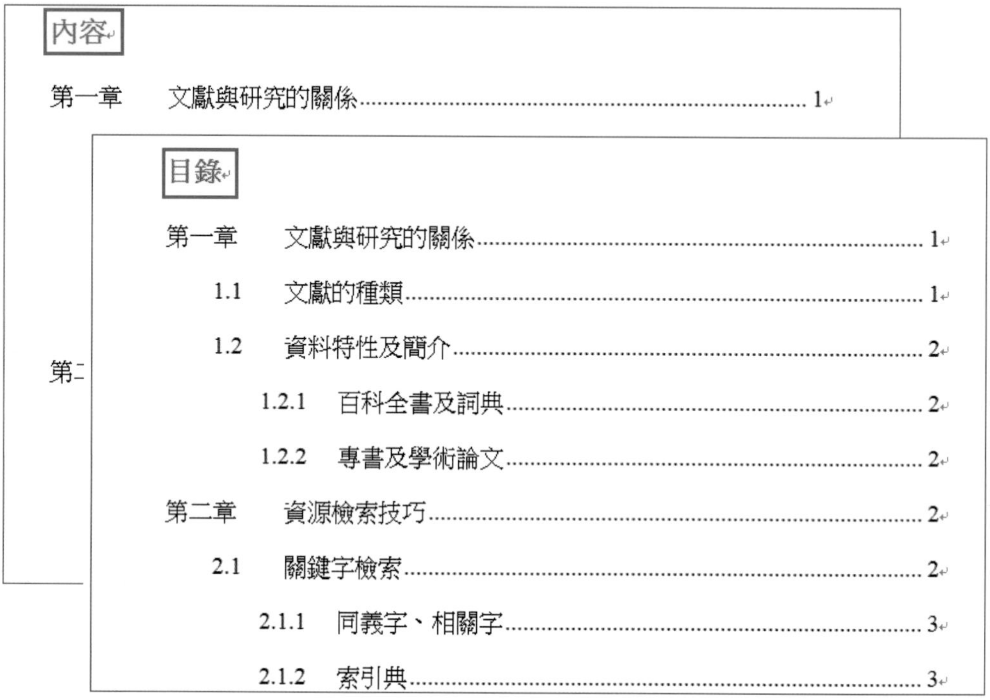

圖8-78　代表目錄的文字

直接在畫面上修改文字即可。

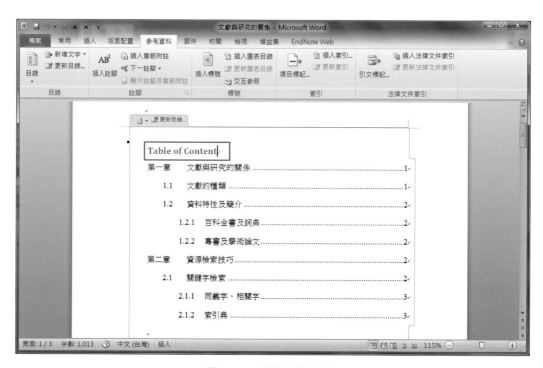

圖8-79　更改目錄文字

目錄文字修改完成。

Table of Content
第一章 文獻與研究的關係 1
1.1 文獻的種類 1
1.2 資料特性及簡介 2
1.2.1 百科全書及詞典 2
1.2.2 專書及學術論文 2
第二章 資源檢索技巧 2
2.1 關鍵字檢索 2
2.1.1 同義字、相關字 3
2.1.2 索引典 3

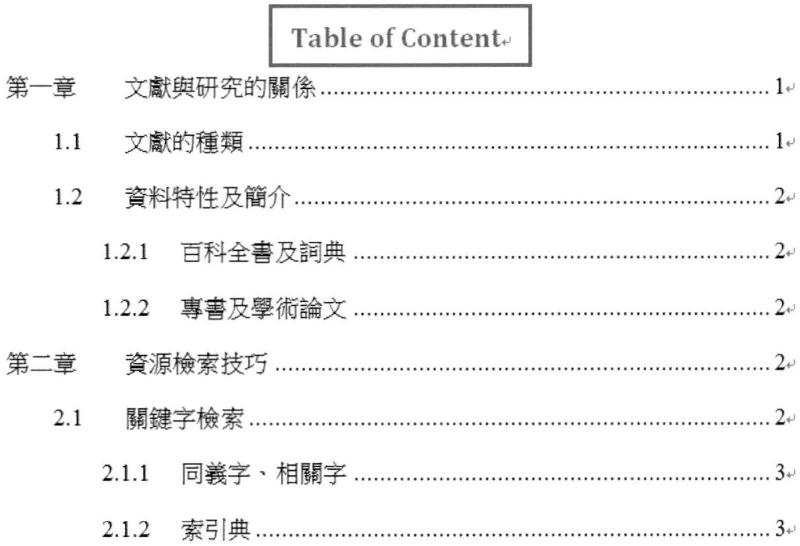

圖8-80 修改完成

目錄所出現的位置將視滑鼠所在位置而定，如果滑鼠所在位置在全文末，目錄也將自動產生於全文末。

要移除目錄僅需在同一個選單中按下「移除目錄」即可。

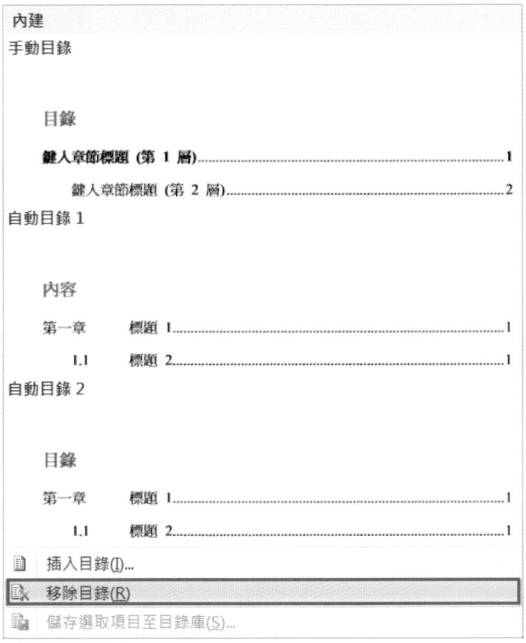

內建
手動目錄
目錄
鍵入章節標題 (第 1 層) 1
鍵入章節標題 (第 2 層) 2
自動目錄 1
內容
第一章 標題 1 1
1.1 標題 2 1
自動目錄 2
目錄
第一章 標題 1 1
1.1 標題 2 1
插入目錄(I)...
移除目錄(R)
儲存選取項目至目錄庫(S)...

圖8-81 移除目錄

Part III

論文排版要領

9-1　參照及目錄

　　Word 2010有關「參考資料」的各項功能對撰寫長篇論文有相當大的助益，許多人都知道它能夠幫助作者管理章節、註腳、參考文獻，製作目錄、索引等，但卻選擇視若無睹。其實這些功能的操作相當簡單，只需要幾個動作就可以管理整篇論文，可謂：「先苦後甘」的工作，何況事實上一點也不困難；當論文越寫越長、內容越來越龐雜時，更會感受到事前管理的重要。

圖9-1　Word 2010參考資料工具

　　所謂交互參照指的是將內文文字與標題互相連結，當標題變動時，內文文字也會一同變動。最常見的情況就是章節參照以及圖表參照、方程式參照。經過設定的資料因為內含「功能變數」，因此可以自動排序產生目錄。以下9-1各節將說明如何設定參照及製作目錄。

9-1-1　章節交互參照

　　要使用章節交互參照功能，在撰寫論文時就必須以本書8-3所述的「多層次清單」方式將章節定義清楚，如此這些被定義的章節都含有「功能變數」在內，也才能夠使用交互參照功能。章節交互參照最典型的例子如同圖9-2所示，在文章內出現「見1-2-1」等字樣。一旦發生章節調整的狀況，就必須一一找出對應的內容並加以修改，相當的繁瑣；如果利用交互參照功能將章節和文字相連結，那麼不論日後如何更改順序，兩者的內容都會同時更新，不會讓讀者產生不知所云的窘境。

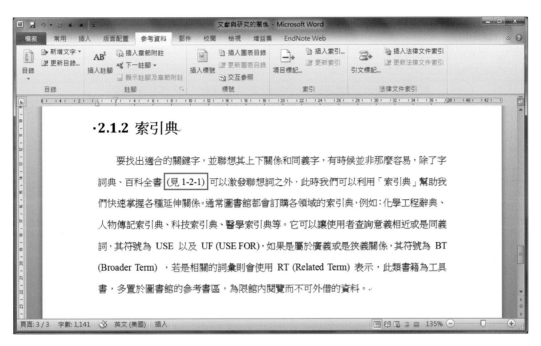

圖9-2　典型章節參照之例

　　要在文章內加入交互參照，首先在文件中點一下滑鼠定位，接著按下工具列上「參考資料」標籤的「標號」，並開啟「交互參照」的功能。

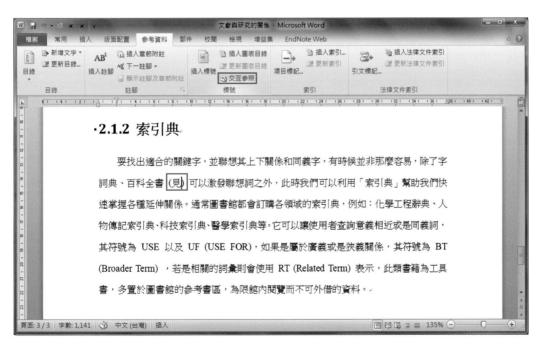

圖9-3　開啟交互參照的功能

由於這篇文章已經透過多層次清單定義出含有功能變數的架構，因此很容易可以找到要連結的項目；點選之後按下「插入」。

圖9-4 選定要連結的項目

接著在剛才滑鼠定位處就可以看到「1-2-1」字樣已經自動出現在內文中。

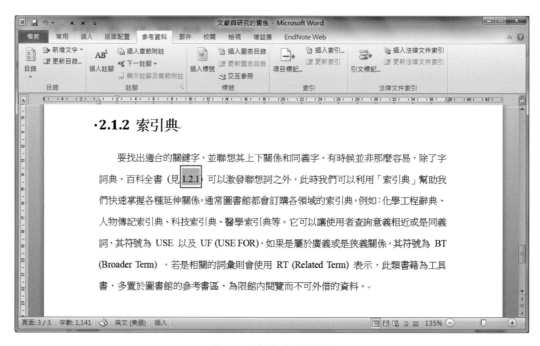

圖9-5 完成參照工作

　　現在做一個試驗，假設在原本的「1-2-1百科全書及詞典」之前另加一節「1-2-1資料概論」，那麼原本的「1-2-1百科全書及詞典」的標號將會自動變成「1-2-2」。這樣對於剛才設定的交互參照有何影響呢？

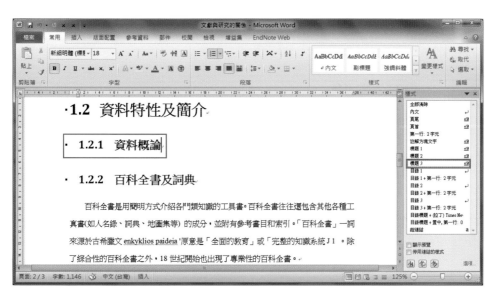

圖9-6　章節次序產生變動

　　檢視剛才的參照文字可以發現「見圖1-2-1」的字樣已經變成了「見圖1-2-2」了。

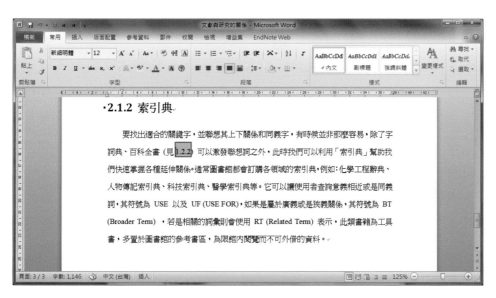

圖9-7　交互參照文字產生變動

要確保所有變動都是最即時的，只要在任何一處參照處按下滑鼠右鍵，再選擇「更新功能變數」即可。

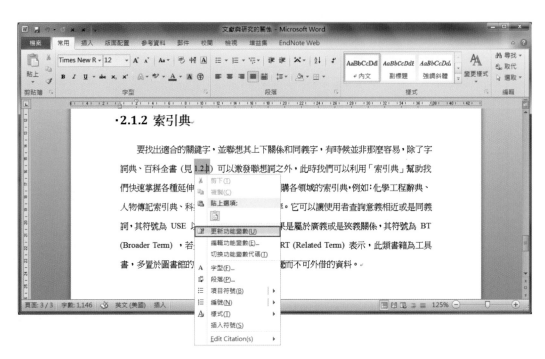

圖9-8　更新功能變數

9-1-2　圖表交互參照

圖表交互參照與章節交互參照的意義相同，也是將內文與圖表標題相連結，一旦圖表標號改變，指示用的內文也會一併改變。而如同章節架構需要透過多層次清單產生功能變數，讓Word可以追蹤其變化之外，圖表也需要功能變數才能與文字產生連結。

假設我們希望建立如圖9-9的圖表參照。

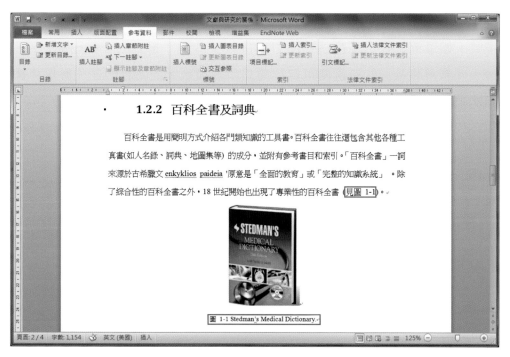

圖9-9　文字與標號相呼應

　　首先在圖片下方要插入標號處點一下滑鼠定位，接著按下工具列上「參考資料」開啟「插入標號」功能。

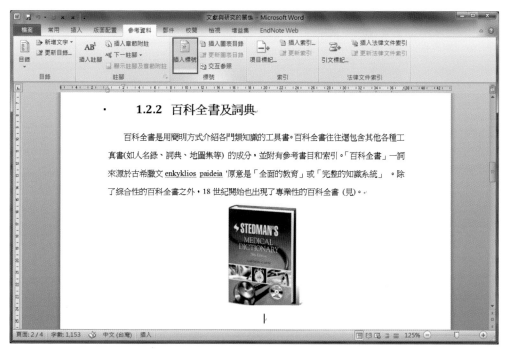

圖9-10　開啟插入標號功能

Word預設的標籤是「圖表」，後方的「1」則是自動產生、帶有功能變數的標號，如果希望將「圖表」標籤改成「Fig.」或是「圖」、「表」等文字，只要按下「新增標籤」的按鍵便可自行建立新的標籤。此處我們在「新增標籤」的畫面中輸入「圖1-」。

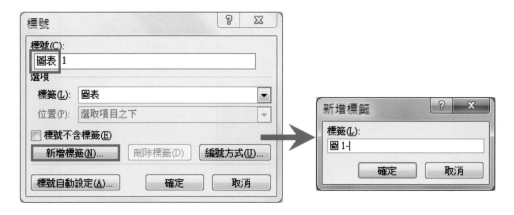

圖9-11　進入標號設定畫面

按下確定，回到標號設定畫面，後方的標號會自動產生變成帶有功能變數的「圖1-1」，確認格式無誤之後按下確定。

圖9-12　標號會自動產生

回到Word文件，圖片下方已經產生「圖1-1」的字樣，只需補上圖說文字即可。至於要如何將圖表標號與參照文字相連？同樣地，在要插入參照連結處，也就是「見」字後方點一下滑鼠定位，按下「交互參照」。

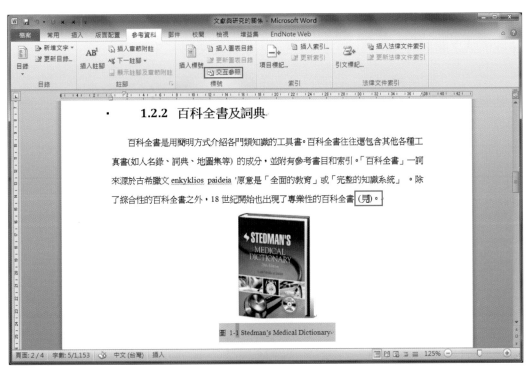

圖9-13 帶有功能變數的圖表標號

在「參照類型」處選擇剛才我們自訂的標籤「圖1-」，然後選擇標籤顯示的方式：如果選擇「整個標題」意味著將「圖1-1 Stedman's Medical Dictionary」接在「見」字之後，如果選擇「僅標題及數字」時則是將「圖1-1」接在「見」字之後。此處可以連續選擇，並不限於插入一種參照資料。例如可以加入「整個標題」以及「頁碼」。此處我們以插入「僅標籤及數字」為例。

圖9-14 選定參照標的

回到文件就可以看到這項交互參照已經順利完成，將來不論有任何變動，這些標號之間都將互相連結、自動更新，相當的便利。

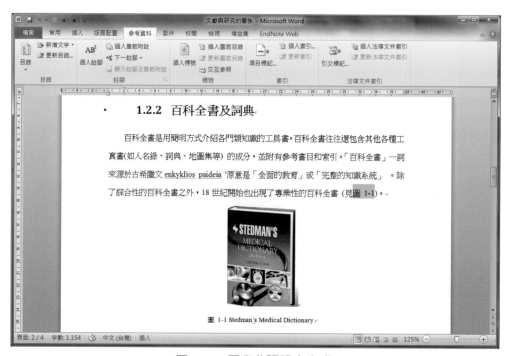

圖9-15　圖表參照設定完成

利用圖表參照的另一個優點是可以輕易地製作出圖表目錄。

製作圖目錄的步驟如下。先輸入表示圖目錄的標題文字和目錄的範圍，例如：「圖目錄」、「List of Figures」、「第一章」、「Chapter 1」等，然後按下「插入圖表目錄」。

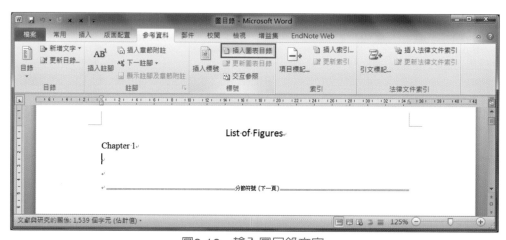

圖9-16　輸入圖目錄文字

設定目錄所要顯示的樣式，例如僅顯示圖說文字或是一併顯示頁碼？頁碼要靠右對齊或是接續在圖說文字之後？採用範本格式貨是正式格式、古典格式？這些設定可以透過「預覽列印」的視窗觀察其變化。接著最重要的是選定目錄的範圍，也就是選定「標題標籤」。

圖9-17　選定圖說文字的標籤

按下確定之後就可以看到圖目錄已經自動形成於文件中。

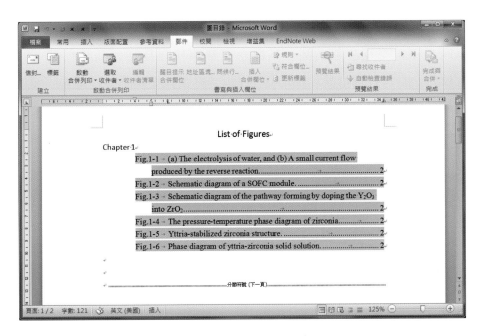

圖9-18　自動形成圖目錄

藉著尺規工具 (見本書8-2-3) 可將目錄調整得更美觀。

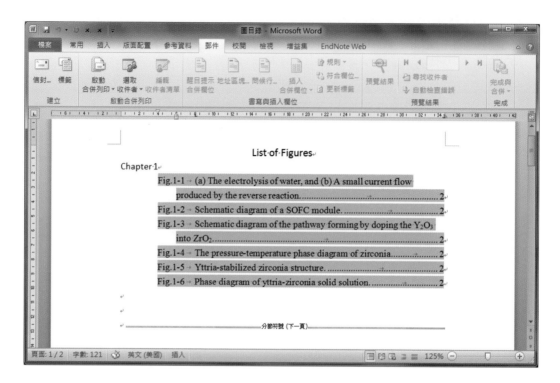

圖9-19　完成圖目錄的調整

9-1-3　方程式交互參照

　　再以方程式交互參照為例，其概念與章節參照及圖表參照相同，即透過「插入標號」的方式讓標號和指示文字 (如：見式1-2) 連結。而透過同類型的資料都使用同類型標籤的特性 (例如Fig.、Table)，當製作目錄時只要將這些標籤集合在一起即成各式目錄。

The displacement functions, $r(t+\Delta t)$ and $r(t-\Delta t)$ can be expressed using the Taylor series:

$$r(t+\Delta t) = r(t) + V(t)\Delta t + \frac{1}{2}a(t)\Delta t^2 + \cdots, \qquad (3.15)$$

$$r(t-\Delta t) = r(t) - V(t)\Delta t + \frac{1}{2}a(t)\Delta t^2 + \cdots, \qquad (3.16)$$

圖9-20　論文中的方程式

Word 2010的方程式工具位於「插入」標籤下的「符號」選項中。

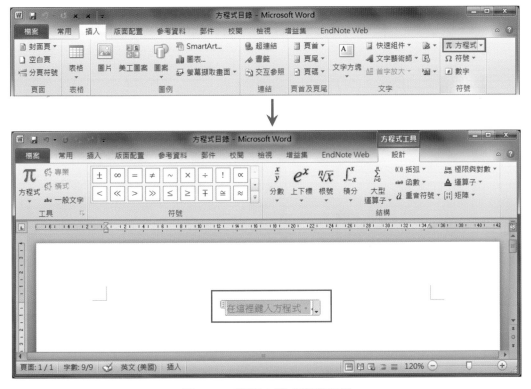

圖9-21　開啓方程式編輯工具

此處我們再度利用8-2-7所介紹的無框線表格讓方程式和標號固定在一定的位置上。按下「插入標號」。

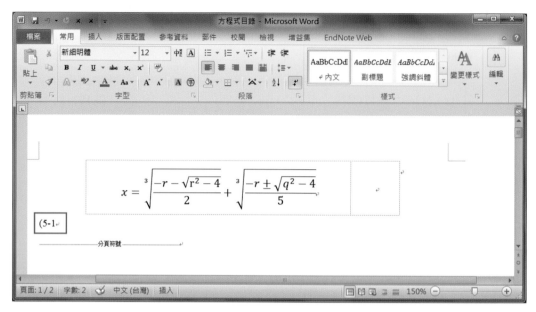

圖9-22　為方程式插入標號

設定該標號的標籤「(5-」。

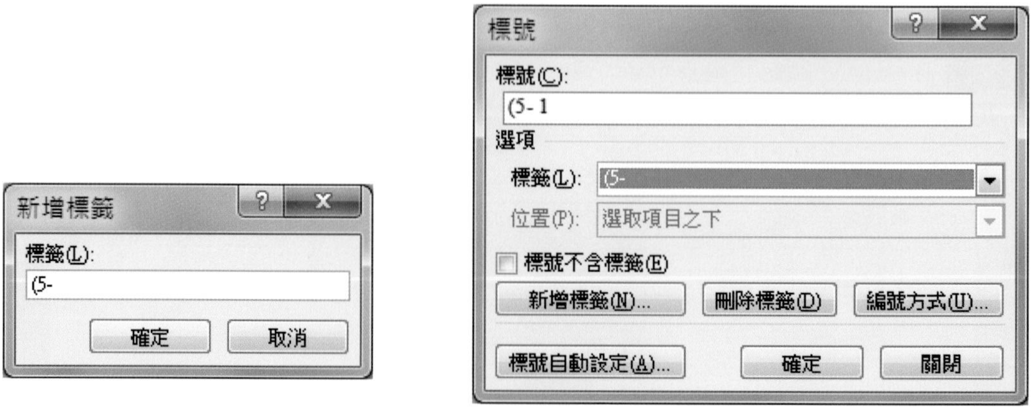

圖9-23　設定新標籤

插入的標號將只有「(5-1」的字樣，流水號1的右方需由我們自行補上右括弧。

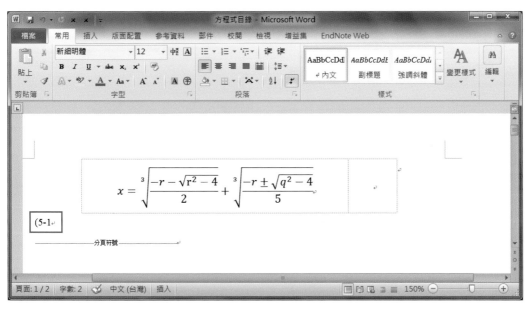

圖9-24　標號會出現在表格外

將標號右方的小括弧「)」補齊之後拖曳到表格中即可。

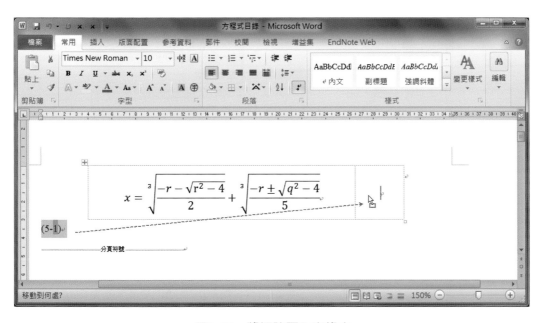

圖9-25　將標號置入表格中

　　若要將標號和文字互相連結，同樣要採用「交互參照」的功能。在要插入
參照之處點一下滑鼠定位之後，按下「交互參照」。

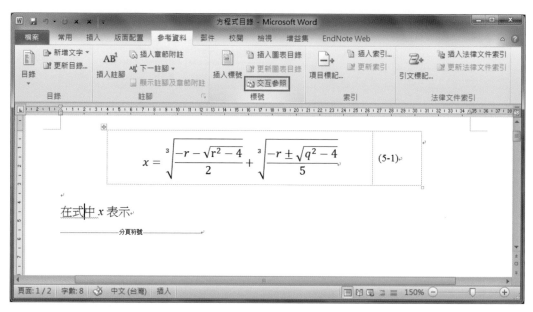

圖9-26　設定交互參照

「參照類型」選擇剛才新增的標籤，並點選要連結的標號。

圖9-27　選擇參照標的

如此，方程式的參照就完成了。

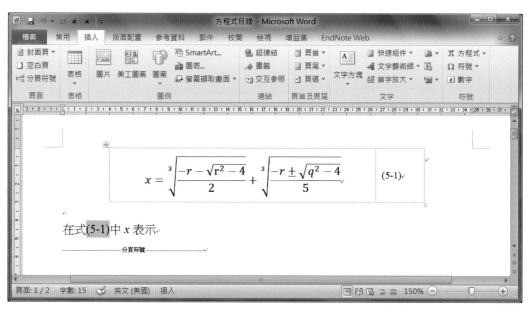

圖9-28　完成方程式參照

　　至於方程式目錄的製作與圖表目錄相同，也是利用「插入圖表目錄」的功能，此處不再贅述。

圖9-29　製作方程式目錄

第九章　參考資料與索引

第九章 參考資料與索引

9-2 引文與註腳

9-2-1 參考文獻

　　本書第三及第七章以經說明利用EndNote或RefWorks等書目管理軟體插入引用文獻。當EndNote Library已經儲存所需的書目時就可以輕鬆地以多種格式(output style)插入文件當中。但Word 2010讓即使沒有書目管理軟體的使用者依然可以輕鬆插入引文，其工具就在工具列「參考資料」的「引文與書目」功能。

　　如果工具列沒有這樣工具，請先開啟快速存取工具列的「其它命令」。

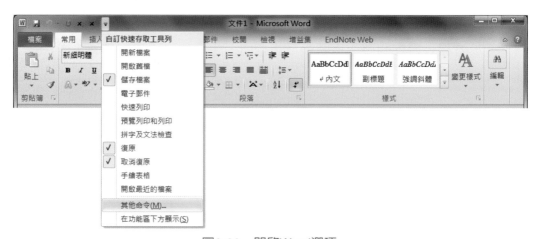

圖9-30　開啟Word選項

　　在Word選項中先點選左方的「自訂」，再由「選擇命令」選單中挑選「參考資料 索引標籤」，再將「引文與書目」新增至右方「快速存取工具列」，按下確定就設定完成。

圖9-31　設定快速存取工具列

回到Word，接著就可以看到這項功能已經出現在「快速存取工具列」。

圖9-32　選定插入引文位置

第九章　參考資料與索引

(1) 插入引用文獻

首先，在要插入引用文獻之處按下「插入引文」，並選擇「新增來源」。

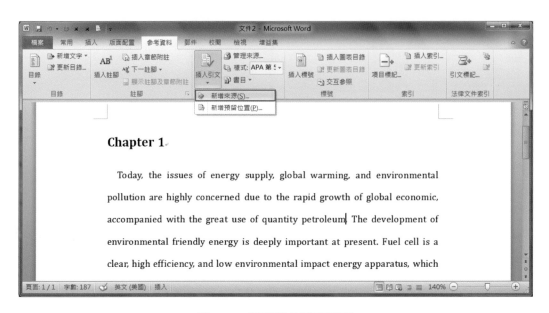

圖9-33　選定插入引文位置

接著在「編輯來源」的視窗中先選定「來源類型」，此處指的是引用資料的類型，例如期刊文章或是圖書、研討會論文集、畫作等等，根據資料來源的不同，下方的欄位也會出現變化。至於語言的選項，如果以英文撰寫論文時，建議選用英文，以免引用文獻時出現「頁」而非「p.」等情況。至於標籤名稱是為了將來管理引文時易於辨識之用，這個名稱會由Word自動形成，可以不予理會。

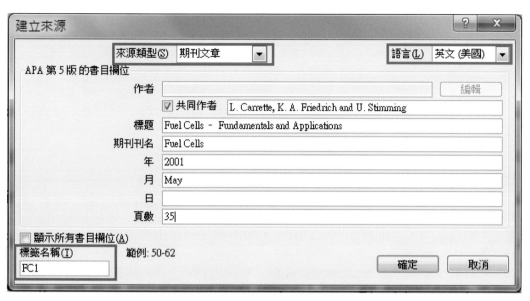

圖9-34 填入書目資料

按下確定之後資料就自動在文件中形成引用文獻。

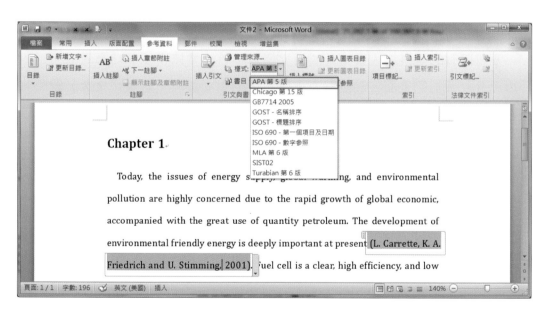

圖9-35 自動形成引用文獻

同時這筆書目資料也會儲存在電腦的C磁碟機 (預設) 的Bibliography資料夾中；表示這筆書目資料只需輸入一次，將來在本篇文件中要再度引用時只需按下「插入引文」的按鍵，再從清單中挑選所需的書目即可。

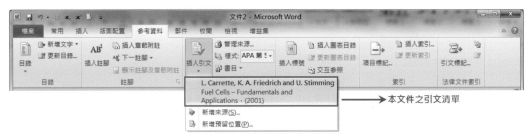

圖9-36　檢視現有的引文

如果我們要在另一份文件引用這筆資料，那麼必須事先將這筆資料放置在新文件的清單中，否則將如圖9-37所示，看不到任何可用的書目。

圖9-37　新文件的引文選單

要將既有的資料加入新文件的引文清單，首先要按下「管理來源」，進入「來源管理員」的畫面。點選左方主清單中的引文資料，透過「複製」鍵將其複製到「目前的清單」中。

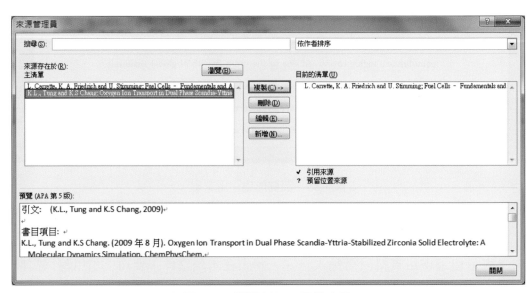

圖9-38　將資料加入目前清單

回到新文件的畫面重新檢視「插入引文」的功能，可以看到剛才加入的資料已經出現在清單中。

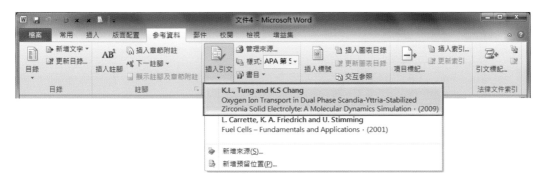

圖9-39　完成引文清單的複製

(2) 編輯引用文獻

重新編輯引用文獻也很容易，只要點一下引文，按下右方的▼以開啟功能選單，接著就有數種選項可供選用。

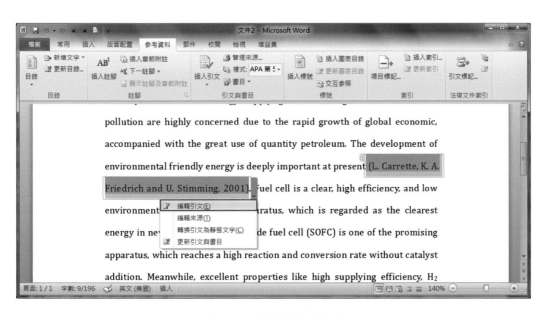

圖9-40　編輯現有的引文

此處的四個選項分別表示：

1. 編輯引文：編輯 (L. Carrette, K. A. Friedrich and U. Stimming, 2001) 的字

樣，使出現較多或較少的資訊。例如希望能顯示這篇引文的起始頁，就在頁數欄中填入5。

environmental friendly energy is deeply important at present (L. Carrette, K. A. Friedrich and U. Stimming, 2001 p. 5). Fuel cell is a clear, high efficiency, and

2. 編輯來源：回到圖9-34的畫面重新編輯。

3. 轉換引文為靜態文字：移除引文中的功能變數，變成普通文字。

4. 更新引文與書目：更新帶有功能變數的書目資料。

(3) 更改引用格式

正由於引文內含功能變數，因此也可以自由地轉換各種不同的引用格式。假設我們要將原本APA的Author-Date引用格式更改為數字參照的Numbered格式，只要在「樣式」的選單中點選數字參照格式即可。

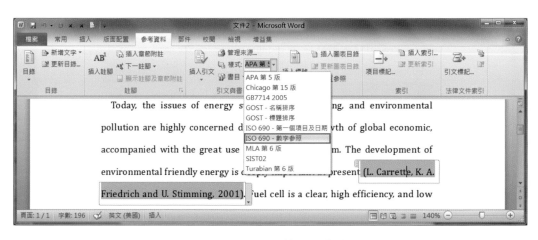

圖9-41　更改文獻引用格式

更改樣式的功能是針對整份文件產生作用，也就是將整份文件的所有引文資料同時更改為新的引用格式。

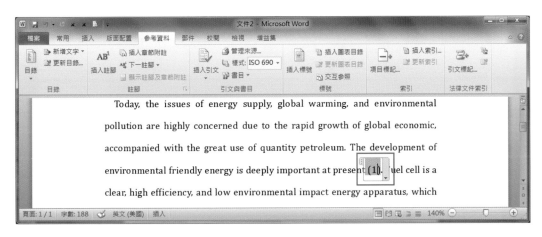

圖9-42　自動更新引用格式

(4) 參考文獻列表

只需要按下「書目」選項，文件中所有的引文都會自動編列成為參考文獻，並出現在滑鼠停留處。

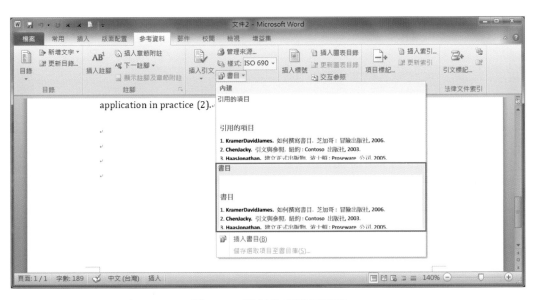

圖9-43　製作參考書目列表

圖9-44 參考文獻列表完成

至於「書目」的字樣可以自行以「參考文獻」、「參考書目」、「References」、「Literature Cited」等等做變更。

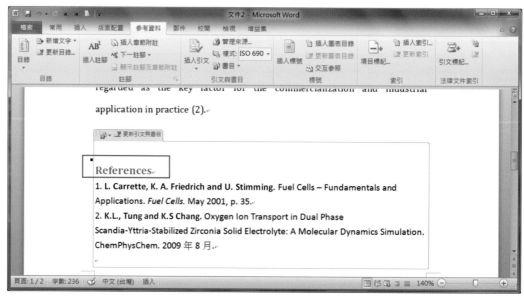

圖9-45 自行變更書目字樣

依照上述功能所建立的參考書目還能夠直接匯入EndNote Library。以圖9-46為例，這份稿件已經利用Word內建功能插入數筆資料，現在想將它們匯出

至EndNote。首先，在工具列上按下Export Word 2010 Citations，然後選擇要匯入的EndNote Library就完成了。

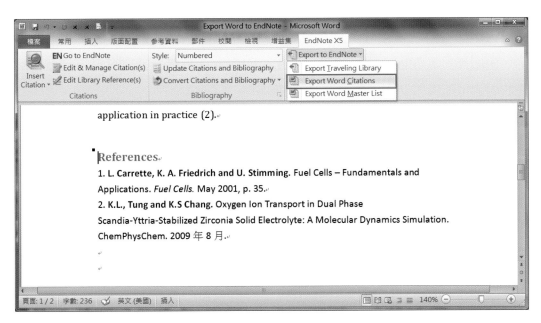

圖9-46 將參考書目匯出

這項功能除了單機版的EndNote可以使用，EndNote Web也一樣有這個功能。

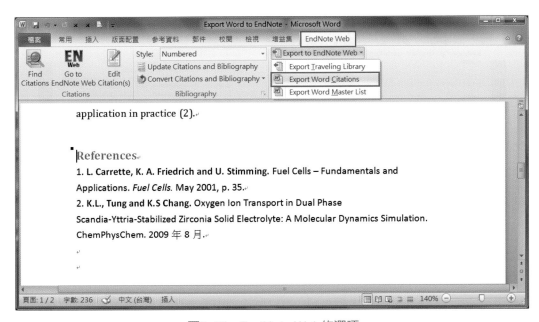

圖9-47 EndNote Web的選項

9-2-2 註腳與章節附註

　　註腳 (footnote) 和9-2-1所介紹的參考文獻 (references) 之差異在於註腳的內容可以比較自由，它可以像參考文獻一樣嚴謹地註明文獻的作者、篇名、刊名、出版年、卷期等資訊，也可以用來說明與本文有關的補充資料，甚至要補充的內容可能與本文不連貫但有必要說明者。

> 國家，通通屬於國際的範疇，國際不再指涉國家與國家之間的關係，而是指涉本國之外，則凡本國之外都是威脅的可能來源。威脅的性質也逐漸轉變，不完全只限於宗教信仰的問題，儘管信仰的差異依舊左右人們判斷某個外國的敵意。[15]冷戰以降的國際體系被說成是兩極體系，則對於美國與蘇聯兩個超強而言，國際就存在於自己這一極未能控制的區域，包括兩極可以爭奪的地方也是國際，不想成為國際的就必須依附於自己這一極。[16]照 Waltz 的推論，兩極之下的國家屬於什麼宗
> _____
> 15 最明顯的例子是 Samuel Huntington, *The Clash of Civilizations and the Remaking of the World* (New York: Simon & Schuster, 1996).
> 16 故是超強的干預行動在定義什麼叫做主權，見 Cynthia Weber, *Simulating Sovereignty: Intervention, the State and Symbolic Exchange* (Cambridge: Cambridge University Press,

圖9-48　註腳的外觀

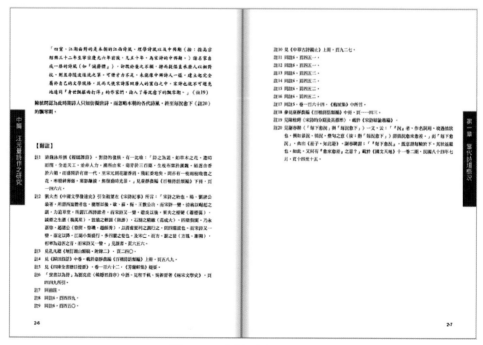

圖9-49　章節附註的外觀

　　至於「註腳」與「章節附註」的差異在於「註腳」出現的位置在每一頁的下方或文字下方，便於一邊閱讀一邊參照，但當說明文字很長時將會被編排至次頁下方繼續。而「章節附註」則出現於章節結束或是文件結尾的位置，如果要補充的資料文字較長或與內文較不相關，那麼將它當作章節附註會較為合適。

圖9-50　註腳及章節附註功能

圖9-51　可挑選標號出現的位置

　　在需要插入註腳處點一下滑鼠定位，接著按下「插入註腳」，然後在頁面下方的短橫線下開始輸入註腳文字即可。

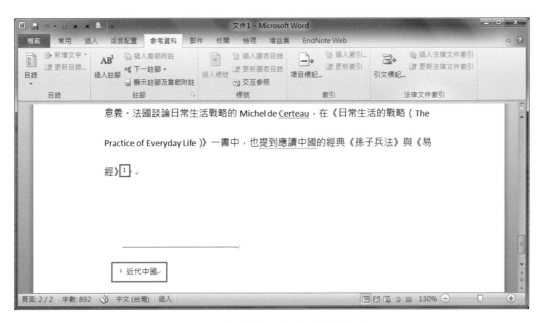

圖9-52　在橫線下方書入註腳文字

　　註腳內含功能變數，會自動產生編號並排序，列於該頁下緣做為補充資料。

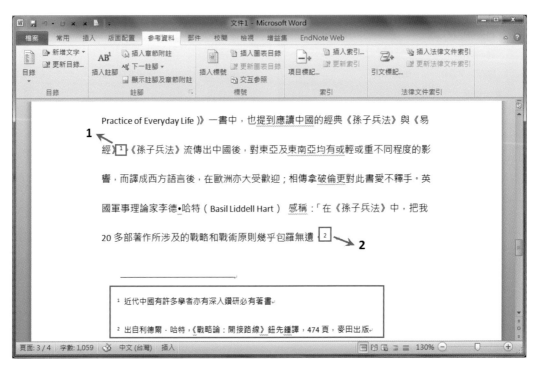

圖9-53　註腳係補充說明之文字

　　同樣的文字，如果使用「章節附註」的方式插入內文，其說明文字將被置
於文件末。

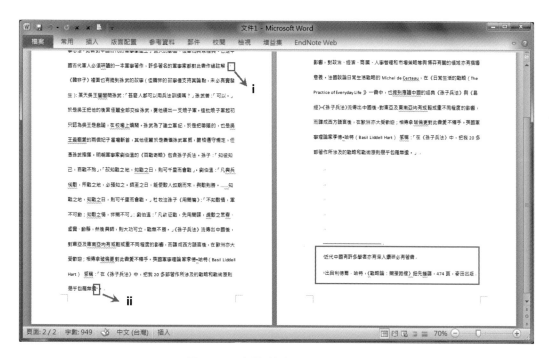

圖9-54　章節附註出現在文件末

　　「註腳」與「章節附註」可以並存於一份文件當中，但為了避免讀者混
淆，Word 2010自動將註腳以阿拉伯數字1、2、3…標示，而章節附註則以小寫
的羅馬數字i、ii、iii…表示。

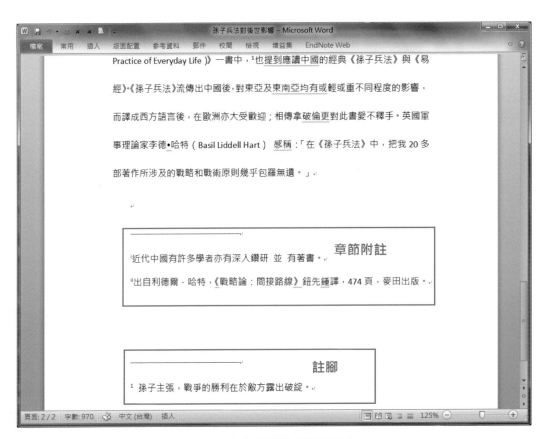

圖9-55　章節附註與註腳並存

　　當然Word也允許使用者更改標號方式，按下「註腳」右下方的箭號展開註腳及章節附註的功能，接著在數字格式處挑選需要的格式即可。

圖9-56　挑選數字格式

　　在撰寫之後若發現採用章節附註的方式比註腳更為合適，或發覺採用註腳的編排比起章節附註更為適合，那麼可以利用 轉換(C)... 鍵將資料進行轉換。

圖9-57　轉換標註類型

　　要刪除註腳或是章節附註，只需刪除內文的參照標記即可，其說明文字將會一併自動刪除。如果我們僅刪除說明文字，那麼在內文中的參照標記將仍留在原處。

9-3 索引及校閱

9-3-1 索引製作

　　長篇學術論文通常會附有索引 (Index)，它集合了文件內各種專有名詞和主題，並給予頁碼，讓讀者可以快速查詢這些名詞所在的位置 (見圖 9-58)。要製作索引當然不是從首頁到末頁、一筆一筆地找出專有名詞，記錄在紙上然後再一字一字地謄寫到空白文件上，而是透過Word的索引功能快速地找出文件內所有關鍵字，經過標記之後自動形成附有頁碼的索引。以下將介紹索引的製作步驟。

SUBJECT INDEX

ABCD Hierarchy, 45–6
Abkhazia, 116–8; 119
Abkhaz alphabet, 112
acronyms, 53; 67
All-Union Turcological Conference, 49; 122–3
alphabet development, 48–51; 81; 89–90; 98; 191; 206
 in the Caucasus, 114; 117; 118; 120; 131; 132
 in Central Asia, 137; 141; 142; 145–8 *passim*; 150
 in Daghestan, 129
 in Siberia, 160–2; 165; 167; 168–9; 171–7 *passim*; 180–3 *passim*
Altai language development, 181–
Altaic, 9
agglutination, 10; 13; 14; 16; 19
annexation of Baltic states, 94; 95; 102–3
Arabic, as lingua franca, 127–8

Tatar-Bashkir Republic, 68; 70; 79; 80
Belarusan, status of, 85–6; 88
Belorussian SSR, 85–8
Bessarabia, 73; 88–90
bilingual instruction, 59–61
bilingualism, 21; 26; 31; 65; 88; 90; 155–6; 157; 166; 182; 184; 191–4; 197
Birobidzhan, 74–6 *passim*
birth rates, 197–8
boarding schools, 165–6
Bogoraz, V. G., 160; 166; 167; 172; 174
books, 3; 68; *see also publishing*
Brezhnev, 58–9; 104–5; 193
Buriat language development, 177–9

calques, 52; 96; 147
Castrén, M. A., 170; 172
Catherine the Great, 76

圖9-58　英文索引圖例

　　首先，在文中找出重要的關鍵字，例如aircraft，選取之後按下「索引」工具中的「項目標記」鍵。

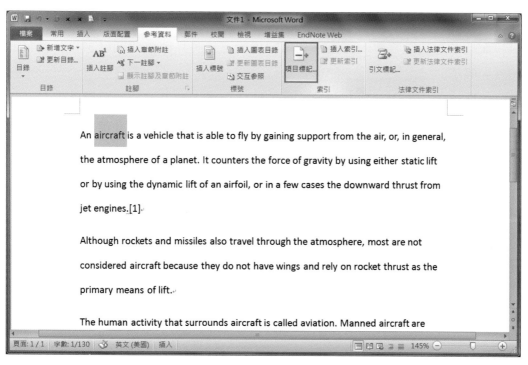

圖9-59　將關鍵字加以標記

　　接著會跳出一個視窗詢問要對此關鍵字進行何種設定，按下「全部標記」表示將文件內所有「aircraft」字樣都進行索引標記。

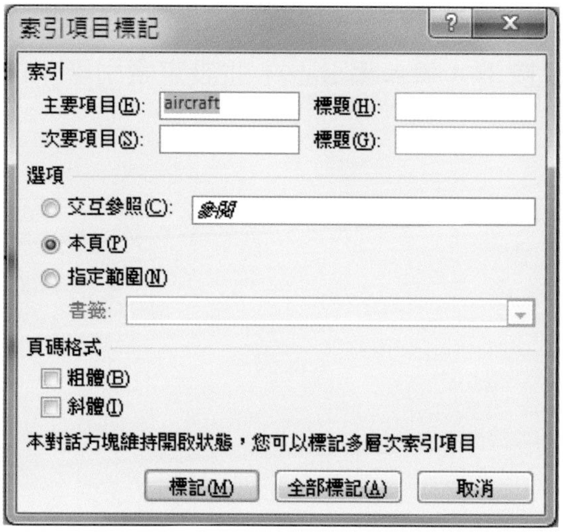

圖9-60　標記文內所有aircraft

在aircraft字樣後方會出現一個大括弧，表示「aircraft」這個名詞已經成功被標記成含有功能變數的詞組。利用同樣的方式將其他重要關鍵字一一標記之後就完成了。

大括弧內的文字在列印時並不會被顯示出來。如果不習慣在畫面中看到這些功能變數，只要按下「常用」工具列上「段落」功能的 鍵就可以加以隱藏。

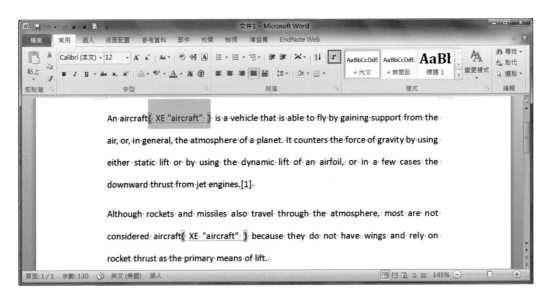

圖9-61　索引標記的功能變數

製作索引時只要按下「插入索引」，並設定索引顯示的樣式，就會自動在游標停留處形成索引。

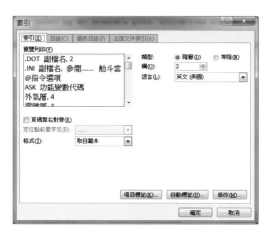

圖9-62　設定索引樣式

索引不但會自動形成，也會依據筆劃或字母順序排列。

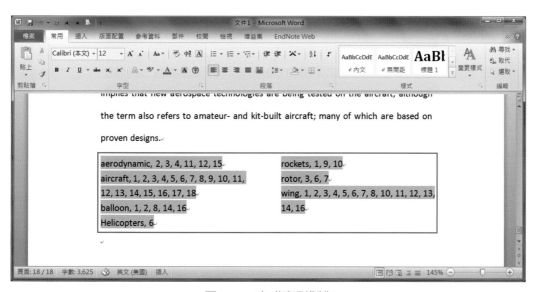

圖9-63　完成索引製作

試著改變顯示索引顯示樣式，將索引欄位改成一欄、頁碼靠右對齊，頁碼與關鍵字之間以橫虛線相連，完成之後得到圖9-65的外觀。

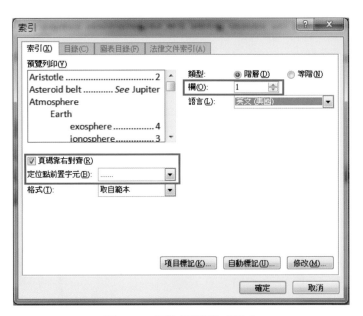

圖9-64 更改索引樣式設定

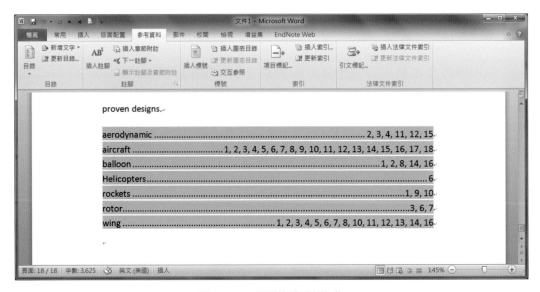

圖9-65 不同的索引樣式

　　要解除被標記的關鍵字，只需刪除正文中的大括弧即可。

　　至於另一個常見的問題是同義字及相近字。例如提到飛機，讀者可能會以airplane來尋找索引，但論文中可能不用airplane，而是用aircraft這個字，所以我們必須引導讀者到aircraft的頁面。做法是在文件中任一處 (例如文件結尾處) 按下「項目標記」，接著進行下列設定：

圖9-66　進行參閱設定

　　此處的「參閱」可以自行更改為「見」、「參見」、「See」等。確定之後按下「標記」，接著就可以看到索引中出現了「airplane *參閱* aircraft」的文字，藉以指引讀者至本文所採用的名詞處。

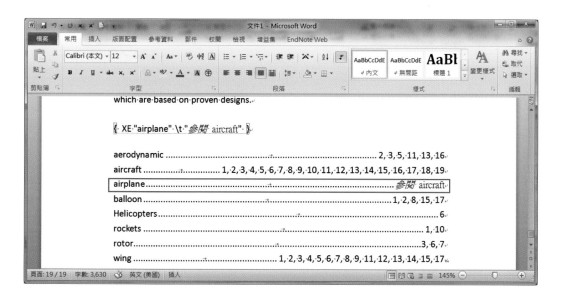

圖9-67　指示讀者參閱其他名詞

　　如果本文同時使用airplane及aircraft兩個詞，但我們希望查詢airplane的讀者也可以參考aircraff的相關資料時，除了各別標記這兩個詞之外，另外再對

airplane一詞增加如圖9-68的設定。

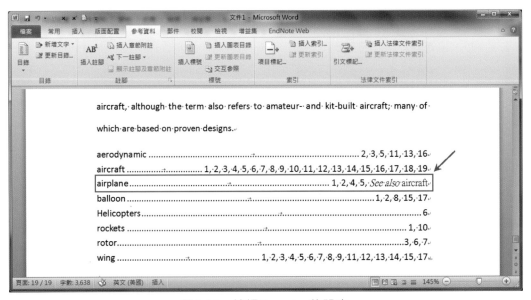

圖9-68　設定See Also (又見) 索引標記

See also的意思是指「又見」、「另見」，也就是告訴讀者：除了airplane之外，還可以瀏覽aircraft方面的資料。

圖9-69　檢視See also的設定

9-3-2 追蹤校閱

　　文件的追蹤校閱可以分成「撰稿者」和「修訂者」兩方的動作，以學位論文而言，就是研究生和指導教授兩方的動作。通常研究生完成論文初稿之後還需要指導教授幫忙審閱、修訂，指出邏輯、文字或格式的問題，或是需要加強說明之處，然後研究生再依據教授的意見修改論文。這項工作通常不只一次，而是重複數次之後才能完成一篇令人滿意的作品。

(1) 修訂者

　　假設研究生已經完成一份初稿，現在需要指導教授對這份稿件進行修訂，那麼在修訂之前須先按下「追蹤修訂」以開啟功能。開啟此功能時按鍵會變色，再按一次則會關閉功能。

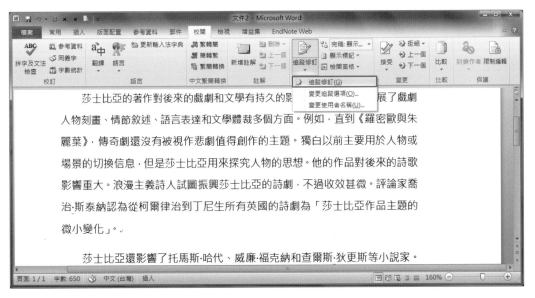

圖9-70　開啟追蹤修訂功能

　　接著只要用一般方式修改論文，例如增刪某些文字，更動過的文字將會顯示紅色，而變動過的段落左方將會出現直線標示。至於右方的方框稱為「註解方塊」，說明更動的類型和內容。

第九章　參考資料與索引

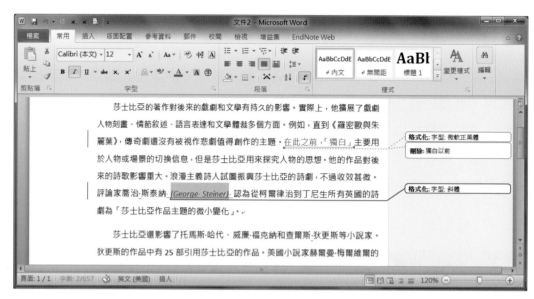

圖9-71 增刪修改文字

至於更動哪些項目會顯示在註解方塊中呢？由工具列上的「顯示標記」可以看出有五種變動會被列在方塊內。我們可以自行選擇哪些無須顯示，以免顯得雜亂。

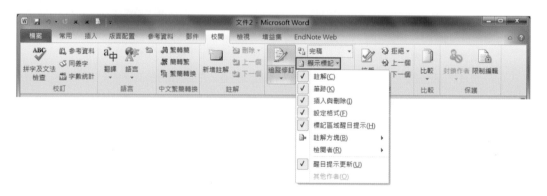

圖9-72 註解方塊的類型

如果對於某段文字有任何意見，可以在選定該段文字之後按下「新增註解」，然後在註解方塊中填入意見。

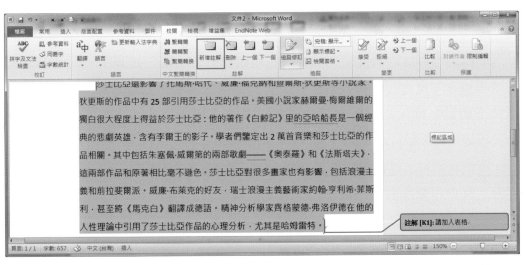

圖9-73　新增註解

如果我們不習慣整個版面看起來過大，希望隱藏右方的註解方塊，只要選取「顯示標記」內的「註解方塊」，並選擇「在文字間顯示所有修訂」即可。

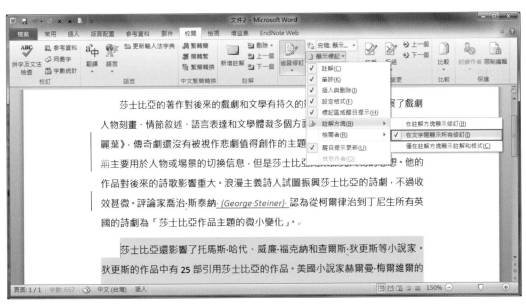

圖9-74　隱藏註解方塊

將文章依照上述步驟修改完畢後，直接儲存即可。

(2) 撰稿者

開啟經過修訂的稿件時，須先確定追蹤修訂的功能已經關閉，以免Word程式將撰稿者本身進行的修改當作修訂者的動作。接著，點選右方的註解方塊，並按下滑鼠右鍵，如果願意接受變更，就按下「接受格式更改」、「接受刪除」等等。

更便利的方法是直接按下工具列上的「接受」(或「拒絕」)，一個項目處理完畢之後會自動跳到下一個項目，我們只需重複的按下「接受」(或「拒絕」)即可。

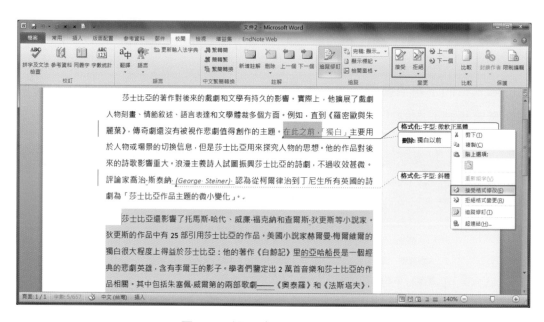

圖9-75　逐項確認修訂註解方塊

當所有的註解方塊都確認完畢之後，畫面又會恢復原本的版面大小，此時就算完成修訂工作，並可將文件存檔或再次請審閱者過目。

(3) 合併檔案

如果一份稿件同時送給兩人以上審閱，我們可以先合併這些文件，然後再進行修訂工作，避免一再修訂重複的問題。要合併文件，首先開啟一份空白文件，按下「校閱」的「比較」功能，並選擇「合併」，用以合併兩份文件。

圖9-76 開啓文件結合功能

按下 📂 圖示，找出要合併的兩份文件，按下確定。

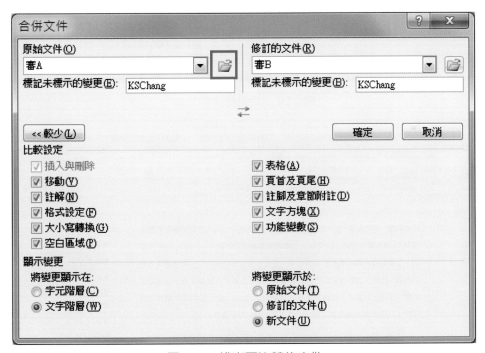

圖9-77 找出要比較的文件

　　接著就會出現三個視窗的畫面，左方是合併後的新文件，右方則是剛才選擇的兩份文件。合併之後我們可以將右側的視窗關閉，並開始修改合併後的新文件。

　　如果有三份以上的文件要合併，就先合併兩個，再將合併後的新文件與下一個文件進行合併即可。

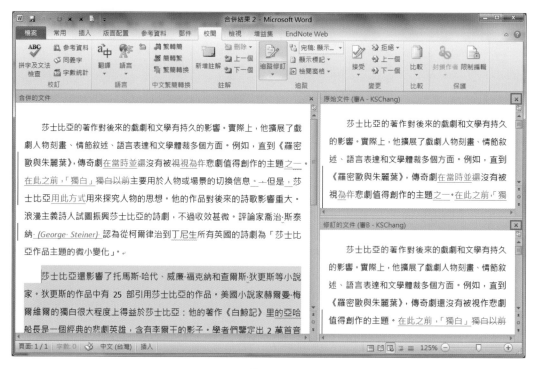

圖9-78　將兩份文件合併

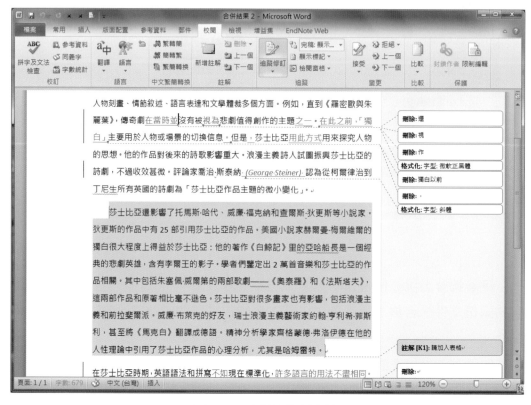

圖9-79　合併後的新文件

附錄

附錄

在這個出版品氾濫的年代，不論是印刷資料或是數位化資料、不論是學會網站或是私人部落格等，到處都充滿了資訊，可是這些資訊如果沒有經過品質檢驗，我們很難衡量應該花多少時間、甚至值不值得花時間去閱讀吸收。即使我們將範圍縮小，僅就學術期刊而言，同一領域的學術期刊可能就不下數百種，那麼辛辛苦苦查詢到的大量資料又應該依據何種順序取捨呢？此時就必須借重期刊評鑑資料庫了。

最普遍採用的評鑑工具有二，分別是Journal Citation Reports (JCR) 以及Essential Science Indicators (ESI) 這兩個資料庫，兩者皆屬於ISI公司的Web of Knowledge系統。雖說排名方式是量化的統計而非質性統計，但是在沒有其他評量工具的狀況下，參考排名來衡量期刊或作者的表現也不失為一個客觀的做法。

被引用次數的多寡是用來評估一篇論文影響力的關鍵，Google學術搜尋的結果就是依據被引用次數的高低排列，目的在於讓使用者先閱讀被引用次數較多、較有影響力的文章。與前述JCR和ESI不同，Google學術搜尋的結果是依我們所輸入的關鍵字而定，尋找到的資料是單篇「論文」，至於JCR則是以「期刊」被引用的總數為評鑑基礎，而非單篇論文被引用的數量，而且能夠進入JCR排名的期刊，都是進入SCI (Science Citation Index) 的優質學術期刊，至於ESI同樣是精選優良學術期刊加以排名，其中有期刊的排名，也有作者、單篇論文的排名。既然我們身處於研究環境，就應該對於身邊的應用工具有一定的了解，讓自己把時間精力投資於影響力高的資訊上。

圖A-1　Google 學術搜尋結果依被引用次數排序

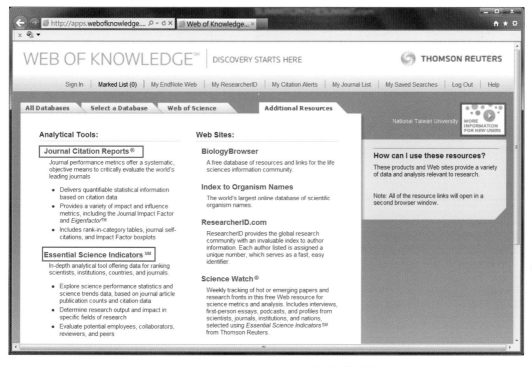

圖A-2　Web of Knowledge資料庫系統

以下就期刊評鑑的兩個資料庫分別說明其操作方式和意義。

A-1　Essential Science Indicators

圖A-3是ESI資料庫的首頁，可以查詢8500種以上經SCI和SSCI索引的期刊，內容包含期刊論文、評論、會議論文和研究紀錄，並將之分為22個學科領域。

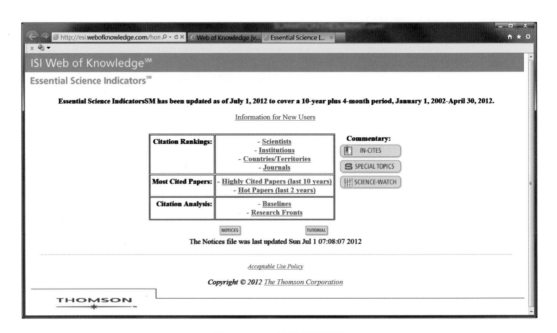

圖A-3　ESI資料庫首頁

表A-1　ESI查詢功能一覽表

查詢對象	細　分	說　明
1.Citation Rankings（被引用排名）	Scientists	高引用率的作者
	Institutions	高引用率的機構
	Countries/Terrirtories	高引用率的國家／地區
	Journals	高引用率的期刊
2.Most Cited Papers（熱門論文）	Highly Cited Papers (last 10 years)	過去10年被引用最多次的論文
	Hot Papers (last 2 years)	過去2年最熱門的論文

查詢對象	細 分	說 明
3.Citation Analysis (引用分析)	Baselines 　　By Averages 　　By Percentiles 　　By Field Rankings	引用文獻分析
	Research Fronts	研究前線分析 (依照共同引用的關係進行分析)

A-1-1　Citation Ranking被引用排名

透過被引用排名可以了解到哪位學者、哪個機關學校、哪個國家或是哪個期刊最具有學術影響力，經由這項查詢我們可以將研究心力投注於這些對象，例如手邊查到許多資料時，我們可以優先閱讀被引用率較高的作者所撰寫的論文；如果要進行跨國合作也可以優先選擇引用率高的機構或國家，當我們準備投稿期刊論文，當然也可以將引用率高的期刊當作首選，一方面證明研究的深度，一方面增加論文的可見度。

被收錄在排名內的對象都是十年內被引用次數具有十分亮眼的表現，其中：

作者排名：被引用次數為前1% 的研究學者

機構排名：被引用次數為前1% 的研究機構

國家排名：於十年內被引用次數為前 50% 的150個國家

期刊排名：於十年內被引用次數為前 50% 的4500種期刊

以查詢研究機構為例，輸入Stanford University以及Harvard University後，得到圖A-4、圖A-5的結果，利用兩者相比可以看出兩校的強項以及強度。同樣地，我們也可以比較國與國、作者與作者，以及期刊與期刊的影響強度。

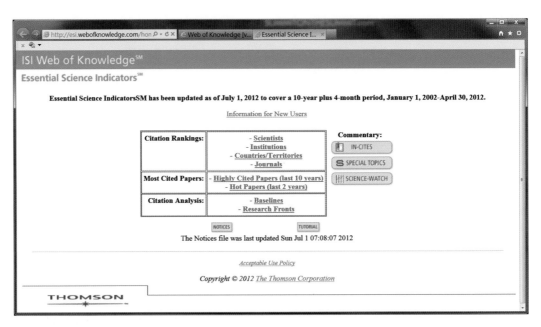

圖A-4　查詢Stanford University各學科領域表現

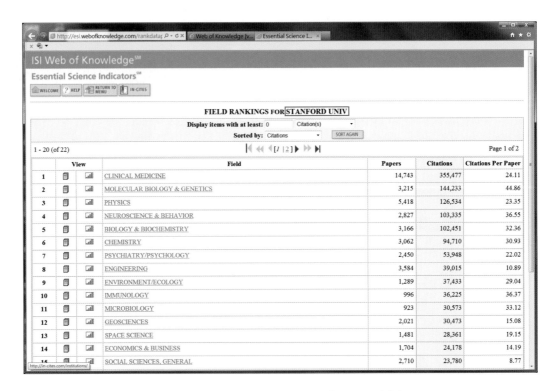

圖A-5　查詢New York University各學科領域表現

ESI收錄的每種期刊都只歸類於一個學科領域，至於跨學科的期刊則被分類於Multidisciplinary當中 (此分類方式與下一節要介紹的JCR並不相同)。不過這些跨領域期刊所刊登的單篇論文被引用時，將會受引用它的期刊的領域而影響系統將其自動分類的結果。見圖A-6，我們以Nature期刊為例可以發現它所收錄的論文大致跨越了19個領域，其中以MOLECULAR BIOLOGY & GENETICS領域最多。藉此，我們也可以了解到本期刊較偏重的研究方向等。

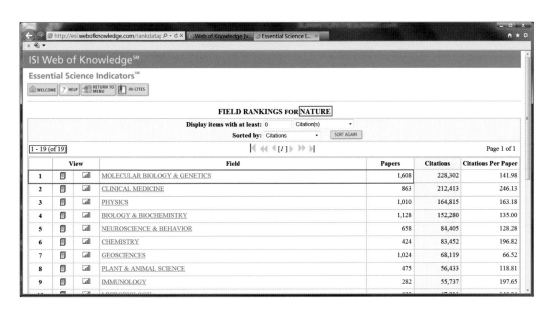

圖A-6　跨領域期刊將細分單篇論文類別

A-1-2　Most Cited Papers

點選此一選項可查詢過去十年以及過去兩年被引用最多次的論文。過去十年被引用最多的論文可說是該領域的重要著作，至於過去兩年被引用最多次則表示這個論文的研究方向近來相當的熱門，同時也可能發展成一個重要的趨勢。其中：

Highly Cited Paper：過去十年在各領域當中被引用次數前1%的論文

Hot Papers：過去兩年被引用次數為各領域前0.1%的論文

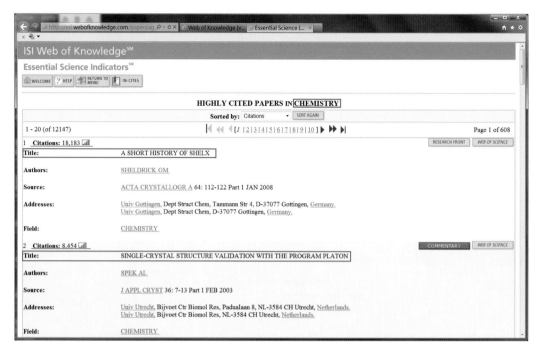

圖A-7　Chemistry領域中被引用率最高的論文

A-1-3　Citation Analysis

　　利用引用分析可以對照出我們自身或是所在領域的研究強度、判斷趨勢、了解各領域間的差異等等。

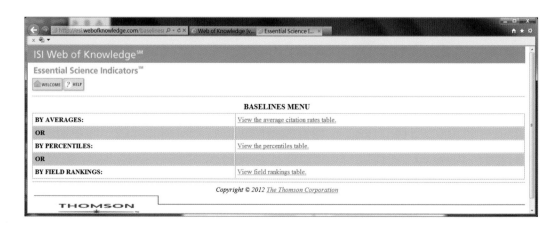

圖A-8　引用率基礎分析

表A-2　ESI Baselines功能一覽表

引用文獻分析 Baselines menu	說　明
By Averages	View the average citation rates table 檢視各領域平均被引用率
By Percentiles	View the percentiles table 檢視登上各領域名次百分比所需之被引用數
By Field Rankings	View field rankings table 檢視學科領域排名

a. Baselines 引用文獻分析

以圖A-9為例，紅框內的數字8.98表示在2002年工程領域所發表的論文平均每篇被引用8.98次。依照這個數據，我們可以檢視自己所發表的論文是否達到這個水準？如果答案為否，那麼，是研究方向不夠熱門？或是曝光率不夠？投稿的期刊知名度不高？論文題目或關鍵字選用的是否正確？以上都是可以檢討的方向。

Average Citation Rates
for papers published by field, 2002 - 2012
(How to read this data)

Fields	2002	2003	2004	2005	2006	2007	2008	2009	2010	2011	2012	All Years
All Fields	20.47	18.96	17.67	15.61	13.20	11.27	8.40	6.04	3.43	1.05	0.13	10.33
Agricultural Sciences	15.00	14.41	13.46	11.57	10.20	8.17	5.60	3.88	2.06	0.58	0.08	7.01
Biology & Biochemistry	31.17	28.93	26.36	22.58	18.89	16.09	12.38	8.75	4.82	1.47	0.16	16.11
Chemistry	20.25	18.86	18.05	16.49	14.12	12.21	9.89	7.46	4.39	1.41	0.12	11.23
Clinical Medicine	24.37	23.12	21.64	19.42	16.33	13.71	9.95	6.95	4.00	1.13	0.15	12.38
Computer Science	9.24	6.41	4.88	4.58	3.57	5.15	4.01	2.73	1.49	0.38	0.04	3.90
Economics & Business	14.91	13.63	12.60	10.61	8.63	6.99	4.58	2.93	1.52	0.48	0.09	6.25
Fields	**2002**	**2003**	**2004**	**2005**	**2006**	**2007**	**2008**	**2009**	**2010**	**2011**	**2012**	**All Years**
Engineering	8.98	8.53	8.35	7.34	6.38	5.87	4.30	3.31	1.77	0.53	0.07	4.85
Environment/Ecology	23.21	21.73	20.01	17.30	14.70	12.48	9.12	6.26	3.34	1.02	0.16	11.03
Geosciences	18.69	17.64	16.11	14.16	12.93	9.60	7.52	5.53	3.08	1.08	0.20	9.37
Immunology	37.46	34.75	33.22	29.14	24.66	21.31	16.42	11.79	6.31	1.89	0.17	20.32
Materials Science	12.52	12.94	11.82	10.71	9.58	8.47	6.72	5.16	3.11	0.99	0.10	7.33
Mathematics	7.12	6.53	5.99	5.43	4.65	3.79	2.95	2.08	1.11	0.36	0.07	3.42
Microbiology	29.46	27.56	25.87	23.80	19.05	15.50	11.82	8.21	4.37	1.37	0.12	14.70
Fields	**2002**	**2003**	**2004**	**2005**	**2006**	**2007**	**2008**	**2009**	**2010**	**2011**	**2012**	**All Years**
Molecular Biology & Genetics	48.12	43.59	39.83	34.11	29.00	24.04	18.31	12.97	7.13	2.16	0.22	23.14
Multidisciplinary	8.13	6.95	5.81	11.68	12.45	10.99	8.99	6.48	5.14	1.76	0.32	7.17
Neuroscience & Behavior	36.23	32.53	30.22	26.96	22.79	18.79	14.02	9.76	5.31	1.59	0.19	18.23
Pharmacology & Toxicology	24.16	21.55	21.32	17.80	16.52	13.56	10.35	6.99	3.69	1.09	0.13	11.80
Physics	14.93	14.01	13.57	12.21	10.54	8.09	6.34	5.51	3.42	1.18	0.13	8.33
Plant & Animal Science	15.28	14.12	13.17	11.22	9.54	7.81	5.75	3.99	2.21	0.68	0.10	7.52
Psychiatry/Psychology	22.82	22.36	20.17	17.11	14.52	11.62	8.44	5.45	2.78	0.85	0.16	10.93
Fields	**2002**	**2003**	**2004**	**2005**	**2006**	**2007**	**2008**	**2009**	**2010**	**2011**	**2012**	**All Years**
Social Sciences, general	10.10	9.51	9.22	8.28	6.88	5.57	3.86	2.57	1.23	0.42	0.11	4.61

圖A-9　單篇論文平均被引用率

若是檢視By Percentiles這項功能，可以看到圖A-10的列表。以Agriculture sciences的數字2為例，它代表的是：要在2012年擠進熱門論文前1%者，必須

至少被引用2次；同理，要在2012年擠進熱門論文前0.01%者必須至少被引用11次。

Percentiles for papers published by field, 2002 – 2012 (How to read this data)												
All Fields	2002	2003	2004	2005	2006	2007	2008	2009	2010	2011	2012	**All Years**
0.01 %	1682	1355	1104	1012	812	691	556	407	208	70	13	866
0.10 %	543	494	437	378	318	270	203	143	82	28	6	316
1.00 %	180	163	149	128	108	91	69	49	29	11	3	102
10.00 %	48	44	41	37	31	26	20	15	9	3	1	25
20.00 %	28	26	25	22	19	16	12	9	5	2	0	14
50.00 %	9	9	8	8	7	6	4	3	2	1	0	4
Agricultural Sciences	2002	2003	2004	2005	2006	2007	2008	2009	2010	2011	2012	**All Years**
0.01 %	584	503	605	644	202	235	147	85	52	22	11	349
0.10 %	261	268	199	162	130	110	79	52	27	12	4	151
1.00 %	108	104	90	75	62	50	37	24	14	6	2	60
10.00 %	37	35	32	27	24	20	15	10	6	2	1	19
20.00 %	23	22	21	18	16	13	10	7	4	2	0	11
50.00 %	8	8	8	7	7	5	3	3	2	1	0	3
Biology & Biochemistry	2002	2003	2004	2005	2006	2007	2008	2009	2010	2011	2012	**All Years**
0.01 %	1886	1481	978	890	975	852	836	468	206	110	12	955
0.10 %	698	599	479	418	349	313	254	170	90	30	6	387
1.00 %	229	215	190	159	129	111	89	59	33	12	3	137
10.00 %	69	64	58	50	42	35	27	20	11	4	1	39
20.00 %	43	41	37	32	27	23	18	13	8	3	1	23
50.00 %	17	16	16	13	12	10	8	6	3	1	0	7
Chemistry	2002	2003	2004	2005	2006	2007	2008	2009	2010	2011	2012	**All Years**
0.01 %	1922	1255	1073	1089	778	710	757	545	277	80	13	921
0.10 %	565	478	451	386	313	281	236	171	100	34	5	328
1.00 %	173	154	148	131	110	96	76	58	35	14	3	103
10.00 %	45	43	41	38	33	29	23	18	11	4	1	27

圖A-10　登上各領域名次百分比所需之被引用數

　　利用Field Rankings來查詢每個學科領域的平均單篇論文被引用次數，藉以了解每個學科的生態。

Field Rankings

Sorted by: Citations

	View	Field	Papers	Citations	Citations Per Paper
1		CLINICAL MEDICINE	2,188,817	27,096,274	12.38
2		CHEMISTRY	1,248,188	14,013,322	11.23
3		BIOLOGY & BIOCHEMISTRY	563,758	9,081,313	16.11
4		PHYSICS	959,477	7,988,314	8.33
5		MOLECULAR BIOLOGY & GENETICS	292,442	6,766,797	23.14
6		NEUROSCIENCE & BEHAVIOR	308,517	5,624,255	18.23
7		PLANT & ANIMAL SCIENCE	571,131	4,297,650	7.52
8		ENGINEERING	883,272	4,280,447	4.85
9		MATERIALS SCIENCE	491,734	3,606,170	7.33
10		ENVIRONMENT/ECOLOGY	291,135	3,211,336	11.03
11		GEOSCIENCES	301,148	2,820,565	9.37
12		PSYCHIATRY/PSYCHOLOGY	257,234	2,811,615	10.93
13		MICROBIOLOGY	175,407	2,577,950	14.70

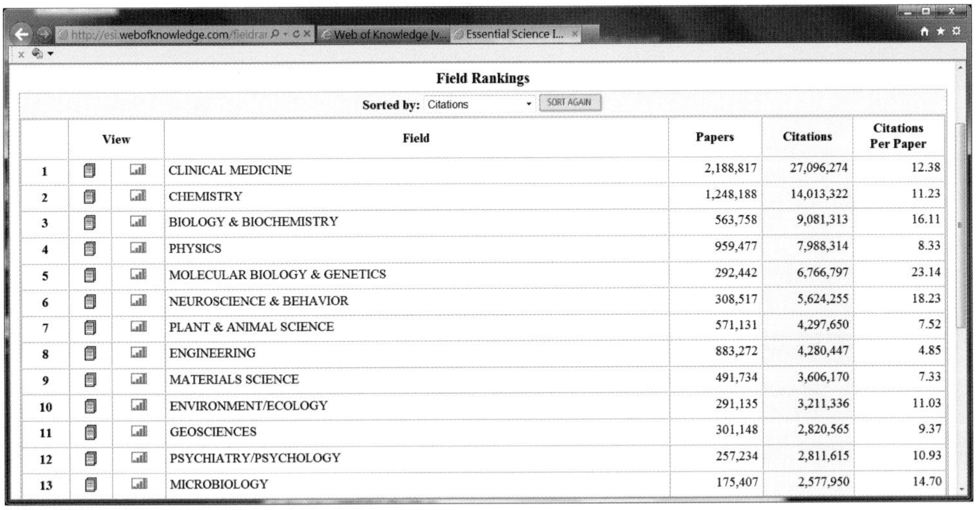

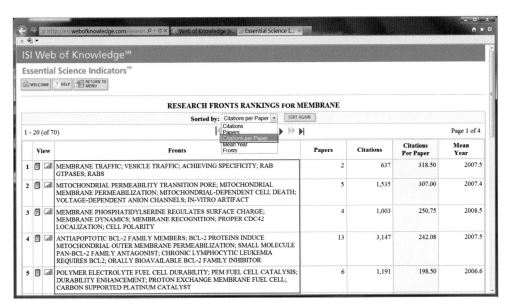

圖A-11　論文被引用率排名—以領域分

b. Research Fronts 研究趨勢分析

研究趨勢是比對五年內各領域論文的參考文獻和註腳，如果發生共同引用時就會出現一個集合，這個集合就是所謂的fronts，也就是目前最熱門、受到重視的研究焦點。同樣的，要進行查詢，只要在空格內輸入研究主題，例如membrane (膜)，接著就會出現圖A-12的結果。

在Fronts欄內可以看到許多詞組，這些詞組也可以視為近年membrane研究的重點方向。

RESEARCH FRONTS RANKINGS FOR MEMBRANE

Sorted by: Citations per Paper

1 - 20 (of 70)　Page 1 of 4

	View	Fronts	Papers	Citations	Citations Per Paper	Mean Year
1		MEMBRANE TRAFFIC; VESICLE TRAFFIC; ACHIEVING SPECIFICITY; RAB GTPASES; RABS	2	637	318.50	2007.5
2		MITOCHONDRIAL PERMEABILITY TRANSITION PORE; MITOCHONDRIAL MEMBRANE PERMEABILIZATION; MITOCHONDRIAL-DEPENDENT CELL DEATH; VOLTAGE-DEPENDENT ANION CHANNELS; IN-VITRO ARTIFACT	5	1,535	307.00	2007.4
3		MEMBRANE PHOSPHATIDYLSERINE REGULATES SURFACE CHARGE; MEMBRANE DYNAMICS; MEMBRANE RECOGNITION; PROPER CDC42 LOCALIZATION; CELL POLARITY	4	1,003	250.75	2008.5
4		ANTIAPOPTOTIC BCL-2 FAMILY MEMBERS; BCL-2 PROTEINS INDUCE MITOCHONDRIAL OUTER MEMBRANE PERMEABILIZATION; SMALL MOLECULE PAN-BCL-2 FAMILY ANTAGONIST; CHRONIC LYMPHOCYTIC LEUKEMIA REQUIRES BCL2; ORALLY BIOAVAILABLE BCL-2 FAMILY INHIBITOR	13	3,147	242.08	2007.5
5		POLYMER ELECTROLYTE FUEL CELL DURABILITY; PEM FUEL CELL CATALYSIS; DURABILITY ENHANCEMENT; PROTON EXCHANGE MEMBRANE FUEL CELL; CARBON SUPPORTED PLATINUM CATALYST	6	1,191	198.50	2006.6

圖A-12　透過共同引用比對找出研究趨勢

　　以第一項為例，五年內與這些研究趨勢有關的焦點論文有兩篇，一共被引用了637次，平均每篇被引用318.5次，

	View	Fronts	Papers	Citations	Citations Per Paper	Mean Year
1	📄 📊	MEMBRANE TRAFFIC; VESICLE TRAFFIC; ACHIEVING SPECIFICITY; RAB GTPASES; RABS	2	637	318.50	2007.5

　　按下 🗂 會出現這兩篇論文的書目資料，按下 WEB OF SCIENCE 連結到Web of Science的SCI、SSCI資料庫，如果圖書館訂閱了該期刊，那麼就可以按下 → Full Text 以閱讀全文並且利用 Save to: ENDNOTE® WEB　ENDNOTE®　ResearcherID more options 將資料匯入文獻管理軟體中。

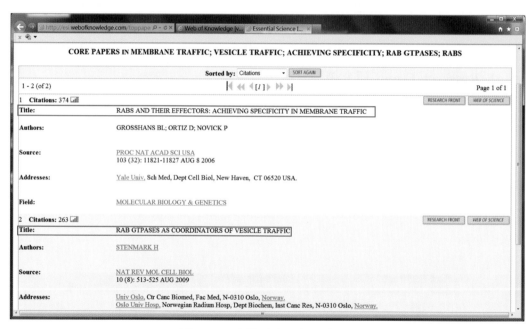

圖A-13　查閱論文的基本資料

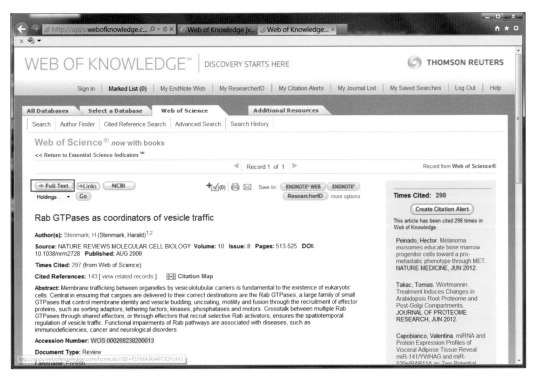

圖A-14　SCI資料庫可連結全文

A-2　Journal Citation Report

Journal citation Report (JCR) 是最普遍被應用的工具，在台灣只要提到期刊排名幾乎就是指 JCR 的排名。與 ESI 不同的是 JCR 只統計「期刊」的被引用次數，如果要查詢「單篇論文」或是「個人」的學術表現就非利用 ESI 不可。此外， JCR 的期刊可以跨領域，而 ESI則否，以下將簡單說明如何利用 JCR 查詢期刊排名。

A-2-1　查詢影響係數及排名

進入JCR的首頁，先選擇要查詢的年度，我們以2011年為例，接著選擇右方的查詢標的：Subject Category (學科領域)、Publisher (出版者) 或是Country/

Territory (國家／地區)，由於我們要查詢的是某期刊在某個領域中的表現，因此選擇Subject Category。

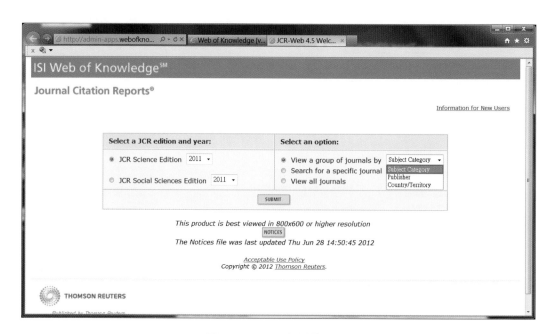

圖A-15　JCR資料庫首頁

　　接著，選定學科領域。由圖A-16可以發現JCR對於領域分類相當仔細，僅僅工程領域下就劃分出許多子類。負責國內科學發展及經費補助的國科會對於評鑑論文優劣的標準就是採用JCR資料庫的數據，並以Impact Factor高低為依據。因此，選定領域後再選擇讓資料依據Impact Factor排列。

附錄A　期刊評鑑工具

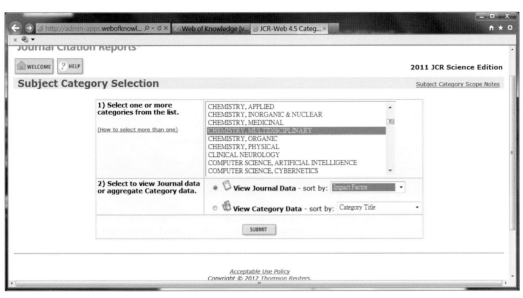

圖A-16　選定學科領域及排序方式

表A-3　排序方式一覽

選　項	說　明
Journal Title	依期刊名稱
Total Cites	依總引用數
Impact Factor	依影響係數
Immediacy Index	依立即指數
Current Articles	依論文數量
Cited Half-Life	依引用半生期
5-Year Impact Factor	依5年影響係數
Eigenfactor Score	依特徵係數值
Article Influence score	依論文影響值

　　所謂**Impact Factor (影響係數)** 是指每個期刊在第一、第二年登載的論文，在第三年被引用的比率。以2011年度的期刊為例：

$$2011年某期刊的影響係數 = \frac{在2011年被引用的次數}{2009+2010年登載論文的總數}$$

　　被引用次數愈多，該期刊的影響係數就越高，將同領域的每個期刊依照影響係數排序就是所謂的期刊排行了。

　　設定完成之後，按下「Submit」就會出現如圖A-17的結果。

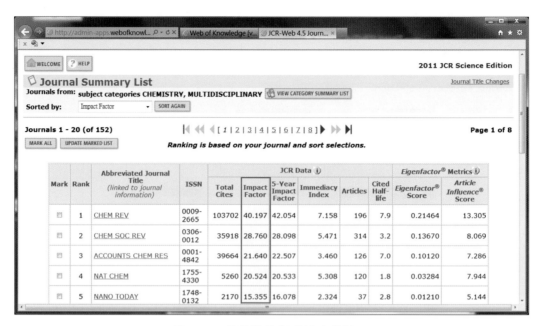

圖A-17　依據影響係數排序的結果

圖A-18　JCR資料解讀

以此領域排行第六的期刊ADVANCED MATERIALS為例，若以百分比計算，該期刊在該領域的排名則是：

$$\frac{6}{152} \times 100\% = 3.94\% \fallingdotseq 4\%$$

也就是影響力在該領域是 Top 4的期刊。

A-2-2　解讀其它指數

Immediacy Index (立即指數) 是指：論文發表當年就被引用的比例。以2012年為例，這個指數的計算方式為：：

$$某期刊的立即指數 = \frac{2012年就被引用的次數}{2012年度刊載的論文數}$$

由於當年度發表的論文立刻在當年度被引用，可見該論文具有相當高的可見度，很有可能是目前相當熱門的研究話題或是新興的領域。

而**Eigenfactor Score (特徵係數值)** 是以過去5年被引用的次數做為依據，排除自我引用(self-citation)之後的結果，同樣地數值愈高表示影響力愈大。同時SCI以及SSCI期刊論文的引用都列入計算，如果引用它的期刊是影響係數高的期刊，這個引用值還會被加權計算。

至於**Article Influence Score (論文影響值)** 則是以計算該期刊每一篇論文的「平均影響力」，計算方式為

$$某期刊的論文影響值 = \frac{Eigenfactor\ Score}{該年度刊載的論文數}$$

如果得到的結果大於1，表示這個期刊的論文影響值高於平均表現，反之則表示本期刊的表現低於平均影響值。

有些期刊的性質是跨領域的，例如圖A-18中排名第六的期刊：ADVANCED MATERIALS就跨了六個學科領域；雖然本期刊在「CHEMISTRY, MULTIDISCIPLINARY」類別中的排名為六，但是在其他類別的排名卻可能更

高或更低，也就是說它在每個領域的影響力各有不同，透過查詢 JCR 就可了解到該期刊的強項。

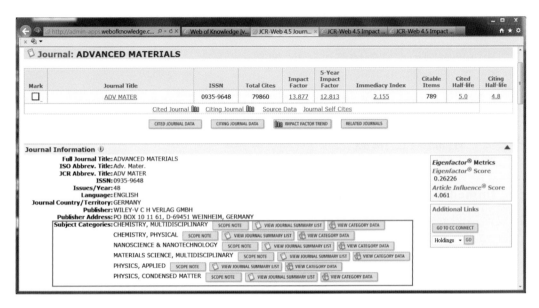

圖A-19　跨領域的期刊

　　要查閱本期刊在CHEMISTRY, PHYSICAL領域的排名狀況，只要回到圖A-16重新設定，就可以得知：在2011年中，這個領域共收錄134種期刊，本期刊排名第三，是本領域Top 1的期刊。

　　以上為ESI與JCR 兩個期刊評比資料庫的介紹及操作方式，使用者可依照個人需求加以運用，以達到節省時間、事半功倍的目標。

圖A-20　跨領域的期刊

附錄

出版者	資料庫名稱	匯入方式	下載步驟	
Association for Computing Machinery (ACM)	ACM期刊全文資料庫 (資訊電腦領域)	直接匯入	1.	Export Formats: BibTeX EndNote ACM Ref
			2.	開啟(O)

出版者	資料庫名稱	匯入方式	下載步驟	
American Chemical Society (ACS Publications)	ACS期刊全文資料庫 (化學領域)	直接匯入	1.	Download Citation
			2.	Format: ○ RIS – For EndNote, ProCite, RefWorks, and most other ○ BibTeX – For JabRef, BibDesk, and other BibTeX-specifi
			3.	Include: ○ Citation for the content below ○ Citation and references for the content below ● Citation and abstract for the content below Download Citation(s)
			4.	開啟(O)

出版者	資料庫名稱	匯入方式	下載步驟
American Institute of Physics (AIP)	Scitation 科技資料索摘/全文資料庫	直接匯入	EndNote ® (RIS) BibTeX EndNote ® (generic) EndNote ® (RIS) Medline Plain Text RefWorks

出版者	資料庫名稱	匯入方式	下載步驟	
American Mathematical Society (AMS)	MathSciNet 數學文獻資料庫	存成文字檔再匯入	1.	Reviews (HTML)　Retrieve Marked Reviews (HTML) Reviews (PDF) Reviews (DVI) Reviews (PostScript) Citations (ASCII) Citations (BibTeX) Citations (AMSRefs) Citations (EndNote)
			2.	另存為純文字檔
			3.	EndNote Import

出版者	資料庫名稱	匯入方式	下載步驟
Annual Reviews Journals Online	Annual Reviews	直接匯入	1. Citation: PubMed Web of Science ® Download | Email notification 2. Include: ○ Citation only ○ Citation and references ● Citation and abstract Citation manager or file format: ○ RIS ● EndNote ○ BibTex ○ ProCite ○ Medlars ○ Reference Manager ○ RefWorks ○ RefWorks (China) Enable quick import ☑ 3. Download chapter metadata 4. 開啟(O) ▾

出版者	資料庫名稱	匯入方式	下載步驟
American Society of Agricultural and Biological Engineers	ASABE Technical Online Library 農業文獻資料庫	直接匯入	1. (Export to EndNotes) 2. 開啟(O) ▾

出版者	資料庫名稱	匯入方式	下載步驟
ASCE (American Society of Civil Engineers)	ASCE 美國土木工程資料庫	直接匯入	同Scitation(AIP)

出版者	資料庫名稱	匯入方式	下載步驟
ASME (American Society of Mechanical Engineers)	ASME Digital Library 美國機械工程資料庫	直接匯入	同Scitation(AIP)

出版者	資料庫名稱	匯入方式	下載步驟
CSA (Cambridge Scientific Abstracts)	Illumina 科技文獻索引摘要檢索系統，包括： Aerospace & High Technology Database AGRICOLA Biological Sciences Database Computer Information Database …共15個資料庫	存成文字檔再匯入	1. Save, Print, Email 2. Choose a document format: ○ HTML ● Text 3. Save成文字檔 (*.txt) 4. MEDLINE (CSA) ▾ Import All ▾

附錄 B 匯入書目步驟

出版者	資料庫名稱	匯入方式	下載步驟
CRCNetBASE	CRC電子書資料庫以工程、科學領域為主，也包含醫學、社會科學等領域。	直接匯入	1. Download to Citation Mgr 2. Download publication citation data 3. 開啟(O)

出版者	資料庫名稱	匯入方式	下載步驟
EBSCO系統	EBSCOHost Web 例如： ▶Academic Search Premier ▶Newspaper Source ▶ERIC…等	直接匯入	1. 新增至資料夾 2. 前往： 資料夾檢視 或 轉到: 文件夾視图 或 Go to: Folder View 3. (匯出) 4. 將引文儲存至下列項目的格式化檔案： ○ 直接匯出為 RIS 格式 (例如 CITAVI、EasyBib、EndNote、I ○ 直接匯出至 EndNote Web ○ 一般書目管理軟體 ○ XML 格式的引文 ○ BibTeX 格式引文 ○ MARC21格式引文 ○ 直接匯出至 RefWorks。

出版者	資料庫名稱	匯入方式	下載步驟
Elsevier	SciVerse資料庫平台 ScienceDirect(SDOL) 電子期刊全文資料庫 Scopus 索引摘要及引用文獻資料庫	直接匯入	1. Export citation 2. Content Format: ○ Citations Only / ⊙ Citations and Abstracts Export Format: ⊙ RIS format (for Reference Manager, ProCite, EndNote) / ○ RefWorks Direct Export ⊘ About Refworks / ○ ASCII format / ○ BibTeX format 3. Export
	SDOS 電子期刊全文資料庫	直接匯入	見1-6-1說明。
	EJOS (SDOS新檢索介面)	直接匯入	1. 勾選需要匯入的資料 2. export citations 3. Export: Citations + Abstracts 4. File Format: RIS format (for Reference Manager, ProCite, EndNote) 5. Export

出版者	資料庫名稱	匯入方式	下載步驟
Engineering Information Inc.	Ei Engineering Village 2 例如： ▶Compendex ▶Referex ▶CRC ENGnetBASE…等	直接匯入	1. Choose format: ○ Citation ○ Abstract ● Detailed record 2. Download 3. ● RIS, EndNote, ProCite, Reference Manager 　○ BibTex format 　○ RefWorks direct import 　○ Plain text format (ASCII) 　Download 4. 開啟(O) ▼

出版者	資料庫名稱	匯入方式	下載步驟
Google	Google Scholar	直接匯入	見1-4-2說明。

出版者	資料庫名稱	匯入方式	下載步驟
Institute of Physics and IOP Publishing Limited	IOP Electronic Journals 英國皇家物理學會電子期刊	存成文字檔再匯入	1. Export Results 2. Choose export format 　Endnote format (TXT) ▼ Export Results 　BibTeX format (bib) 　Comma separated (CSV) 　Endnote format (TXT) 　RIS format (RIS) 　Text format (TXT) 　RefWorks (Direct Export) 3. 儲存(S) ▼ 4. Import Option: EndNote Import ▼

出版者	資料庫名稱	導入方式	下載步驟
JSTOR	JSTOR電子期刊全文資料庫 (人文社會領域)	直接匯入	1. ⊡ Export Citation 2. Select a format: 　■ RIS file (EndNote, ProCite, Reference Manager) 　■ Text file (BibTex) Opens in a new window. Select 　■ Printer-friendly 　■ RefWorks 3. 開啟(O) ▼

出版者	資料庫名稱	匯入方式	下載步驟
Ingenta	IngentaConnect 收錄13,530種學術期刊 綜合領域	直接匯入	Tools Email - Export options 　plain text 　EndNote 　BibTeX

出版者	資料庫名稱	匯入方式	下載步驟
U.S. National Library of Medicine	PubMed 醫學文獻索引摘要資料庫	存成文字檔再匯入	

出版者	資料庫名稱	匯入方式	下載步驟
OCLC FirstSearch 系統	▶ FirstSearch – Article First ECO Paper First Proceedings First ▶ WorldCat	直接匯入	

出版者	資料庫名稱	匯入方式	下載步驟
Optical Society of America 美國光學學會	OpticsInfoBase (光學、物理學領域)	直接匯入	1. 勾選所需書目 2. ► EndNote (RIS) ▾ Go Select an action... ------------------ Save this Search ------------------ Export Citation in: ► BibTeX ► EndNote (RIS) ► HTML (.html) ► Plain Text ------------------ Save to: ► Personal Library 3. 開啟(O) ▾

下載步驟內容：

1. Send to: ▾
Choose Destination
◉ File   ○ Clipboard
○ Collections   ○ E-mail
○ Order   ○ My Bibliography
○ Citation manager

Download 2 items.
Format
MEDLINE ▾
Sort by
Journal ▾
Create File

2. 儲存(S)

3. Import Option: PubMed (NLM) ▾

OCLC 下載步驟：
(若無法匯入，請改用英文介面)

1. Export 或 輸出
2. ◉ EndNote
3. 輸出
4. 開啟(O) ▾
5. Import Option: PapersFirst (OCLC) ▾

出版者	資料庫名稱	匯入方式	下載步驟
OVID	例如： OvidSP Biological Abstracts BIOSIS Previews Books Econlit Medline PsycINFO…等。	直接匯入	1. 📄 輸出 2. **輸出書目清單：** ☒ 輸出至 EndNote ▾ 　選擇的結果： 　　　1 ▼ 選擇顯示欄位 　○ 基本書目 (題名、作者、出處) 　○ 基本書目 + 摘要 　○ 基本書目 + 摘要 + 主題詞 　● 詳細書目 　○ 手動設定欄位　[選擇欄位] ▼ 包含 　☑ 鏈結解析器 　☑ Ovid全文連結網址 　☑ 註解 　　　　　[取消]　[輸出書目] 3. [開啟(O) ▾]

出版者	資料庫名稱	匯入方式	下載步驟
Oxford University Press (OUP) 牛津大學出版社	Oxford Journals Online 電子期刊全文資料庫	直接匯入	1. ◉ **download to citation manager** 2. ☑ **For checked items below:** [Go] 3. **Download** ALL Selected Citations to Citation Manager 4. • **EndNote** - EndNote format (Mac & Win)

出版者	資料庫名稱	匯入方式	下載步驟
ProQuest系統	例如： ▶ABI/INFORM Archive ▶Accounting & Tax ▶Reference…等 ▶PQDT – (ProQuest Dissertations & Theses)	直接匯入	📄 儲存至 [我的檢索] ✉ 電子郵件 🖨 列印 ☰ 引用 [匯出/儲存 ▾] 儲存為檔案： PDF RTF HTML 僅限文字 (不含影像或文字格式設定) 匯出至： RefWorks ProCite, EndNote, or Reference Manager RIS

出版者	資料庫名稱	匯入方式	下載步驟
Science	Science Online 例如： ▶Science Magazine ▶Science	直接匯入	1. › Download Citation 2. › EndNote (Mac & Win)

出版者	資料庫名稱	匯入方式	下載步驟
SpringerLink	SpringerLink 電子期刊資料庫	直接匯入	1. EXPORT CITATION 2. Export Citation **Export** ○ Citation Only ● Citation and Abstract **Select Citation Manager:** EndNote ▼ EXPORT CITATION 3. 開啟(O) ▼

出版者	資料庫名稱	匯入方式	下載步驟
Web of Knowledge系統	▶ Web of Science – ▶ SCI、SSCI、JCR ▶ Current Contents Connect	直接匯入	見1-4-1。

出版者	資料庫名稱	匯入方式	下載步驟
Wiley	Wiley Inter Science電子期刊全文資料庫	存成RIS檔再匯入	見1-6-2。

出版者	資料庫名稱	匯入方式	下載步驟
万方資料集團公司	万方資料庫	另存文件再匯入(若由資料庫系統進入看不到「導出」鏈結，則可由Google輸入「萬方」後進入查詢系統)	1. 點選篇名 2. 導出 3. EndNote 4. ⟳導出 5. 儲存(S) ▼ 6. Import Option: EndNote Import ▼ Duplicates: Import All ▼ Text Translation: Unicode (UTF-8) ▼

出版者	資料庫名稱	匯入方式	下載步驟	
國家圖書館	台灣期刊論文索引系統	另存文件再匯入	1.	▷ 軟體工具下載
			2.	Endnote書目管理 過濾器下載、使用說明
			3.	將過濾器解壓縮後置於 EndNoteX5的Filter中 Filters 檔案資料夾
			4.	畫面最下方 🖩 開始匯出〔最多50筆〕
			5.	Import Option: NCL_Journal ▾

出版者	資料庫名稱	匯入方式	下載步驟	
中國學術期刊電子雜志社	中國期刊全文數據庫	存成文字檔再匯入	1.	儲 存
			2.	◉ EndNote
			3.	輸出到本地檔
			4.	儲存(S) ▾
			5.	Import Option: EndNote Import ▾

出版者	資料庫名稱	匯入方式	下載步驟	
華藝數位股份有限公司	Airti Library 華藝線上圖書館	直接匯入	1.	匯出書目 ◉ 所有欄位
			2.	匯出格式 輸出至Endnote
			3.	開啟(O) ▾

附錄

版者	資料庫名稱	匯入方式	下載步驟
Association for Computing Machinery (ACM)	ACM期刊全文資料庫 (資訊電腦領域)	貼上文字 /另存檔案	見本書1-5-2

出版者	資料庫名稱	匯入方式	下載步驟
American Chemical Society (ACS)	ACS期刊全文資料庫 (化學領域)	另存檔案	1. Download Citation 2. Format: ⦿ RIS – For EndNote, ProCite, RefWorks, and most other reference m ○ BibTeX – For JabRef, BibDesk, and other BibTeX-specific software 3. Include: ○ Citation for the content below ○ Citation and references for the content below ⦿ Citation and abstract for the content below [Download Citation(s)] 4. 匯入轉換器/資料來源 RIS Format　資料庫 RIS Format

出版者	資料庫名稱	匯入方式	下載步驟
American Institute of Physics (AIP)	Scitation 科技資料索摘/全文資料庫	另存檔案	1. RefWorks ▼ / BibTeX / EndNote ® (generic) / EndNote ® (RIS) / Medline / Plain Text / RefWorks 2. 匯入轉換器/資料來源 BibTeX　資料庫 多個資料庫

出版者	資料庫名稱	匯入方式	下載步驟
American Mathematical Society (AMS)	MathSciNet 數學文獻資料庫	存成文字檔再匯入	1. Reviews (HTML) ▼ [Retrieve Marked] / Reviews (HTML) / Reviews (PDF) / Reviews (DVI) / Reviews (PostScript) / Citations (ASCII) / Citations (BibTeX) / Citations (AMSRefs) / Citations (EndNote) 2. 匯入轉換器/資料來源 RIS Format　資料庫 多個資料庫

出版者	資料庫名稱	匯入方式	下載步驟
Annual Reviews Journals Online	Annual Reviews	直接匯入	1. For ☑reviews [Download Citation ▾] 2.

出版者	資料庫名稱	匯入方式	下載步驟
ASCE (American Society of Civil Engineers)	ASCE 美國土木工程資料庫	另存檔案	同Scitation(AIP)

出版者	資料庫名稱	匯入方式	下載步驟
ASME (American Society of Mechanical Engineers)	ASME Digital Library 美國機械工程資料庫	另存檔案	同Scitation(AIP)

出版者	資料庫名稱	匯入方式	下載步驟
CSA (Cambridge Scientific Abstracts)	Illumina 科技文獻索引摘要檢索系統，包括： ▶ Aerospace & High Technology Database ▶ AGRICOLA ▶ Biological Sciences Database ▶ Computer Information Database …共15個資料庫	存成文字檔再匯入	1. Save, Print, Email 2. Export to ● RefWorks

出版者	資料庫名稱	匯入方式	下載步驟
EBSCO系統	EBSCOHost Web 例如： ▶ Academic Search Premier ▶ Newspaper Source ▶ ERIC ▶ Wilson Databases…等	直接匯入	見本書1-3-2

附錄C　匯入書目步驟

出版者	資料庫名稱	匯入方式	下載步驟
Elsevier	SciVerse資料庫平台 ▶Science Direct (SDOL) 電子期刊全文資料庫 Scopus ▶索引摘要及引用文獻 資料庫	直接匯入	1. ☐ Export citation 2. Content format: ○ Citations Only ● Citations and Abstracts Export format: ○ RIS format (for Reference Manager, ProCite, EndNote) ● RefWorks Direct Export ? About Refworks ○ Plain text format ○ BibTeX format Export | Cancel
	SDOS 電子期刊全文資料庫	直接匯入	見1-5-1。
	EJOS (SDOS新檢索介面)	直接匯入	1. 勾選需要匯入的資料 2. ☐ export citations 3. Export: Citations + Abstracts ▼ 4. File Format: RIS format (for Reference Manager, ProCite, EndNote) ▼ 5. 匯入轉換器/資料來源 RIS Format ▼ 資料庫 多個資料庫 ▼

出版者	資料庫名稱	匯入方式	下載步驟
Engineering Information Inc.	Ei Engineering Village 2 例如： ▶Compendex ▶Referex ▶CRC ENGnetBASE… 等	直接匯入	1. Choose format: ○ Citation ○ Abstract ● Detailed record 2. Download 3. ○ RIS, EndNote, ProCite, Reference Manager ○ BibTex format ● RefWorks direct import ○ Plain text format (ASCII) Download 4. 開啟(O) ▼

出版者	資料庫名稱	匯入方式	下載步驟
Google	Google Scholar	直接匯入	見1-6說明。

出版者	資料庫名稱	匯入方式	下載步驟
Institute of Physics and IOP Publishing Limited	IOP Electronic Journals 英國皇家物理學會電子期刊	直接匯入	1. Export Results 2. Choose export format RefWorks (Direct Export) ▼ Export Results BibTeX format (bib) Comma separated (CSV) Endnote format (TXT) RIS format (RIS) Text format (TXT) RefWorks (Direct Export)

出版者	資料庫名稱	導入方式	下載步驟
JSTOR	JSTOR電子期刊全文資料庫 (人文社會領域)	直接匯入	1. ⬇ Export Citation 2. **Select a format:** 　■ RIS file (EndNote, ProCite, Reference Manager) 　■ Text file (BibTex) Opens in a new window. Select 　■ Printer-friendly 　■ RefWorks 3. 匯入轉換器/資料來源　RIS Format ▼ 　　　　　　　資料庫　多個資料庫 ▼

出版者	資料庫名稱	匯入方式	下載步驟
Ingenta	IngentaConnect 收錄13,530種學術期刊 綜合領域	存成文字檔再匯入	1. **Tools** **Email** - Export options 　plain text 　EndNote 　BibTEX 2. 匯入轉換器/資料來源　RIS Format ▼ 　　　　　　　資料庫　多個資料庫 ▼

出版者	資料庫名稱	匯入方式	下載步驟
U.S. National Library of Medicine	PubMed 醫學文獻索引摘要資料庫	存成文字檔再匯入	1. **Send to:** ▽ **Choose Destination** 　⦿ File　○ Clipboard 　○ Collections　○ E-mail 　○ Order　○ My Bibliography 　○ Citation manager 　Download 2 items. 　Format 　MEDLINE ▼ 　Sort by 　Journal ▼ 　Create File 2. 儲存(S) ▼ 3. 匯入轉換器/資料來源　NLM PubMed ▼ 　　　　　　　資料庫　PubMed ▼

出版者	資料庫名稱	匯入方式	下載步驟
OCLC First-Search 系統	▶FirstSearch – Article First ECO Paper First Proceedings First ▶WorldCat	直接匯入	(若無法匯入，請改用英文介面) 1. [Export] 或 [輸出] 2. ◉ RefWorks 3. [輸出]

出版者	資料庫名稱	匯入方式	下載步驟
Optical Society of America 美國光學學會	OpticsInfoBase (光學、物理學領域)	直接匯入	1. 勾選所需書目 2. [► BibTeX ▼] [Go] Select an action... ---------------- Save this Search ---------------- Export Citation in: ► BibTeX ► EndNote (RIS) ► HTML (.html) ► Plain Text ---------------- Save to: ► Personal Library 3. 匯入轉換器/資料來源 [BibTeX ▼] 資料庫 [ACM Digital Library (BibTeX for ▼]

出版者	資料庫名稱	匯入方式	下載步驟
OVID	例如： ▶OvidSP ▶Biological Abstracts ▶BIOSIS Previews ▶Books ▶Econlit ▶Medline ▶PsycINFO…等。	直接匯入	1. [🔳輸出] 2. 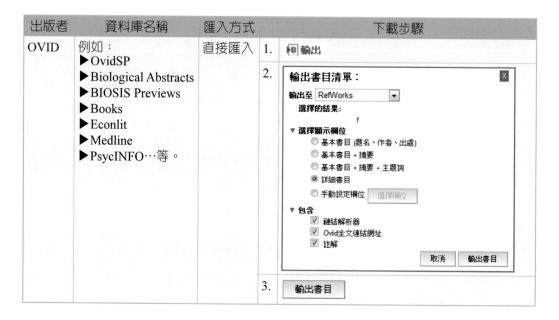 3. [輸出書目]

輸出書目清單： ☒

輸出至 RefWorks ▼
選擇的結果：
1
▼ 選擇顯示欄位
○ 基本書目 (題名、作者、出處)
○ 基本書目 + 摘要
○ 基本書目 + 摘要 + 主題詞
◉ 詳細書目
○ 手動設定欄位 [選擇欄位]
▼ 包含
☑ 鏈結解析器
☑ Ovid全文連結網址
☑ 註解
[取消] [輸出書目]

出版者	資料庫名稱	匯入方式	下載步驟
Oxford University Press (OUP) 牛津大學出版社	Oxford Journals Online 電子期刊全文資料庫	直接匯入	1. ◉ **download to citation manager** 2. ☑ **For checked items below:** [Go] 3. **Download** ALL Selected Citations to Citation Manager 4. • **RefWorks** Click here to download and save the file - RefWorks format (Mac & Win)

出版者	資料庫名稱	匯入方式	下載步驟
ProQuest系統	例如： ▶ABI/INFORM Archive ▶Accounting & Tax ▶Reference…等 ▶PQDT – (ProQuest Dissertations & Theses)	直接匯入	1. 儲存至 [我的檔案] ✉電子郵件 🖨列印 📋引用 匯出/儲存 儲存為檔案： PDF RTF HTML 僅限文字 (不含影像或文字格式設定) 匯出至： RefWorks ProCite, EndNote, or Reference Manager RIS

出版者	資料庫名稱	匯入方式	下載步驟

Science	Science Online
	例如：
	▶Science Magazine
	▶Science
		直接匯入	1. › Download Citation
			2. › RefWorks
			  › Click here to download and save the file
			  - RefWorks format (Mac & Win)

出版者	資料庫名稱	匯入方式	下載步驟
SpringerLink	SpringerLink 電子期刊資料庫	另存檔案	1. EXPORT CITATION 2. **Export Citation** **Export** ◎ Citation Only ◉ Citation and Abstract **Select Citation Manager:** RefWorks ▾ EXPORT CITATION 3. 儲存(S) ▾ 4. 匯入轉換器/資料來源 BibTeX ▾ 資料庫 多個資料庫 ▾

出版者	資料庫名稱	匯入方式	下載步驟
Web of Know-ledge系統	▶Web of Science – SCI、SSCI、JCR ▶Current Contents Connect	存成文字檔再匯入	1. 至畫面最下方 Save to BibTeX / Save to other Reference Software / Save to BibTeX / Save to HTML / Save to Plain Text / Save to Tab-delimited (Win) / Save to Tab-delimited (Mac) 2. Save 3. 匯入轉換器/資料來源 BibTeX　資料庫 多個資料庫

出版者	資料庫名稱	匯入方式	下載步驟
Wiley	Wiley Inter Science 電子期刊全文資料庫	直接匯入	1. Export Citation 2. Format: RefWorks　This option will open up a new window.　Export type Citation & Abstra 　Submit

出版者	資料庫名稱	匯入方式	下載步驟
万方資料集團公司	万方資料庫	直接匯入 (若由資料庫系統進入看不到「導出」鏈結，則可由Google輸入「萬方」後進入查詢系統)	1. 點選篇名 2. 導出 3. 導出到Refworks

出版者	資料庫名稱	匯入方式	下載步驟
万方資料集團公司	万方資料庫	另存文件再匯入	1. 點選篇名 2. 導出 3. RefWorks 4. 導出到Refworks

出版者	資料庫名稱	匯入方式	下載步驟
國家圖書館	台灣期刊論文索引系統	另存文件再匯入	1. ▷ 軟體工具下載　畫面最下方 2. 匯出格式：○TXT格式 ○CSV格式　○ENDNOTE ⊙REFWORKS 3. 開始匯出（最多50筆） 4. 匯入轉換器/資料來源 Taiwan - 臺灣期刊論文索引系統　資料庫 臺灣期刊論文索引資料庫 (Refw

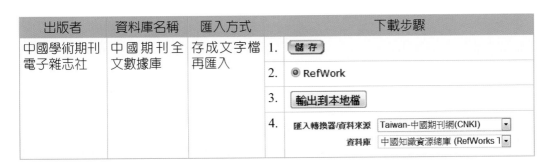

出版者	資料庫名稱	匯入方式	下載步驟		
華藝數位股份有限公司	Airti Library 華藝線上圖書館	直接匯入	1. 匯出書目 ◉ 所有欄位		
			2. 匯出格式 輸出至Refworks		
			3. 開啟(O) ▾		

國家圖書館出版品預行編目資料

EndNote & RefWorks論文與文獻寫作管理／童
國倫,張楷焄,周哲宇著.－－五版.－－臺北
市：五南, 2018.01
　　面；　公分
ISBN 978-957-11-9512-4
1.論文寫作法 2.電子資料處理 3.書目資料庫
4.套裝軟體
811.4029　　　　　　　　　106022751

5A56

EndNote & RefWorks論文與 文獻寫作管理(第五版)

作　　者 — 童國倫(449)　張楷焄　周哲宇

發 行 人 — 楊榮川

總 經 理 — 楊士清

主　　編 — 王者香

責任編輯 — 許子萱

封面設計 — 謝瑩君

出 版 者 — 五南圖書出版股份有限公司

地　　址：106台北市大安區和平東路二段339號4樓

電　　話：(02)2705-5066　　傳　真：(02)2706-6100

網　　址：http://www.wunan.com.tw

電子郵件：wunan@wunan.com.tw

劃撥帳號：01068953

戶　　名：五南圖書出版股份有限公司

法律顧問　林勝安律師事務所　林勝安律師

出版日期　2006年 7 月初版一刷
　　　　　2008年 1 月二版一刷
　　　　　2010年12月三版一刷
　　　　　2014年 8 月四版一刷
　　　　　2018年 1 月五版一刷

定　　價　新臺幣650元